"最美奋斗者"丛书

此念此心

李朝全　曹征平　主编

河北出版传媒集团
河北教育出版社

图书在版编目（CIP）数据

此念此心 / 李朝全，曹征平主编. -- 石家庄：河北教育出版社，2021.3（2021.4 重印）
（"最美奋斗者"丛书）
ISBN 978-7-5545-6180-5

Ⅰ.①此… Ⅱ.①李… ②曹… Ⅲ.①纪实文学－作品集－中国－当代 Ⅳ.①I25

中国版本图书馆CIP数据核字(2020)第233234号

"最美奋斗者"丛书

此念此心

CINIAN CIXIN

主　　编　李朝全　曹征平
出 版 人　董素山
责任编辑　石　姮
装帧设计　于　越　牛亚勋
插　　图　李　奥
出版发行　河北出版传媒集团
　　　　　河北教育出版社　http://www.hbep.com
　　　　　（石家庄市联盟路705号，050061）
印　　制　河北荣恩印刷有限公司
开　　本　787mm×1092mm　1/16
印　　张　22.25
字　　数　249千字
版　　次　2021年3月第1版
印　　次　2021年4月第2次印刷
书　　号　ISBN 978-7-5545-6180-5
定　　价　56.00元

序

奋斗者最美

奋斗就是为了理想和目标而撸起袖子加油干。所有的奋斗都是为了实现理想抱负，其目的和追求是崇高的、正义的、向善的，于社会、国家、人类都是有利、有益、有助的，因此，它是顺应历史发展前行趋势的。奋斗，绝不是蝇营狗苟，也不是鼠目寸光，绝不是纯粹为个人谋求一己私利的，而必定是注目于高远的目标和未来。

为理想而奋斗需要埋头苦干，需要俯首甘为孺子牛的实干精神。奋斗就是辛勤劳作、播种耕耘、期待收获的一个过程。实现理想别无他途，唯有奋斗，唯有撸起袖子加油干。一个理想的社会应该能够让每个人都能人尽其能、才尽其用，发挥出个人最大的积极性、能动性和创造性。

奋斗需要锲而不舍、坚持不懈、久久为功、滴水穿石的精神。罗马城不可能一夜建成，理想不可能一蹴而就。通往理想的路途往往崎岖坎坷，甚至荆棘密布，因此，奋斗既需有披荆斩棘、开山架桥的勇气，更要有前赴后继、咬定青山不放松、千锤百炼浑不怕的意志和毅力，要能吃得了苦中苦，受得了挫折与磨难，勇于不断地从失败中站起，心中永葆理想的灯火，孜孜以求，持之以恒，生生不息，奋斗不已，不达目标，永不言弃。

奋斗者最幸福。生存的意义和生命的价值不在于索取、获得与享受，而在于创造、奉献与成功，在于为了实现理想而不懈地筑梦逐梦、奋斗不止，从而让生命焕发出光彩的过程。幸福的真谛在于为社会创造价值，同时实现自己的个人价值。这个过程也就是奋斗的过程。不经风雨，怎见彩虹？奋斗的过程中虽有百般辛酸苦累，更有成功的狂喜与欢乐。

奋斗者最美丽。奋斗者留给世界的永远是劳作的背影，是负重前行的身姿。美来自生活，来自生产与劳作。劳动创造美，劳动者最美。为了实现理想而不屈不挠、顽强拼搏、积极作为，这一过程就是为了将一个人生命的最大能量最充分地激发出来，使人始终保持昂扬向上、生机蓬勃的奋斗姿态。这也是一个人一生中最有光彩的高光时刻。奋斗者给予人的是一种力的美、一种雄壮的伟岸的美、一种崇高的美、一种凝结着真与善的美，它代表着人类积极向上的方向和力量。

奋斗者最伟大。劳动最光荣，奋斗者作为杰出的劳动者，为世界和人类不断地创造财富及价值，通过付出自己个人的心血汗水来推动文明进步和历史前行。他们无疑是正能量与主旋律的化身。奋斗者往往又是心怀祖国和人民、心系家国天下的一群人，他们同时又是爱国主义者，怀存爱国之心、报国之志，甘愿将自己的一切奉献给时代和人民。他们无疑最值得赞美和讴歌，也最值得书写与铭记，书写他们的辛勤付出，铭记他们的功绩和英名。

时代赋予了每个人依靠奋斗获得成功的机会。我们每个人都要争当奋斗者，勇敢地去追梦、筑梦、圆梦，持续不断加油干，努力去实现个人的梦想。一个民族、一个国家的进步发展，必须依靠这个民族和国家每个个体的共同奋斗。一个勇于奋斗、坚持奋斗、奋斗不息的民族永远是最有生机与活力的，拥有最有希望且可期待的美好未来。

2019 年，为隆重庆祝中华人民共和国成立 70 周年，经党中央批准，中央宣传部等部门在全国范围内开展了新中国“最美奋斗者”评选表彰活动。这些奋斗者都是中华人民共和国成立以来各地区、各行业、各领域涌现出来的先进人物。书写和宣传这些优秀的时代劳动者，旨在大力弘扬他们的崇高精神和价值追求，在全社会积极倡导一种主流的正面的价值观，激励广大干部群众以“最美奋斗者”为榜样，自觉地把自身的前途命运同国家和民族的前途命运紧密联系在一起，高举爱国主义伟大旗帜，培养爱国之情、砥砺强国之志、实践报国之行，始终做爱国主义精神的坚定践行者；大力弘扬“幸福源自奋斗、成功在于奉献、平凡造就伟大”的价值理念，把人民对美好生活的向往作为奋斗目标，撸起袖子干、挥洒汗水拼，始终做新时代长征路上的不懈奋斗者。

全国一共有 278 名个人和 22 个集体荣获“最美奋斗者”称号。我们从中精选了 80 位最美奋斗者的故事，将描写他们的文学作品汇编成册。同时依据内容将其分成 10 卷，每卷都取该卷内一篇作品的标题作为书名。这些作品，通过讲述精彩好故事，刻画出彩中国人，彰显不竭奋斗情。最美奋斗者是时代的一座座丰碑，更是人们学习的榜样与楷模。我们希望读者朋友能够从这些奋斗者身上，从他们的奋斗经历中获得激励与启迪，特别是青少年读者、党员干部能够从这些最美奋斗者身上汲取青春热血和奋斗激情，接受精神的熏陶与洗礼，成为一个个拥有高尚情操和远大抱负的人，终生都当一名真正的奋斗者。

在本丛书策划编辑过程中，河北教育出版社给予了高度的重视和大力的支持，优秀编辑付出了辛勤的劳作，书中收入作品的众多作者也给予了鼎力支持和帮助。在此，谨向作者和出版者致以衷心感谢！

李朝全

2020年秋于北京

目录

CONTENTS

此念此心

◎ 任林举 / 1

种子钟扬（节选）

◎ 陈芳　陈聪 / 41

中国读本：塞罕坝

有关“金木水火土”的故事

◎ 蒋巍 / 83

大地飞歌

王传喜和他的代村纪事

◎ 张世勤 / 113

文秀，你是青春最美的吟唱

寻访“时代楷模”黄文秀生命成长足迹

◎ 阮梅 / 167

凤鸣歌坛七十年

记“最美奋斗者”贠恩凤

◎ 王新民 / 197

我们也可以称他为伟人

◎ 何建明 / 243

你是一座桥

◎ 田天 / 271

此念此心

◎ 任林举

当盐从血液中析出，那些落在土里和石头上的汗水或旋在眼中的泪水便呈现出固有的本质和意义。不必再提及生活和生命中的苦涩，一种纯洁、晶莹的固体已经为我们凝结、预备了前行的力量和闪光的信念。

受伤的骨头

当了大半辈子乡镇书记、担了大半辈子土、抬了大半辈子石头的吴金印，到后来才发现，骨头有时是能够发出声音的。

年轻时，他经常挑着两桶水走在山路上，或担着两箩头土走在乱石滩上。那时，他健步如飞，体态轻盈，身体和意志从来没有须臾或分毫的游离。扁担和肩膀的相接处不断传来均匀的吱呀声，他认定那是扁担的呻吟或者对所承重量的抱怨。肩上的皮肉有时红肿、有时酸痛，无非是和扁担一样，以自己的方式提一些不必理会的抗议，但这些都与骨头没有太大的关系。骨头一直保持着沉默。

然而，当上海瑞金医院的医生们对着灯光屏讨论吴金印刚刚拍出的骨片时，每个人都惊愕不已。他们断定，吴金印的骨骼曾经出现过多处断裂。也就是说，他的骨头曾经在过去的某些时间里发出过可怕的脆响或闷响。医生们分析，他的骨头如果不是发生了癌变，就一定受过大伤，一次或多次在外力的冲击、重压下发生折断——肩胛骨和几处肋骨最为明显。

对此，吴金印也感到有些迷茫。是啊，自以为坚不可摧的骨头，从哪个时间开始，竟然违背了自己的意志，也发出令人担忧的变化和声音呢？他躺在病床上，在记忆中那些密如荆条的疼痛里搜寻，搜寻着一个与断裂有关的声音。

是从县里开会后连夜往乡里赶，途中坠下山崖的那次吗？

那时，他刚去山区不久，村庄与村庄之间还没有像样的路。人们行走的羊肠小路，不是在河滩匍匐，就是在山间高悬。虽然在这样的山路上摸黑行走，随时都得提心吊胆，但不管怎么“提”怎么“吊”，也保不准突然来一个“万一”。当那个突然的“万一”来临时，吴金印还是在失足的瞬间失去了清晰的意识，只觉得眼前一黑，倏忽一下，一个惊心动魄的过程就宣告完成，一切都是片刻的事情。当他再次攀着荆条和树枝重回小路时，他已不再记得曾经有过什么声音，山石滚落的声音、树木折断的声音、肌肉撕裂的声音抑或骨头断裂的声音……空空的山谷里，一片寂静，仿佛什么都没有发生。他拖着绵软无力的身子，走回了住处。无处不在的疼痛让他躺了两天，第三天他咬咬牙，爬起来，照样下田劳动。他相信，只要骨头依然保持着沉默，他就不会倒下。

是在小店河造桥时，抬石头跌倒的那次吗？

吴金印清楚地记得，那是一块十分独特的石头，牛犊般大小，和所有的障碍一样，挑衅般横卧在那里，与人们的目光对峙着。石头的质地细密坚硬，似乎可以让每道遇到它的目光都发出铮铮鸣响。最后，人们的目光经过一阵零星而散乱的碰撞、交织和反弹，还是找到了一致的方向，几十道光束聚合到一处，同时反射到吴金印的眼中。类似的情形，吴金印已经记不清一生曾经遇到过多少次了，但他一直把这目光的集合理解为信任和依赖，同时也理解为鞭策。在这些最关键的时刻，他总是毫不犹豫地穿过人群，穿过众人的目光，迎着艰险，走在最前边。他坚信，最有力量、最坚实的事物都是无声的。只有人的骨头能和石头对话，只有目光和目光能够交流，只有行动是最有权威的命令。

他走到巨石旁边时，群众也跟他走到了巨石旁边。于是，四副绳套、四条木杠、八个人就把千斤的重量放在了肩上。吴金印负重走在右侧的最前面，在人们的呼喊声中，以自己的步幅和频率引领着这个负重群体的节奏。

这一次，重力仿佛穿过薄薄的肌肉直接作用在骨骼上，他都能感到骨头的弯曲和颤抖，但隐隐的疼痛却不是来自骨骼，而是来自骨骼里面的肺腑。至于，骨头们有没有像绳索、木杠一样发出细微的嘶嘶声，吴金印并没有留意。汹涌的汗水和人们的呼喊打断了他对自身的聆听。其实，他也不需要聆听，既然已经把这条命交给了一份卸不去的重压，还有什么必要在意以物质形式存在的身体暂时有什么反应？挺住或坚持，已成不可更改的现实和命运。此时，他要做的正是忽略和忘记，他的意识里只有距离，离开起点和到达终点的距离……

突然，他感觉双脚一软，大地倏然倾斜。那一瞬间，他已分不清传递、集中到自己身上的重量是众人肩上的重量、石头的重量，还是大地的重量；他也分不清那些混乱而沉闷的声音是人们扑倒的声音、石头落地的声音，还是来自身体内部的声音。十万颗金星在眼前迸射，旋即熄灭。巨大的黑暗，显影为一段记忆的空白。当吴金印从地上爬起来的时候，只感觉到了右侧脚踝的剧痛。大面积的肿胀和淤青，让他自己和围观的人们只看到和相信了那处“皮肉”之伤。

医生的推断基于专业和科学，看来已不容置疑，但吴金印身上的多处骨伤，究竟缘何而来、发生于何时何地，他本人也已经无法在记忆的地图上准确定位。再认真审视一下那奇怪的骨像吧！在两块光滑的骨头之间，那些粗糙的、疙疙瘩瘩的隆起物，究竟是一些怎样的存在？除了物质成分，是否含有大比例的精神要素？

一个人一生都经历过什么，才能结出这样的骨像？那些从生命深处、从骨髓里渗出的东西，除了在断骨的衔接处固化为更加坚硬的骨，是否还有一些渗透到血液之中，然后以汗水的形式渗出体外，一部分化为耀眼的反光，一部分还原为承载力量的盐？或许，那些都是骨头们在漫长的时间进程里，与他头脑中的观念、意志以及外部形形色色的压力和重负争论、对话所积攒下的话语吧！可是，那些话语却只能说在无人倾听、无人领会的内部，甚至吴金印自己也不能完全读懂或破译，就像人们并不能完全破译和读懂吴金印的精神密码一样。

现在，我们只能重返岁月深处，沿着他往昔的足迹，一直追寻至本源；循着他一路洒下的光辉，一直回溯至那些光辉的生发之处。在汗水的源头，在血液的根部，我们重温一个生命艰难而辉煌的叙事，我们倾听一部骨骼负重前行的简史。

抉　择

1966年8月15日，吴金印背着随身的行李，只身走向太行深处。

八月的阳光，似乎与这古老的山系结下过宿怨，凶狠地灼烧下来，一派劈头盖脸、不依不饶的架势。沉默的大地，也毫不示弱，干脆裸露了肌体，以坚硬的石头、无水的河滩和一道道狰狞的荒沟与之对峙。天上的云，仿佛很早以前就感觉到了形势的不利，遂纷纷逃逸，踪迹杳无。稀疏的小草，依托着一层薄薄的焦土，躲入石头缝隙，连大气都不敢出一口。偶尔有几棵低矮的树木来不及躲闪，就低了眉，垂了首，蔫头蔫脑地垂立在山体的缓坡之上。草木们命苦，正是因为它们有根而无脚，生在哪里就要长在哪里，不但出生之地不能选择，所往之地同样也不能选择，就算心有所仪，也断然不得移动。如果它们有脚，或许，早已如那些鸟兽一样，迁往风生水起的丰腴之地了。

人无根，且有脚，但由于他们的家和先人的坟墓都安在这里，便让他们生出另一种“根”。有了“根”，就难以移动，不会轻易跑掉，就只能守着穷山过活，世世代代在这山里盘桓。山中那些断续、弯曲的羊肠小道，就是山民们拖着无形的根进进出出留下的痕迹。

吴金印走在那些可叫作路也可不叫路的乱石滩上，忍受着酷热从脚下和头顶的双向夹击。汗水从他的帽子底檐流下来，顺着眉毛流到了眼中。大概因为汗水与泪水本是同源同质，他并没有感到多么不适，只是有那么一瞬间，视线受到汗水的干扰，眼前的道路变得模糊起来。于是，他用手抹了一把，额头的汗水就暂时停止了向下的流淌。当汗水再一次前行流至唇边的时候，他下意识地舔了一下，一股又苦又咸的味道，自舌尖直导心田。有生以来他第一次感觉到汗水的味道竟是那么陌生，仿佛这味道并不是来自身体，而是来自这横亘八百里的大山。

这时，吴金印刚刚 24 岁。

多年以后，当他历尽沧桑、百炼成金，从灵魂深处发出“汗水是个好东西”的感慨时，仍然清晰地铭记着那段旅途上最初的汗水和最初的感觉。但他也许并没有意识到，在世界上有一些地方或领域，汗水滴下去之后，也可以成为种子，生长出可供灵魂食用的“植物”或“粮食”，假如，每个人都确有灵魂。

从老家李源屯的董庄到卫辉，再从卫辉到此行的终点狮豹头，其间的路程加在一起百里有余。尽管崎岖不平，对于年轻体壮、血气方刚的吴金印来说，不过是从日出到日落之间的区区 10 个小时急行。但是，谁都没有料到，从他第一天踏上这段山路到最后离开，竟然用了整整 15 年的时间。

年初，他被选送到中央团校学习，临走前，组织部门透露，学习结束后打算将他分配到新乡地区团地委工作。此时，李源屯的乡亲和自己的家人可能正在盼望着他荣归、升迁的好消息。谁想到，仅仅一夜之间，他竟然放弃了去城里工作的机会，连个“照面”也不打，就直奔山区而来。对于这样的决定，盼着儿子出人头地的父母会理解吗？指望着有朝一日能把自己“带”出落后的农村，让生活有个着落，让孩子们受到良好教育的妻子会理解吗？其他内心有所期待的亲友和乡邻们理解吗？为此，吴金印也不是没有矛盾和挣扎。从中央团校回到河南，在新乡等待分配的那个晚上，他一夜没睡，辗转反侧，思前想后，追问和思索的就是这样一些问题：一个人，一生究竟要为什么、为谁而活？怎样、在哪里才能找到自己的价值和意义？

中央团校半年多的学习，是吴金印人生的一个重要转折。在那半年时间里，每一天他都能感觉到生命里有一些东西在被唤醒、被点燃。听老师讲课，听老前辈做报告，去天安门广场参观人民英雄纪念碑，去八达岭长城凭今怀古……一宗宗、一件件，无不让他心潮澎湃或感慨万千。

团校学习结束了，吴金印回到新乡。

入住新乡地委招待所那个夜晚，吴金印毫无睡意，他在认真地思考着今后的人生之路究竟应该如何走。是选择脚踏实地，还是选择展翅翱翔？想到此，他抚摸一下自己的肩膀，在未来的岁月里，它果真能够生出丰满的“羽翼”吗？虽然，那个年代的每一个年轻人都有自己的理想，但对于自己的出身、情感、性格，吴金印是心里有数的。将来能做什么也许不好预料，但想做什么、愿意做什么，他自己还是清楚的。顺应着自己的认知和意愿想下去，最终，他还是确认，这副肩膀更贴近大地，更适合担担和负重，至于搏击“天上的风云”，那是别人的事情，还是让那些更适合的人去做吧！

夜色渐消，熹微乍现。他终于想明白了一个道理，如果不是为了刻意吸引那些仰视的目光，行走或飞翔又有什么区别呢？一双臂膀，如果能够在地上担负起千斤重担，不是比它们在空中徒劳地舞动更有意义吗？就这样，他给自己的人生做了一个初步的定位——此生不当什么大官，也不贪图安逸，只要能够带领一方百姓从困苦中挣脱出来，过上好日子，就已经很满足了。于是，他披衣下床，郑重地给上级组织写了封信：“我从小在农村长大，祖辈都以种地为生，熟悉土地、熟悉农民、熟悉农村工作。眼下，农村的生活还很困苦，需要人，恳请组织让我回到艰苦的农村去开展工作，我要在那个广阔天地里实现人生的价值……”

苦命之“根”

卫辉市西北 15 千米有镇名曰太公镇，镇又辖村名叫太公泉，村中有太公泉、太公庙、太公祠、太公墓，据学者考证，这就是姜太公故里。据传，3000 年前，太公姜尚曾坐在太行山区的某块平石之上，终日垂钓。“不用香饵之食，离水面三尺，尚自言曰：负命者上钩来！”

大钓无钩。这一钓不仅仅钓得了千古英名和一个繁荣的王朝，还钓尽了此地未来 3000 年的风水，鱼几尽，水几绝。之后，再之后，生活在太行山区的很多山民祖祖辈辈都不得不因为缺水而穷、而苦、而发愁。

56 岁的暴秀明讲起那些不堪回首的往事，脸上似乎仍然残留着洗了多年仍未洗净的愁苦。

暴秀明过去居住的村庄叫虎掌沟，因太行山延伸至此，几沟几岭组合出的地貌恰似巨大的虎爪而得名。“虎掌”之中水贫土薄，由于岭高、沟深、地险，村中无河也无井，村民吃水全赖一个自然积水坑。坑中泥土、草末儿、虫子、牛羊粪、蛤蟆、蝌蚪等混在一起，混浊不堪。讲究的人家，回去用箩过一下，再撒上一些白矾，澄清以后才用；不讲究的人家，倒在锅中随便抓几下，点火就做饭。即便这样的浊水，也并不是天天都有，只有下雨过后才能吃上。平常日子，就要到十几里地之外去挑水。

暴秀明的爷爷挑了一辈子水，走了一辈子崎岖难行的山路，终于压坏了脊柱，压弯了腰，到晚年背驼得两头快扣到一头，走路时只好按着一只小板凳一步一步往前挪，身子弯得比小板凳还要低。临终之前，他就有一个愿望："等我一闭眼儿，你们就趁热把我的腰拽直，好把我直着放到棺材里！"谁知，到了那一天，儿孙们一边哭一边努力完成老人的遗愿，但终究还是没把老人"拽直"："用力按头时，脚翘起来；用力按脚时，头翘起来……"

2005 年，因为虎掌沟等四个国家级贫困村划归吴金印任职的唐庄镇，暴秀明和全体虎掌沟的村民才有机会一起逃离这个巨大的虎爪，迁到山下的四合新村。这是吴金印任职期间、职责范围之内救助的最后一批山区困难人口。

40 多年前的狮豹头，绝大部分山村和虎掌沟的情形如出一辙。一些地方的山民连挑水也很难找到地方，每逢夏季干旱，吃水就得靠供应，政府派车往山上运水，分到各家各户，一人一天只有三碗水。娃娃们的手脸常年不洗，脸上都裹着铜钱厚的黑泥。成年人也大多是几天才洗一回脸，洗过的水舍不得泼，再用来洗衣服，洗完衣服的废水再用来饮牲口。池山村 70 多岁的徐锡权老汉，披着皮袄到几里外的山泉边挑水，黄昏时，一个人担着两桶水东倒西歪地走在布满石头的山道上，一脚没踩稳，便跌入山沟摔伤了腿，落下了终身残疾……

吴金印常说:“老百姓是我们的衣食父母,是我们的爹娘,对爹娘不好的人,就是不孝之子。”可怎样才是真对老百姓好?吴金印的阐述很简单,就是“把老百姓放在心里”。放在心里,不仅要了解和关心老百姓,而且还要把老百姓的事情当成自己的事情,真心实意地为他们说话、办事、解决问题。更重要的是,还要把自己这颗心和情感交给老百姓,与他们同甘共苦、同笑同哭。

进山之后的第二年,吴金印就在包村驻点的实践中找到了让自己和群众同心同德、血脉相连的最好方式——“四同”,即与群众同吃、同住、同劳动、有事同商量。虽然,那时他对自己的工作方式和方法还没有系统总结和科学论证,但已经很自觉地将这些想法付诸实践,并一直坚持到晚年。

吴金印总结自己大半生的人生经验,深深地感叹道:“做不到‘四同’,就做不到真心为民。”高高在上,怎么能知道民间还有那么多的苦难和不幸?不入“红尘”像“民”一样生活,又怎能体会民之为民的艰辛和酸楚?两脚不插入泥淖之中,你怎么了解身陷泥淖之人内心的感受和愿望,又怎么能够真心实意地和他们一样烦恼、忧虑,一样急切地寻求解决问题和摆脱现状的出路?

当然,眼下最要紧的还是从解决他们的实际困难入手,先拔“穷根”。山区人民的“穷根”虽然不止一条,比如路少、田少、资源少等,这些都要在将来一一拔掉,但最首要的一条还是缺水。水是生命之源,也是生活之源。对于靠种地为生的农民来说,缺水就缺粮,缺粮就缺吃、缺穿、缺钱花。不仅如此,缺水,有时还可以直接导致人们无法生活。

“好吧,”吴金印打定主意,“那就先解决水的问题,想办法让老百姓吃上水,浇上地。”

可是，水源在哪里呢？

太行山区的水一向如机警的野马，雨来，从天而降，奔腾咆哮，势如排山倒海，所过之处石滚土崩；雨过之后，短时间内即消失得无影无踪，山石依然，草木依然，太阳暴晒几日之后，甚至雨水行过的足迹都无可追寻，仿佛这里什么事情都没有发生。除了几条较大的河流水量丰盈，谁也不知道水都去了哪里。

狮豹头乡靳庄的一处山崖上，至今还隐约可见五十年前有人以红漆涂在上边的一行大字："找不到大水，死不瞑目！"这模糊的字迹，既反映了当时村民们盼水的心情，也传达了当年吴金印四处找水的决心。

卫辉市档案局原局长孟双喜，当年在狮豹头公社给吴金印当通讯员，曾经见证了吴金印找水时的全部热忱、艰辛和痴迷："那时，他满脑子装的都是找水的事情，一心一意找水。只要有一点点儿时间他就去山上转，礼拜天和节假日，一天也没休息过，不是到山上去栽树，就是到山上去找水。有时我陪着他，有时我和另一个水利技术员陪他，有时他一个单独出去。狮豹头的山岭和河沟几乎没有他没去过的，从最高的老绝顶，到那些干涸的无名河谷……"

为了寻找水源，狮豹头大山小山、沟沟汊汊都布满吴金印的足迹。听有人说，更深人静后可以听到地下河水流动的声音，他就带人手持黄蒿拧成的火绳，夜间翻山越岭，四处寻找山脚、石隙，耳贴石壁静听。听说哪里有个泉眼，他立即跑去看个究竟，反复研究能不能利用、如何利用……

在一次闲聊中，吴金印听说西沟有一眼山泉，有人去泉里打水发现过很大的鱼。他突然就有了一个灵感——这么干旱少水的地方，哪来那么大一条鱼？俗话说："浅水不生大鱼。"反推之，既然有大鱼，就一定有大水。如果地面上看不到明水，那么水一定藏在暗处。或许，这泉水的底下就连着一条暗河。果真如此，靳庄的老百姓可就有福了。我们可以修一条渠，把水引到村子里，让世代为水愁为水苦的老百姓吃上“自流水”，也可以引到田里，把这里的低产田变成水浇田、高产田……

西沟那个水坑，吴金印为徐锡成家挑水时是去过的，也听人们议论过那个水坑的神奇。据村中老人说，有一年连续大旱几百天，周边十几个村庄都来泉边挑水，人们排着长队日夜不停地挑，也没把它挑干。事实证明，这泉子下面确实应该连着很大的水源。但在听到这事前他并没有想这么多。突然降临的想法，让他兴奋不已。

他立即找到靳庄的大队书记孔现银，召开支部和党员代表大会，集体研究商量。意见统一之后，再召开群众大会，倾听群众的想法，听取群众的意见，集中大家智慧。听说要寻找暗河，引水进村，村民们茅塞顿开：“俺们祖祖辈辈守着这泉，怎么从来没想到呢？中啊！你有主意俺们听你的，你说咋干就咋干！”

时令刚好赶到了秋粮收过之后，农活不多，可以在春秋两个农忙的间隙，展开手脚大干一番。当吴金印带领几百号人“开”到西河沟，站在乱石横陈的两山之间举目四望时，他的心情有几分兴奋，也有几分忐忑。这是他来山区领着群众干的第一件大事。干好了，可以为民造福，惠及后世；干不好就会劳民伤财，让本来负担很重的村民再背上一重负担。

“水往低处流”。如果泉下确有暗河，一定会从高处流往下游。为了稳妥起见，他们商量了一个虽然工作量大但万无一失的方案。在离水坑 30 米左右的下游挖一条从南山到北山横跨河谷的长沟，不管暗河从哪里流过，一直挖下去，定然能把它截住。吴金印的作风一向是说干就干，干就带头。接下来，这支挖掘“梦想”的队伍，在他带领下，向不明方位、不知深度的地下展开了汹涌澎湃的进攻。遇到河卵石用手搬，用肩扛，用箩担；遇到巨石用炸药炸……人们起早贪黑，挥汗如雨，一鼓作气在河滩上挖出了一条10多米深的大沟。这时，时间也已经过去一月有余，可是仍然没有一丝水的迹象。

夜晚，吴金印一个人到沟里巡查，手拿石块东敲敲西打打，多么希望从回声中得到某种带有方向性的暗示或回答，但大地沉默依旧，静得没有一丝一毫的声息，静得让人心里恐慌。这沟，是继续挖还是停下来，在面临选择的关键时刻，吴金印还是把决策权交给了大家。此时，大家虽然对推测中的暗河毫无把握，但仍把信任的目光聚集到了吴金印身上：“你说吧，你说挖，咱就接着挖！”

面对群众的安慰和鼓励，吴金印感慨万千，两眼不知不觉地就充满了泪水。这是一个开端。在这种汗水与泪水交织的农村工作实践中，一种独特的对农民群众的认识和态度，渐渐在吴金印的心里形成并清晰起来：“群众最有理解力和辨别力，最知道谁真心对他们好，也最通情达理。为了他们，吃再多的苦、流再多的汗都值！”

虽然这件事暂时不得不告一段落，但吴金印却心有不甘。如果让他承认自己找水的思路和方法有问题他完全没意见，但让他承认泉下没有更大的水源他却不愿意。在一次支部会上，旧事重提，吴金印激动地表达了自己找到水源的信念和决心：“找不到水源，死不瞑目！”话一出口，立即得到了其他几个支委的高度赞同。其实大家的想法是一致的——人苦点儿累点儿，没什么可怕，可怕的是没有追求和盼头。没有失败哪有成功？不拼不干什么时候能等来舒服日子？会后，一个支委悄悄拎着漆桶到西沟水坑边，在旁边的山崖上写下了大家这个共同的愿望。

之后，吴金印又到水坑边去了几次，反复琢磨这水坑的源泉应该藏在哪里。有一天，他站在远处观察，突然发现水坑所在位置的地势明显高于周边。原来，这水泉正是因为自己的石头挡住了自己的路。他恍然大悟，其实哪用费那么大的周折？只要把坑边高出的石头铲平，也许……他立即召开支部会把自己新的想法说给大家。大家一致赞同。

几天后，吴金印又带着群众来到水坑边。他们顺着坑沿往下挖，挖着挖着，坑里的水果然沿着斜坡奔涌而出。好大的一脉清水！虽然人们仍然说不清泉中的水究竟从何而来，但它的水量却充沛得仿佛无穷无尽。接下来，一切都变得顺理成章。吴金印带着靳庄人，修一条转山渠，把水引至村庄，然后在各家接上水管……从此，村民们不但吃上了自来水，而且还有200亩农田因为这眼清泉变成了水浇地。

通水的那天，全村男女老少欢呼雀跃，脸上洋溢着喜悦，如久旱的树木终遇甘霖——沉积了几百年的灰尘一扫而光，枝叶伸张、舒展……吴金印从人们脸上看到了一种久违的生机与灵动，他的心，遂被一副副动人的表情所感染，充满了甘甜。

羊湾啊羊湾

沧河水行至羊湾，遭遇棋盘山的阻隔，一赌气，绕了长达数千米的大弯子，一个迂回就掠去了千亩沃土。若以人事论山水，此为争斗之相，正应了天地间阴阳二气失和之说。有关棋盘山的神话，在这一带的民间已经流传很久。棋盘山之所以叫棋盘山，是因为曾有上界二位神仙手执黑白之子在这山中对弈，久无结果，遂拂袖而去，遗下空荡荡的棋盘和两股不平之气，化作互不相让的青山和绿水。

实际上，阻挡了沧河前行之路的这段山体，可叫山，也可称石壁，最薄弱处从前到后不过区区200米的厚度。早在吴金印来狮豹头之前，就有一些有心的群众看破了这段山水之间的玄机。如果能劝一劝棋盘山，为沧河让出一段路，也劝一劝沧河水，别负气绕那么大的一个圈子，委屈一下从棋盘山的脚下走，把多占用的土地让给山区穷苦的老百姓，让他们种庄稼，吃饱饭，过上好日子，岂不美妙？

吴金印一到羊湾村蹲点，大队书记郭文焕就把这个大胆的想法说给了吴金印："把山体打通，让河水改道直行。"郭文焕一说，吴金印立即深表赞同，原来这是久久藏在山区群众心中的一个梦想啊！

吴金印一边和村民们交谈，一边心中暗想，一个干部，口口声声说的是为人民服务，可什么是真正的服务呢？不就是为他们谋福利，致力于帮助他们实现一个又一个梦想吗？那时的吴金印正血气方刚，不怕苦、不怕累、不怕困难，越是艰难的事情，越能激发他的斗志。有了初步想法之后，他立即回到公社，召开班子会研究如何将其付诸实施。当他把这个想法说给公社党委班子，班子成员都听懂了，大家一致赞成这个主意。然后，他又把这个想法说给羊湾大队以及全公社其他干部群众，大家最后也都听懂了，大多数人为这个主意欢欣鼓舞。然而，高山与河水都有自己的语言体系和交流方式，它们听人类的语言无异于唧唧虫鸣，根本不予理会。吴金印知道，与那些近于永恒的事物对话，不能靠语言，只能靠行动，靠那些钢铁与钢铁相互撞击释放出的巨大声音，靠意念、意志和不计其数的血汗。

“让高山低头，让河水改道。”

如果把这理解为人与自然的一场征战，那就需要付出足够的勇气和力量，如果理解为一场特殊的对话或谈判，那就要付出足够的耐心和智慧，总之都要付出巨大的代价。吴金印大略估算了一下，这一桩“生意”做完之后，尽管代价不小，但所得的回报也十分诱人。那可是600多亩良田啊！为了山区人民千秋万代的利益，付出再大的代价也值!

经过严密的论证、沟通、协调和发动，吴金印很快把羊湾村改河造田工程落到了实处，在人力、物力和财力上做好了开工准备。

1973年10月16日，一支由男女青壮劳力组成的庞大队伍浩浩荡荡开进了乱石滚滚的沧河滩，在大山与沟壑间的平川上安营扎寨。平川前旌旗招展，人喊马嘶，一片欢腾的景象。公社的广播站、电影放映组、卫生队、财务组、后勤组……全部开到现场，以最短的时间各就各位，以最快的速度进入工作状态。一时间，人们摩拳擦掌、热血沸腾，再也顾及不到棋盘山的风声和沧河水的咆哮，只等待着一个激动人心的时刻到来。

40多年后，旧事重提，羊湾村的李爱菊老人仍余兴未尽：“从来没见过那么多的人，激动啊，心里咚咚响着一面鼓哩！”就这样，一场人类与自然对话的恢宏序幕徐徐拉开。

羊湾打洞棋盘山改河造田的启动仪式，简单而庄严。开山造地的队伍面对大山，如同面对强悍凶蛮的敌人战阵，吴金印则是第一个出战的将领，身先士卒，拎起一柄大锤走向大山，向大山宣战。

一锤下去，大山被震得微微颤抖，紧接着就是第二锤、第三锤……在他的感召下，民工们意气风发、干劲十足。大山东西两边同时开钎，相向施工。

霎时间，沉睡千年的沧河滩锤起锤落，石屑飞溅。锤声、炮声、号子声交织在一起，有来有往，有叩问，有回响，仿佛一片连绵不绝、激昂雄壮的激辩。为了提高工效，民工兵分两路，从山体的两侧同时相向打洞。吴金印亲领任务，与公安特派员侯宝群、团委书记孟双喜三人一组，一盘钎子两把锤，轮流扶钎，轮流打锤。虽然几个人各有指挥任务，但指挥不误定额，别的小组每天打炮眼定额3米，他们几个人半日就开进4米。

在叮叮当当的撞击声中，时间仿佛一只受伤的鸟儿，收拢了透明的翅膀，凝固下来，化作灰色的粉尘，从人们的头顶、从侧面的石壁，纷然而落。汹涌的汗水从吴金印的发际、脸颊流淌下来，流过颈项、流过前胸、流过后背、流过腰际和双腿、流过双脚，通过棉质的圆口布鞋与脚下的岩石合为一处。汗水，如难以抑制的背叛的力量，不断从血肉之躯中溢出、逃离，之后，又与空中的石粉合谋，对它们的主人进行了不易察觉的围困和涂改。慢慢地，吴金印的帽子、皮肤、衣服……一切最终都变成了石头的颜色和质感。如果不是那双不肯闭上的眼睛始终在不停地眨动，如果不是那柄不肯屈服的大锤一下接一下在空中划出倔强的弧线，那人看起来就是一尊雕像，或许就已经化作了一尊雕像。应该换岗了，人一动，脚下露出了两个深黑色的湿脚窝，看上去很像一棵植物被从土中拔出后留下的痕迹，也很像一个生命为了证实自己的存在刻意留下的印记。但这样的印记，在那个热火朝天的山洞里比比皆是，根本就没有人留意，只是任其一次次显现，又任其一次次被石粉覆盖……

放眼烟雾缭绕、石屑横飞的山洞，一个个、一组组到处都是像吴金印一样的“石人”。浓重的粉尘呛得人喘不过气来，他们就用毛巾勒在嘴上当口罩。衣服被石粉糊得没法穿，夏天休息时，他们就赶紧将衣服洗净，搭在绳上晾干，起来再穿；冬天没法洗，就用体温暖干，然后用手揉，用石头刮或用笤帚将石屑除掉。

山洞越来越深，人们的兴奋劲儿更加激烈，但一个严重的问题摆在了大家面前。因为没有抽风机之类的设备，每次爆破之后，山洞内的烟尘久久不能散去，只闻其声，不见其人，严重影响了施工进度。吴金印将大家召集在一起，商议策略。“三个臭皮匠，顶个诸葛亮。”很快大家拿出个办法：每次爆破后，人们按排展开衣服，依次往洞口处飞跑，来驱散洞内滚滚烟尘。

“导洞”打到第 11 个月时，现出了胜利的曙光。几乎两侧的民工都听到了山体中传来了隐约的咚咚声，这声音意味着相向打洞的两支队伍已经相距不远。人们被这声音振奋了，他们干一会儿，停下手中的锤，仔细听听，再撒着欢儿地猛干一阵。渐渐地，感觉那悦耳的咚咚声越来越近、越来越清晰了。对于那些日夜期盼着把洞打通的人们来说，世间任何音乐都没有那断续的咚咚声美妙动听。整个白天，他们的心被那渐行渐近的声音撩拨得兴奋不已，一阵阵心跳、血涌。夜晚来临，随着最后一阵锤打铁钎的声音结束，山洞两侧同时安放好爆破炸药。一声巨响之后，两边的人们忘情地呼喊起来。东边的人越过豁口爬到了西边，西边的人越过豁口又爬到了东边。每个人都高兴得像孩子一样，蹦跳着，拥抱着，欢笑着，嬉戏着，庆祝着。

时至凌晨，在县里开会的吴金印正沉睡在梦中，突然接到从工地上打来的报喜电话，他也睡意顿消，立即连夜步行赶回羊湾工地与群众共同见证、分享这欢乐且具有历史意义的时刻。

崭新的一天已经降临，青年洞打通的消息如长了翅膀的鸟儿，飞到了附近的村庄。村庄里的男人、女人、老人、儿童倾巢出动，奔走相告，把这令人振奋的消息传得更远。欢乐的涟漪以这个日子为原点，向着未来时空里一波波地荡漾着，一直到几年之后，那波纹似乎仍未彻底消失。在羊湾7个自然村中，一两年之内，很多村民都怀着崇敬的心情，把这一历史事件嵌入了新生婴儿的名字，有的取名“洞生”，有的取名“洞莲”，有的取名“云洞”……这些人将以生命的长度把一段岁月的荣光延伸至遥远的未来。

苦　行

吴金印在狮豹头工作15年，有10个春节是在山上过的。

有一年，大年三十早晨，吴金印把公社其他工作人员都打发回家去过年。最后，只剩下他一个人站在空荡荡的院子里。这是一年中最清闲也最空虚的时刻，他感觉自己此刻就像一只空转的轮子，因为突然失去了负荷而飞旋得心惊胆战。他一下子想起了很多事情。他想起了父母慈祥的笑容，想起了妻子温柔的低语，想起了孩子们天真爽朗的笑声，想起了锅里煮肉时飘出的阵阵香气，想起了柔软的被子，想起了长长的睡眠，想起了整天斜倚在床边和乡亲们漫无边际地“喷”，没有任何劳作……想着想着，突然有一丝倦怠如一阵凉凉的风从脚底侵入，一直蹿到心窝。他突然打了一个冷战，觉得周身有一些乏力。他知道自己又中了“软弱”的埋伏，一个时期以来，特别是震动全省的羊湾工程结束之后和女儿小红的医疗事故之后，这种懈怠和厌倦的情绪已经有几次找上门来了。这些情绪就像潜伏于自己身体内部的敌人一样，一直在寻找着最佳时机准备向自己发起攻击，稍有松懈，它们就有可能猛烈扑来，将自己撂倒在地。吴金印已经意识到了他们的可怕，但他此时并没有害怕，至少他认为自己暂时还有办法，有力量战胜它们。

想当初，吴金印刚到狮豹头的时候，他给自己的规定就是“吃百家饭，串百家门”，但要确保一次也不超越规定的“纪律”的边界。他就是要给自己定下苛刻而不可通融的条规，以此锻炼自己的意志力和原则性。无论到谁家吃派饭，一律只吃粗粮、粗饭，并如数留下钱和粮票，无一次例外。直到现在，大家共同进餐时，只能由他给别人布菜，如果别人给他布菜，他是坚决不接受的。就算你已经把菜布到了他的碗里，他也要夹出去，以此表明他坚决不接受别人的“服务”。这么多年，他已经养成了一个根深蒂固的为别人“服务”的习惯。

在狮豹头时，逢年过节，山里人改善生活，他就找个借口躲开，坚决不吃群众一口好饭好菜。在群众家里吃饭时，吴金印有个习惯，就是要掀开锅盖查看群众和他吃得一样不一样，哪怕稀稠不一样都不行。不少时候，群众吃糊涂菜饭时，往往要擀点儿稀罕东西——白面条，给他盛饭时会悄悄把面条都捞到他碗里，上面盖上一层菜饭做掩护。其实这是群众看他整天跟他们一样干活流汗，为大家操劳，表达的心疼爱戴之情。对此，吴金印坚决“不领情”。他会很坚决地把自己碗里的面条倒回到锅里，一面拿勺子充分搅匀嘴上一面念叨，同甘苦共患难，有“好的”咱们一起吃。

吴金印在山上的15年，《三大纪律八项注意》这首歌他不但经常唱，而且落实在具体行动上。当年，毛泽东把“解放军不吃苹果”的故事作为党风建设的典型范例，吴金印至今牢记在心里，他一张嘴就能够准确复述。毛泽东这样说，在这个问题上，战士们自觉地认为，不吃是很高尚的，而吃了是很卑鄙的，因为这是人民的苹果。天长日久，各村群众都明白了他的规律，但大家却不知道他为什么要如此坚持，为什么能够如此坚持。

有一年他在池山村蹲点，正好赶上了端午节，到了吃饭的时候他又神秘地“失踪”了，谁也找不见他。这时，公社的一名干部来到池山村，说是有急事要找驻队干部吴金印。有人把他领到吴金印吃派饭的群众家里，可是女主人苦笑着说：“我们两口子也正焦急地等他回来吃饭呢。早饭后他说上午有事，晌午饭不一定回来吃，带了本书就匆匆走了。你看，到现在也没见他回来，真是急死人哩！”于是，大家开始分头去找，可是，找遍了整个山村，也没找着个人影。最后，这名公社干部找到了池山大队支书李仁。一听说来人要找吴金印，李仁笑了：“你们可是找对人嘞！这会儿，他一定在山上，不到天黑他不会下山。这样吧，麻烦你在山下等会儿，我上山找他。”李仁说完就向山上爬去。他翻过一道又一道山岭，不住地高声喊：“金印！金印！”当他好不容易爬到山顶一看，吴金印正坐在一块石头上看书。李仁气喘吁吁地走到他跟前说：“你这个吴金印哪，大过节的躲在这大山尖儿上，让我咋说你好哩！”吴金印轻描淡写地回应：“这儿看书僻静啊……”李仁也笑了：“你可甭跟我绕弯子，我知道你是不忍心吃群众家的好饭，才这样东躲西藏的！”其实，李仁对吴金印的了解也不全面，他也只是说对了一半。他并不知道吴金印正是要通过这些生活细节的历练，塑造自己，提纯自己的精神成色。

曾有知近的人，认为他这样苦待自己没有必要，他却正色反驳："谁不知道倒着好受，谁不知道肥肉好吃，可是我有什么特权放下山区群众，不管不顾地讲起享受？"

那天，他站在狮豹头公社的门前向高耸入云的跑马岭遥望了很久，然后，微笑了一下，决定这个春节不回家了。这时，刚好通讯员孟双喜跑了过来，吴金印马上对他说："小孟啊，你准备一下，陪我一起去一趟跑马岭，这个春节咱们做一件有纪念意义的事情。"

关于跑马岭，曾流传有多种传说。有人说，因为有两匹天上的金马每天夜深人静时都在那平坦、光秃的岭上奔跑、嬉戏，所以得名。有人说，明朝的开国皇帝朱元璋，曾带领胡大海、常遇春等人在此屯兵牧马，岭上日日响彻马蹄的声音。不管是真是假，那都是很久很久以前的历史，后来的跑马岭只不过是一个空荡荡的平场，连一棵树都不长。山民们走在岭上，常被一轮大太阳追得无处躲藏。汗流浃背之时，无不从内心里发出同样的渴望——这山岭上若是有一棵树该有多好啊，好歹避避阴凉！

"吴书记，恁又在琢磨在跑马岭栽树的事吧？"通讯员小孟说。

"小孟啊，常言说'人头有血，山头有水'，我看，咱们今天去跑马岭上栽树试试，说不定能成功哩！"

说干就干！他们很快到沟边砍来一捆用于扦插栽种的柳枝，又随便准备了一些干粮，扛上镢头、背上水壶出发了。俗话说，望山跑死马，更何况是如此险峻的跑马岭呢！经过大半日的攀爬与急行，尽管是严寒袭人的季节，两人的棉衣却很快被汗水浸湿了。在一处光秃秃的山坡上，他们停了下来，用镢头一下一下刨开石头，再从别处一点点儿收集山土，把柳枝一根根栽上。最后又用水壶从泉眼提来泉水，普浇了一遍。

吴金印看着刚刚栽下的一排“柳树”，突然生出些感触：“小孟啊，恁以前听说过无意插柳柳成荫？这柳树，生命力很强啊！无论在河边还是在山上，无论在南方还是在北方，只要你把它们埋在土里，转春就活。我们做人也应该像柳树一样，走到哪儿就要在哪里生根、发芽，长出一片绿荫！”这一席话，似有意教育年轻的通讯员，又似自我抒发或内心的道白。

稍事休息之后，他们接着栽种。饥了啃口干馍，渴了喝口泉水，一刻不停地栽呀栽。吴金印做起事来，经常忘记时间。等上百棵柳枝全部栽完，已是繁星点点。远处的山村，隐隐传来噼里啪啦的鞭炮声，新一年的大门已经徐徐开启了。这时，吴金印的思绪仿佛才从一个很遥远的地方回到现实，想起这是除夕之夜。他直起身，对小孟微微笑了一下，微笑里包含了几分歉意。他觉得对小孟有点儿忽略了。这是中国最传统的节日，就算自己不想回家，小孟也要回家与亲人团聚呀！可是，“上山容易下山难”，况且夜色已重，在悬崖上走路一脚踩不稳，掉进山谷就会粉身碎骨。为了安全起见，吴金印还是决定不冒这个险，他转过身对站在身后的孟双喜说：“小孟，白天上下山人们还提心吊胆，现在天晚了，看不见路，咱干脆找个山洞将就一夜算了。”于是，他们就在山南面找了一个小山洞，又找来一些干草，铺在地上当地铺。

隆冬天气，就算住在有门、有窗、有火塘的屋子里，都难保温暖，更何况这洞门大敞的山洞！一阵寒风吹过，汗水浸湿的衣服格外冰冷，他们咬紧牙关坚持着。一会儿躺下，一会儿坐起，一会儿又站起来跺跺脚。小孟年轻耐受力弱，早冻得上牙直打下牙，便提出建议：“吴书记，咱们烤烤火吧？”吴金印沉思片刻说：“咱在山上点火，山下的群众看见，不知发生了什么事，大过年的，可别弄得群众不安生，咱还是忍着点儿吧！”于是，一段让孟双喜终生难忘的艰涩时光，被一点一滴地挨过，从漆黑到微明。

那一年的除夕之夜就那么过去了。当新一年的第一缕阳光照进山洞时，也照亮了吴金印脸上的微笑。那微笑对于年轻的孟双喜来说，是难以解读的。但对于绿荫满山的未来来说，那微笑显然是一场战役之后停留于得胜者脸上的、一时还难以消散的满足和自豪。

宏图大展

吴金印到唐庄镇的第一件事就是召开班子会，解决大家的认识问题。

当“全心全意为人民服务”已经成为某些干部挂在嘴上或用来粉饰自己的套话时，它原有的语义便被篡改。吴金印深知，“这锅饭”必须一丝不苟地做好，一旦夹生，对开展工作和对党员领导干部的形象都会产生不可挽回的伤害。他觉得，想干真事，就得讲真话，哪怕这真话说出来会让一些人心里发抖、额头冒汗。

他清了清嗓子慢慢地说：“同志们，我们吃的饭是谁给的？是党给的？是政府给的？都对，但归根到底都是人民给的、老百姓给的。我们是国家干部，我们花的每一分钱都是纳税人的，是人民，是老百姓养育了我们。老百姓养一头猪一年能换几百元钱，养一只鸡一年能攒一罐鸡蛋，养一条狗还能看家护院。老百姓也养育了我们，如果我们不知道感恩和回报，不替老百姓办事，猪狗不如哩！”

说罢，吴金印环视一周，接着说下去：“这个道理并不是我的新发现，其实，谁都明白。那么为什么都不说呢？是不敢说，是给自己留有余地。留有余地，就是对自己的信念和言行没有把握，就是随时准备着反悔或转身撤退。”吴金印笑了笑，缓和一下语气，“我相信大家都不是这种伪善的人、犹疑的人。据我了解，唐庄的经济状况还比较落后，唐庄的老百姓还不富裕。我到唐庄来，没有别的想法，就是要和在座的各位一起，带领唐庄的老百姓致富，让他们过上与我们这个国家、与我们社会制度相匹配的好日子，就是要帮助他们彻底挖掉穷根。当然，要彻底拔掉这条扎得很深的穷根，永远不让它再发芽，还得靠我们这些当干部的人身先士卒、真抓实干，还得依靠全体人民和我们一起出力、流汗，用勤劳的双手和智慧去合力创造。光靠平时逢年过节为贫困户送一箱方便面，送一桶油，做些表面文章，永远也难拔掉这条钻到石头缝里的穷根！”

开始制定唐庄的发展蓝图时，有人来问吴金印，这蓝图由谁制定。吴金印坐在案前埋头批阅文件，虽然没有抬头，却大声应了一句：“群众！”来人愣在那里，半天不知道应该说什么好，他在怀疑自己是否听错了。过一会儿，吴金印抬起头笑了笑，详细地解释了自己的想法。他对来人说：“我们的蓝图制定，要充分调查研究，要广泛听取老百姓的意见。看到底怎么做才符合我们的实际，怎么做才能满足群众的需求。我们是在给老百姓干活，就得听老百姓的。真正的智慧和高见，都在群众之中。你们先走出去，到群众中征求意见，寻找方略，回来咱们再讨论。”

来人犹犹豫豫地走出了吴金印的办公室，他很难理解吴金印的这个想法，因为按照以往的惯例，就是由一个工作人员负责起草，然后找几个人在会议室里议一议，通过了，就下发执行或束之高阁。然而，他却有所不知，这一招正是吴金印和一般领导的不同之处。这些年，他之所以能把每一件事情都做到点子上，既踩准政策节奏又受群众拥护，有时甚至还能走在政策的前头，就是因为他始终能把群众的需要放在首位，凡事从老百姓的实际出发。

回首他走过的路，无论发展副业补农业、率先发展多种经营、率先发展节能环保经济、在开发中保护耕地，还是新农村建设等，基本都先于国家大力提倡一两年时间。他的超前意识，一方面来自对党和国家政策的敏感和把握，更重要的就是因为他每做一件事情，都能够及时捕捉民意、顺应民意，尊重来自百姓的意见，办群众想办和向往的事情，而民意正是国家各项政策的基础，所以他自然会走在前头。

在卫辉市868平方千米的土地上，数一数，算一算，唐庄镇的地形地貌都是最复杂的。西部是山区，北部是丘陵，东部与南部为平原及低洼易涝地带，各具特色却也各成难点，如四道不好破解的难题。西部山区除了石头就是石头，光秃秃的山寸草不生，谁靠上了谁受穷；北边丘陵地带，沟壑纵横，有水大丰收，无水一片黄；南部河谷地带，低洼易涝，雨水稍多就是一片泽国；也就是东部平原还稍好一些，土地肥沃，水利条件好，离城区近，地少人多，适合种菜。难啊！从上到下都承认难。不难不是早就成了富镇、强镇啦？

在吴金印派出的4个调研组里，其中就有一路是他亲率的。他带领一路人马直奔西部山区而去。到了山区一看，好家伙！抬头是石头，低头是石头，山上是石头，沟里是石头，东南西北到处都是赤裸裸的石头。看着这满山的石头，吴金印突生灵感，便问身边的随行人员："你知道山区的百姓在想什么吗？"随行人员摇摇头，表示不知道。吴金印风趣地说："他们一定在想，如果能把这满山遍野的石头变成钱多好啊！"大家都笑了，可是谁有本事把石头变成钱呢？他们几天的调研，重点就是向山区老百姓征求意见，政府需要做些什么、怎么做，才能帮老百姓把这满山的石头变成钱。

正当吴金印四面出击寻找唐庄的发展良策时，突然有风言风语传到吴金印的耳中。有人说吴金印就是一个山区农民，打洞造地还行，来镇上管企事业和商业就是外行当家。听到这些，吴金印也没急、也没怒、也没吭声，只是淡淡一笑。在过去的很多年里，类似的情况他是见得多了。人走得顺利了，想干点儿事，总是不可避免地会遇到反对的声音和敌对的情绪，人之常情嘛！至于外行、内行的说法，他心里更加有数。大凡轻易提出这个问题的人，恰恰是一个当领导的外行，这种人不是没当过领导就是不会当领导。一个优秀的领导者只需要知道谁是"行家"和如何发挥"行家"的作用，而不是自己假装"行家"，或沉迷于当个"行家"。

吴金印从来没有认为自己在哪个领域是行家，他觉得工作和生活的学问太大了，自己如何聪明都无法穷尽。如果不能虚心地向群众学习，不能发挥和依靠群众的智慧，自己就是念 10 个大学也依然会在某些事情上变成傻子。

半个月后，4 个调研组都回到了唐庄镇的会议室，每个组都拿出了符合实际的可行性方案，经过认真梳理、整合、调适，一个集中了唐庄人民智慧和心愿的宏伟蓝图展现在人们眼前。西抓石头东抓菜，北抓林果南抓粮，乡镇企业挑大梁，沿着国道做文章。

当吴金印又一次驱车进入西部山区时，他知道，唐庄的这幅图画已经有很多人跟着他在一针一线地"绣"了，而自己的"针脚"

必定比谁都密、都急。本来他是可以袖手旁观的，至少可以站在高处指手画脚，此前已经有很多人那样劝他了。他觉得，那样他就不是吴金印了，他边走边在心里想：就是到了 70 岁，我也不会是那样的形象！他这次进山可不是调研，他要亲自和山区群众开出一条把石头变成钱的路。

西部山区 6 个村，最困难的是后沟村，不但困难，而且深陷困境——北面靠山，南面临沟，与南面的东连岩村虽只有一沟之隔，但祖祖辈辈两村都被这个深沟阻碍，很难来往。村民穷得只能在沟岸上挖出一个个土窑，作为栖身之所。这一带曾流传着这样一首民谣：

东连岩村连后沟，
唱不起大戏耍皮猴，
骑不起毛驴骑墙头，
坐不起板凳坐石头，
住不起瓦房住河沟，
挂不起灯笼挂箩头。

这个最穷困的山沟，早就在吴金印的牵挂之中了。吴金印上次调研时，曾指着满山的石头问过这个村的支书窦全福：“你们守着宝山，为啥不开发？”

窦全福说：“我们这里没有路，车进不来，没法开发！”

窦全福的话让吴金印了解了山区贫穷的根本原因，他记挂在心，并下决心帮助后沟村修路架桥。回去后他马上派一名副乡长带着技术员前来帮助规划、设计，组织农民自备石料和木料。这次，他就是来工程现场督战。

在鸿沟上架桥，连通外面的世界，这已是后沟人多年梦寐以求的事。消息传来，全村一片沸腾。为了解决工程所需木料，老百姓纷纷慷慨解囊，短短一天时间，地上就堆起了近百立方米的木料。78岁的老大娘刘树芝只怕活不到大桥建成，拉着村干部的手说："你们得答应俺一件事，俺要是万一见不到大桥修成，俺死后，你们千万得抬着俺在桥上走几圈，这样，俺也能合上眼了……"

这是老百姓心中一个质朴而简单的愿望。吴金印把它当作一道无形的律令揣在怀中，每天进山，与村里的干部群众一起参加大桥建设。他不仅亲自为村里请来了施工技术人员，还带领村民一起抬石运土。全村300多名青壮劳力全部出动，农忙时节务农，农闲时节架桥。需要石料，自己上山开采；没有机械设备，就凭着几百双粗壮的大手和几百副宽厚的肩膀；高空作业没有安全网，就砍下野酸枣树堆在桥下，上面再铺上一人多厚的干白草。村民们把麻袋片往肩上一搭，扛起七八十斤的大石头，吭哧吭哧一口气登上20多米高、仅有1米多宽的桥墩。就这样，大家在吴金印的指挥和带领下，共开采石料26000立方米、起土39500立方米，硬是靠肩膀将85000块石头和1000多吨水泥扛上了大桥。如果让工程队承包，建成这样一座桥至少需要投资100多万元，而后沟人发扬自力更生、艰苦创业精神，仅用了70万元，就拿下了这个巨大的工程。

这座长131米、宽8.5米、高21.8米的长虹般的大石桥竣工后，不仅为后沟村打开了一条生路，也为西部山区所有村庄打通了出山的通道。紧接着，乡里又投资几百万元修了三条水泥路，一条纵穿南北，两条横贯东西，总长达35千米。

道路通，百业兴。有了良好的外运条件后，乡里又及时跟进了一系列鼓励、奖励和资金扶持政策，让每一个想致富却没有条件的村民都具备了创业条件。不出两年的时间，各种企业如雨后春笋般蓬勃兴起，60多个石砟厂、85个石灰窑和大大小小的石料厂，每天生产石砟3000多立方米、石灰2000多立方米、各类石料2万立方米。同时，还有近千部各种机动车辆昼夜在公路上穿梭奔忙，将石料和石灰运出山门。山区各村家家户户没有闲人，建厂的、采石的、运输的、服务的……忙得不亦乐乎，很快靠石头致富，人均收入由过去的200元增加到1000多元，家家盖上了红砖房。

唐公山

西山是豫北太行山余脉的一个分支，面积达2万多亩，有百道岭、百道沟，但沟沟岭岭都刻写着贫穷的记忆。“山顶草不长，山坡光脊梁，沟里不产粮，雀鸟饿断肠……”这恰是昔日西山的真实写照。关于这座山，卫辉人叫西山，山里人叫龙山，但叫来叫去，实际上因为历史上无名，到底还是没有一个权威的名字。

2013年7月1日是中国共产党建党九十二周年纪念日。这一天，唐庄镇西山的悬崖峭壁上突然出现了“吴公山”三个描红大字。从此，这座山才有了真正属于自己的名字，而且这名字深得山区老百姓的心意。

那么，这里的老百姓为啥执意要把西山改名为吴公山呢？

原来这又是一段和吴金印有关的故事。

自从吴金印带领山区群众彻底改变了山区面貌之后，富起来的山区人民一直想表达对他的感激之情，可是这份感激要如何表达呢？吴金印带领群众苦干，走到哪里哪里富裕，集体富了，群众也富了，但他本人却一分钱的利益也不沾，群众甚至连请吃一顿饭、送一篮水果的机会都没有。想来想去，也只剩勒碑、刻字等这种偏于精神的方式了。但以往的经验告诉大家，勒碑搞不好又会被他本人毁掉。“这次，能不能来点儿绝的，让他‘处理’不了？”于是，参与西山建设的几个老党支部书记，山彪村原党总支书记李祥印（已故）、山庄村原党支部书记原德臣、盆窑村原党支部书记李庆一各自代表本村的群众凑在一起商议。

“俺村的群众找俺商量，让俺牵头张罗一下，给吴书记刻个碑嘞！”

“俺村的群众以前也议论过，大家心思都是一样的。”

“要不我也回去商量一下，咱几个村合在一起干点儿大事吧！”

“人多力量大，到时吴书记要怪罪下来，也找不准人哩！”李庆一说完自己也笑了。几个人中，顶数李庆一的点子多，人也有几分幽默。

“我看中，就这么定！可咱还得商量一下，捐多少钱，干点儿啥呀！”

“俺村这几年富了，捐点儿钱不算啥事哩！”

关键时刻还是李庆一首先拿出了主意：“这几年在西山这一带干活儿，边干我就边琢磨这件事。如果是雕像呢，咱这一带还没有那么高级的工匠，外请工匠操办又太大，不符合实际……我看就找个地方刻字，最可行。因为这山如果没有吴书记，就没有今天的面貌，干脆就以吴书记的姓给这山起个名吧，就叫它吴公山！地点，就选在西山背后那面平整的山崖上，刻字的条件好，又有纪念意义。你俩看看中不中？”

“那中啊，我看趁这些天吴书记出门，就把这事情办了，免得被他发现，事做不成。”

“对，等他回来，字已经刻上去了，发火也没用了。”

“恁真不怕他发火？”

“山上只刻了‘吴公山’，咱又没直接夸他，他还好发火吗？”

“再者说，这是山区群众的意愿哩，他就是发了火能咋着，能把咱吃喽？”

“就这，每村出5万，可钱儿花！”

“中啊，山庄村这些年光和石头打交道哩，认识的石匠多，就由老李出个面找个巧石匠把字刻上吧！”

几个人说干就干。第二天，李庆一就开始在他能打听到的石匠里寻找合适人选，最后选定了一个叫李加智的石匠。于是，李庆一通过熟人专程去请李加智。当李加智得知是唐庄镇西山周围的三个老支部书记代表群众要为吴金印刻字时，坐在沙发上的他突然站起来说：“我在山上刻了那么多关于吴金印事迹的碑文，从来都不收一分钱。不管到哪里，只要为吴金印书记刻字，我半文钱都不要！”

李庆一丈二和尚摸不着头脑，便很好奇地问：“你为啥不要钱？”

在李庆一的再三追问下，李加智才道出了原委。20世纪70年代，吴金印带领当地群众挖青年洞时，住的正是李加智家，同时，初期的建设指挥部也设在那里。当时的李加智虽然还是一个10来岁的顽童，但很聪明，懂事理，吴金印在那里所做的一切都被他看在眼里，记在心里。

吴金印劳累一天，回来时脸上除了两只眼睛外，满脸都是石粉灰。就这，每天晚上还得开会听进度汇报，一直忙到半夜。清早又第一个起床把李家小院里里外外打扫得一干二净，然后再到河沟边去担水，把水缸都担得满满的再去吃派饭。从大人的态度和自己的观察来判断，他感觉吴叔叔很亲切，和自己家里人一样。很快他和吴金印就成了忘年交。吴金印到乡林场开会，也带上小加智，到了林场就给他摘梨吃。有时候吃过晚饭，加智嚷嚷着要吴金印和他到河里扎鲶鱼，吴金印就耐着性子带他去。两个人将麻秆捆扎在一起当火把，一个晚上能扎好几条鲶鱼。有时晚上到公社开会，小加智还和吴金印搭老通。

别看加智只有10来岁，他也参加了青年洞周围拦河造田大会战。每逢周末，他便牵一头小毛驴等在坡前，当大人拉来平车，他就挂上驴套，帮大人一起运土方。有一天晚上，小加智溜到吴金印住的窗户下，往里一看，昏黄的马灯下，吴金印正在拿着针线缝补衣服。小加智赶忙跑到妈妈跟前惊奇地说，吴叔叔还会做衣服哩。妈妈说，你吴叔叔就是那样的人，不愿意麻烦咱，好多回我想给他补衣服他就是不让，非要自己补。

吴金印的一言一行影响着小加智的成长，他也越来越感到吴叔叔是一个非常值得尊重的人。一转眼到了20世纪90年代初，小加智也长大成人，在当地也成了一名能工巧匠，尤其擅长在石头上刻字。平时李加智走到哪里都会自豪地讲一讲自己和吴金印的故事，也在那时，便有当地干部群众自发起来为吴金印刻碑，以纪念吴书记带领山区人民重新安排山河的壮举，李加智往往成为刻字的最佳人选。从那时起，他就怀着一种崇敬之情主动对来请他刻字的当地老干部或群众代表表示，只要给吴金印刻碑，不要一分钱，就是尽义务。

既然李加智坚持义务刻字，几个老先生只得留下一些运输、材料等费用，将大部分钱仍按照原渠道退给捐款的人。

为了保密，他们施工时在脚手架外边挡了一层幕布，从远处看，根本无法猜测他们在干什么。等几个大字刻完了，把幕布一撤，人们才恍然大悟。“吴公山”三个字刻好，三位老干部也算了却山区群众的一份心愿!

果然不出所料，吴金印从北京开会回来，发现了这件事之后，非但不领情，还立即召集西山工地负责人副镇长刘友金和刻字当事人原德臣、李庆一到镇政府开会。会上吴金印对他们进行了严厉批评:“西山建设是上级领导和各部门支持的结果，是唐庄广大群众积极参与建设的结果，是唐庄镇政府干部与群众同吃同住同劳动用血汗换来的结果。我老吴没有那么大的本领和功劳，更不敢贪大家的功劳……”

几位老先生虽然做好了挺着挨批也决心不改的准备，但看到吴金印态度如此坚决，也只能改用“怀柔”策略。否则，让吴书记亲自找人来做这件事，恐怕连一个字也留不下来。最后的结果就是将“吴”字改成了“唐”字，吴公山变成了现在的唐公山。应该说，这个结果并不是一个完美的结果，所以，之后的很长时间，有一些群众心里仍然不快。于是自编顺口溜，绕着圈子重提此事:“白云朵朵悠悠过，绿水青山带笑颜。层层梯田顺山摆，游园公路绕山间。盛世休闲逛公园，西山变成金银山。别管时间有多久，百姓就称吴公山。”

唐庄人的日子过得越来越好，一些民间艺人便自发地组成了一支独特的文艺宣传队。他们自编自导自演，以豫剧、黄梅戏、快板书、小品、三句半等不同文艺形式来歌颂唐庄30年来的巨大变化和他们念念不忘的吴书记。

老百姓的力量大，刻字勒碑“不可靠”，他们就给吴金印立“口碑”。老党员张希温在豫剧唱段《十唱老吴》中写道：“拦河造田几十年，旱地变成水浇田……”东连岩村魏玉枝创作的《俺村的幸福谣》描写道：“好穷的小山村，如今多繁荣……”妇女代表李红云在《百姓的公仆官》里系统地总结了吴金印到唐庄之后为老百姓做的大事和为唐庄带来的新变化：“荒山野沟造良田，除掉了山区八大难……架桥修路非等闲，穷村贫民有了钱……”

尾　声

一连三天，吴金印没有在唐庄镇的办公楼里出现，也没在唐庄的任何一个村庄或工地上出现。吴金印临走时，似乎只和委托主持工作的镇常务副书记孟全亮有过详细的工作交代。

最初，镇里的人并没有在意。

这几年，随着吴金印的先进事迹在全国范围被广泛介绍，他被各地党组织和政府邀请去讲党课或做报告的事情渐渐地多了起来，所以离开唐庄一两天时间也属正常，但终究不会离开太久。如果是去国家、省、市开会，倒有一些情况会耗时较长，但那些会议基本尽人皆知，比如例行的“两会”和省市人大的换届会等，大家都知道吴书记一定是在开会。

除了两次因病住院，像这样一连走了多天，没有一点儿音信，也不知道去向的情况从来还没有过。到了第三天的时候，镇里的部分工作人员心里就有些发慌。早晨上班时，有人特意去问了主持工作的常务副书记孟全亮，而孟副书记只是说吴书记去外地办事，基本不算什么明确回答。

镇党政办主任任鹏禁不住和一名工作人员悄悄议论起来："到底是什么事情呢？怎么总有一种令人不安的感觉？"

"是不是他的身体又出了问题？他只剩下四分之三个肾哩！如果真有问题，那可……"

"不会吧？如果身体出了问题，薛书记应该和我们交代，那是多大的事情啊！"

"可能吴书记自己有要求，不允许他向别人透露吧？"

"也可能，凭吴书记的性格，他自己身体出了问题，一定是要保密的。但这个时候薛书记也不应该再像以前那样严密封锁消息啦！"

"是啊，如果那样我们这些人就太不近人情嘞！"

"那，不是身体上的问题，又能是什么问题呢？"

"唉，真让人担心哪。"

"或许，是在跑西山通用机场的事情吧？那可是一件大事和难事哩！"

"是哩，为这事老头儿可是拼上了全部力气和资源！"

"那是献给唐庄未来的大礼物呀！"

"老先生是在拼命哩！"

说到这里的时候，两个人突然不约而同地打住了对话，相对无语。

这时传来一个熟悉而亲切的声音："任主任，马上通知班子成员到会议室开一个紧急会议！”

吴金印和以往一样站在他们的面前，也和以往一样微笑着，神色里有几分疲倦也有几分兴奋。此时他的心里是喜悦的——经过几天的奔忙，又一个大项目就要在唐庄落地了，他要让班子成员尽快分享喜悦，然后具体讨论谋划，该怎样实施……

这突如其来的惊喜让人们感觉到心头一震。

11 月的天色，早早地暗了，但从那一刻起，屋宇间的灯光似乎骤然变得明亮起来。仿佛已经停滞了数日的唐庄时间，又一次越过阻碍，重拾不息的流淌。

（《人民文学》2017 年第 7 期刊载）

种子钟扬（节选）

◎ 陈芳　陈聪

引　子

“不是杰出者才做梦，而是善梦者才杰出。”

2017 年 9 月 25 日，一场车祸，让 53 岁的复旦大学植物学家钟扬永远地停下了他追梦的脚步。

“一种基因可以改变一个国家的命运，一颗种子可以改变一个民族的未来。”

这是钟扬的“种子梦”。

这个梦，一追就是 16 年。

16 年间，每年 100 多天在青藏高原穿行，行程超过 50 万千米；16 年间，他克服 10 多种高原反应，只为填补国家植物基因图谱中的那片空白。

“我们共产党人，好比种子。”钟扬用他的一生讲述了一个关于种子的故事。盘点世界屋脊的生物“家底”，需要承受苦痛，甚至付出生命的代价——钟扬用自己采集的 4000 万颗种子，交出了他的人生答卷。

他用生命铺就的科研之路，早已长满了繁盛的树木。这青藏高原上的一草一木，筑起钟扬醉心科研、扎根边疆的无字丰碑。

“什么是天堂？有希望的地方。什么才能带来希望？种子，哪怕只有一颗。”

2018 年 4 月，草长莺飞的时节。缅怀钟扬的原创话剧《种子天堂》在复旦大学首演。

千里之外，云南昆明。这里的中国西南野生生物种质资源库，严密保存着许多濒危、特有、富有经济价值的种子，许多都来自钟扬和他的学生们的采集。

如今，这里已是世界三大种子库之一，吸引着全球植物学家的目光。

生前，钟扬常年扎根雪域高原，与家人聚少离多。

去世之后，他的家人却做出一个出乎人们意料的决定：把 138 万元车祸赔偿金全部捐出，发起成立“复旦大学钟扬教授基金”，用于奖励沪藏两地优秀师生。

“这是爸爸用命换来的钱，我们还是应该用在爸爸的事业上。”钟扬的小儿子非常理解妈妈的决定。

“设立这个基金，也是为钟扬完成他最大的心愿……”张晓艳注视着儿子，泪飞顿作倾盆雨。

“致敬！科学家钟扬！”

“抱歉，以这样的方式认识您！”

当千千万万素不相识的网民含着热泪传诵他的名字时，他早已化作青藏高原的万千河川，默默守护着这片“种子天堂”……

“去追梦”：一粒种子的艰难跋涉

青藏高原有一个“藏宝库”

2001年8月，钟扬第一次踏上了青藏高原的土地。

下了飞机，钟扬的第一感觉，是强烈的不适。脚下的土地，是海拔3600米的拉萨，此时的钟扬感到心跳加速、头昏脑涨，但他却乐观地给同行的专家们打气：“我不晕，因为我体积大，身体里储藏的氧气比你们多。”

此时的钟扬没有想到，在此后的16年时间里，他会和脚下这座种质资源的宝库产生千丝万缕的关联，而他坚毅的性格、乐观的品质，也让他默默承受着随之而来的无数伤痛与艰辛……

来到西藏以后，钟扬目之所见，全都是如宝藏一般的存在。

这里是名副其实的植物王国。这里的高等植物有5000多种，科、属、种数分别占了全国植物种数的32.9%、38%和18%。由于地势、水系环境、气候的巨大落差，使得这里生长着维管束植物中几乎所有的门类：蕨类植物、裸子植物、双子叶被子植物、单子叶被子植物……

这么好的植物资源，自己作为一个植物学家，为何今日才姗姗来迟？钟扬不禁叹了一口气：“西藏，我来晚了！”

坐上回程的飞机，钟扬的思绪无法平静。他知道西藏是植物学家的一块研究宝地，然而很多植物学家却待在北京、上海这些生物多样性很低的地区做研究。

他想起了植物学家们经常说的一句话："一个基因可以拯救一个国家，一粒种子可以造福万千苍生。"但是青藏高原有6000多种植物资源、1000多种特有植物，却从来没有人彻底盘点过。作为一名植物学家，钟扬此刻觉得，青藏高原才是植物学家最应该去的地方！

这个念头在钟扬心里扎下了根。

回到上海之后，钟扬一直寻找再去西藏的机会。

2002年，上海市一个农业投资项目"上海市农业生物基因中心"正式启动，中心主任罗利军想尽快把这个基因库完善起来，急于寻找各种植物基因。他从一本《晶珠本草》的藏药书中找到了灵感，西藏的药用植物被罗利军视为完成项目的关键。

于是他想到了一直想去西藏进行植物学研究的钟扬。

钟扬收到邀请，一口答应，马上踏上了前往青藏高原的征程。在他的心里，这次征程不仅仅是为了帮罗利军完成项目，更是去实现他心中的一个梦想。

对于多年致力于种质资源和生物多样性研究的钟扬来说，全球气候变暖和人类活动会导致一些植物的灭绝，而种质资源事关国家生态安全，事关整个人类的未来。青藏高原拥有我国最大的生物"基因库"，但由于高寒艰险、环境恶劣，植物学家甚少涉足。钟扬觉得时间紧迫，要即刻上路，盘点清楚世界屋脊的植物"家底"，为国家、为人类储存下绵延后世的丰富"基因"宝藏。

盘点"家底"，这是钟扬的"种子梦"。

这个梦一追，就是16年。

是梦想，也是使命

钟扬为何会对高原生物如此情有独钟?

在很多人看来，钟扬有点儿“傻”。

在中科院武汉植物研究所干到了副厅级，却跳到复旦大学，从普通教师开始“从头革命”；从国内一流的复旦大学，又“飞”到世界“最高学府”——西藏大学，当上了普通教授。人们常说，在青藏高原，氧气比什么都稀缺，因而人干什么事都慢。而对于人才培养来说，就要付出更多的精力。

钟扬曾经讲过这样一件趣事。在西藏，钟扬一行某次路过一个边境小镇，去镇上最大的成都饭店吃饭，饭店只有两张桌子，上菜的时间也是一个小时以上。他跟同事打趣说：“在上海，如果一个司机说前面修路要绕路，绕出 4 公里我们就火冒三丈。在西藏跑野外，路断了，我让司机绕一下，680 公里。这就叫西藏。”

从艰苦中提取欢乐，钟扬一直觉得，那才是真的开心。

“做植物研究，你必须到资源多的地方，西藏就是这样的一个地方。我在复旦大学可以培养很多博士，但是他们不一定对种子或者劳动强度高而回报低的工作真的有那么大的兴趣。但是在西藏，我培养的藏族博士毕业以后，5 个人里面至少有 4 个都留在了西藏大学，都在西藏工作。”

钟扬就是这样：因为热爱，所以专注。

复旦大学副校长金力开玩笑的时候会说：“我和钟扬是复旦大学生命科学学院两个著名的胖子。”然而在金力内心里，始终对钟扬怀有一份深深的敬重。他说，倘若用一个词来概括钟扬的一生，应该是“追梦”二字，“钟扬就是一个一生追梦的人”。

钟扬的梦想，和别人的不一样，他的梦想和国家的需要紧紧结合在了一起。

如果将植物的分布在世界地图上标注，青藏高原是一片少有记载的空白。更让人忧虑的是，人类对种子的研究步伐，远远追不上植物消逝的速度……钟扬在不断深入研究的过程中，渐渐明白了自己肩负的使命：自己要做的，就是为祖国盘点青藏高原的植物“家底”。

植物学中，也有“领土”。早在中科院武汉植物研究所工作时，钟扬就认识到这一问题的严重性。钟扬在参加一项关于猕猴桃的研究时，被这种植物的曲折历史吸引住了：1904 年，英国的传教士带着一群专门来搜寻奇花异草的外国“植物猎人”，在湖北宜昌的农村意外发现了这种看上去并不起眼儿的果实，顺便剪了 20 根枝条带走研究。

大大出乎这些“植物猎人”意料的是，他们在这 20 根枝条上发现了雌雄异株的可能性，并且在新西兰用其中 3 根枝条杂交成了具有丰富实用价值的水果品种，也就是我们现在吃的“奇异果”。

令国人遗憾的是，虽然中国宜昌是猕猴桃的发源地，但中国已经失去了猕猴桃的培育主导权。

还有那大熊猫般珍贵的“鸽子树”珙桐，居然是外国人发现的；英国人从中国拿走的珍稀种子和苗木，把英国这个大约只有 1500 种植物的岛国装扮成了世界植物的圣殿，更让西方在植物学研究中掌握了话语权……

作为中国植物学家，钟扬立誓，要为祖国守护植物基因宝库；作为对人类负责的植物学家，钟扬立誓，要在生物多样性不断遭到破坏的当下，为人类建造一艘种子的“挪亚方舟”。

几年之后，一次对英国皇家植物园——邱园植物的分析，更加坚定了钟扬的决心。

2008 年，钟扬带着学生扎西次仁找到了刚从邱园回来的中国西南野生生物种质资源库的专家蔡杰，请他帮忙提供植物种子研究的资料。在分析了当时邱园的所有植物之后，钟扬发现里面居然没有一颗来自中国西藏的种子。

钟扬非常着急，他害怕青藏高原这个植物学的宝库无人问津，他更害怕还没等他找到，西藏特有的植物已经在不知不觉中灭绝。他随即和扎西次仁、蔡杰及一位英国学者在《自然》杂志上发表了一篇文章，阐述在全球气候变化的形势下采集和保存西藏种子的重要性，并呼吁全球科学家关注、收集西藏的植物种子。

而他自已，早就一头扎进了西藏种质资源库的采集和研究当中去了。

寻找生死线上的高山雪莲

青藏高原上的珍稀植物那么多，哪种植物才是最有采集价值的?

钟扬把目光放在了植物学界的“成功者”——高山雪莲上。

1938 年，德国探险家在海拔 6300 多米的珠穆朗玛峰南坡采集到一棵几厘米高的高山雪莲，将其记载为世界上海拔分布最高的高等植物，被国际高山植物学专著和教科书奉为经典。但在此之后，再也没人找到这种植物。

高山雪莲，是人们对高原上鼠麹雪兔子的俗称。这种植物广泛分布在我国西南、西北各地以及邻近国家，其中不乏低海拔和环境优越的种群。仅从生物学特性看，青藏高原种群明显要差得多，但是在如此恶劣的环境中，究竟是否存在高山雪莲呢？它们又是如何在这种恶劣的环境中生存的呢？

钟扬希望自己能找出答案。

从2011年起，钟扬开始带领团队寻找高山雪莲，可始终一无所获。

2012年6月的一天，钟扬和学生拉琼、扎西次仁三人再度攀上珠穆朗玛峰。

5200米，珠峰大本营，高山雪莲还未现身。

“继续向上走！”钟扬呼呼喘着粗气，脚下一瘸一拐走得不稳，神态却比任何时候都坚毅。

拉琼一看，钟扬的高原反应已经很严重，眼看他呼吸急促、全身无力，随时都会有生命危险。

“钟老师！你听我们的，在珠峰大本营休息吧，你再往上爬，可能会有危险哪。我们两个往上爬就行。”

钟扬一听，马上拉下脸来：“我最清楚植物的情况，我不去的话，你们更难找。你们能爬，我也能爬。”

拉琼听了这话有些难受。拉琼觉得钟扬不是本地人，又不熟悉山情，他继续往上爬确实会有危险。可钟扬这股倔劲儿上来了，拦也拦不住。

最后，两人拗不过钟扬，只得继续爬。

“找到了！找到了！”钟扬沙哑的声音透着异样的兴奋。

这是一片冰川退化后裸露的岩石。在岩石缝里，藏着高仅10厘米、长着灰白小绒球花朵的不起眼儿的植物。花形宛如拇指，花朵散发着生生不息的气息。钟扬像注视着一个刚出生的孩子，疲惫的脸上挂着深深的欢欣与雀跃，凝望了很久……

“这个发现使我们找到突破现有世界纪录的最高海拔分布植物的信心倍增，进一步的分子生物学分析将为揭示其种群来源和动态及其与全球变化的关系提供科学的依据。”钟扬说。

这些矮小的植株为什么能耐受干旱、狂风、贫瘠的土壤以及45摄氏度的昼夜温差？

钟扬在研究中得出结论：鼠麴雪兔子之所以能成为世界上海拔分布最高的植物，就是因为它们要靠这一群群不起眼儿的小草承担着“先锋者”的任务，向新的高地一代又一代地缓慢推进。

这一群群不起眼儿的小草，就是物种演进的先锋者。

钟扬被“高山雪莲精神”深深地触动了。他在文章中写道：“生命的高度绝不只是一种形式。当一个物种要拓展其疆域而必须迎接恶劣环境挑战的时候，总是需要一些先锋者牺牲个体的优势，以换取整个群体乃至物种新的生存空间和发展机遇。换言之，先锋者为成功者奠定了基础，它们在生命的高度上应该是一致的。”

在钟扬心里，高山雪莲就是他的人生坐标，激励着他在青藏高原的这条科研路上继续攀登，不断填补我国相关研究的空白。

16年间，钟扬带着团队不断寻找新的高度。

陡坡直上直下，他在跋涉。不管多远多危险、高原反应多严重，只要对研究有帮助，他就带着学生，从林芝、日喀则，到那曲、阿里，一株一株地采集植物标本和DNA样品。

月亮弯了又圆，他的灯火不熄。西藏巨柏长在雅鲁藏布江两岸的悬崖边上，他带着学生爬上陡崖，脚下就是滚滚江水；沙棘的种子难采，钟扬采得最多，扎了满手的刺。

阿里有一片无人区，被称为“世界屋脊上的屋脊”，平均海拔4500米以上，气候寒冷干燥，平均风速在每秒3.2米以上，是任何有氧生物难以生存的绝境。

有人劝钟扬，别去阿里了，那里海拔太高、生活条件太苦，而且物种较少，辛苦一天只能采几个样，不划算。钟扬却说："正是因为别人都不愿去，阿里地区肯定还有未被发掘的特有植物，哪怕再苦，我们也必须去！"

钟扬深知，在无人区每发现一个新物种，对国家而言都是无价之宝。

有人问钟扬，如果不去西藏，留在上海专心搞研究、发论文，是否会有更多成就？

"也许是吧。"他说。但他更愿意做这样的先锋者，"先锋者为成功者奠定了基础，他们在生命的高度上应该是一致的。这就是高山雪莲带给我的人生启示。"

"生命就这么长，要把最宝贵的时光献给祖国最需要的地方！"

16 年来，钟扬带着学生初步摸清了西藏生物资源的分布特点，西藏植物研究的空白一点一点被填补，多个物种的遗传多样性、保护生物学、谱系地理等领域研究也越来越深入……

钟扬团队采集的高原香柏，已被提取出抗癌成分。钟扬带着学生扎西次仁花了整整 3 年时间，将位于青藏高原的全世界仅存的 3 万多棵巨柏登记在册，筑起一道坚固的保护屏障。

钟扬带领西藏大学生态学学科，从"一穷二白"到入选国家"双一流"建设一流学科，填补了西藏高等教育的历史空白，将西藏大学生物多样性研究成功推向世界……

他用 16 年留下 4000 万颗种子

有人可能会提出这样的问题：青藏高原上遍地都是植物，是不是只要一弯腰、抓一把，一手就能采上几十颗？

植物学的野外采集过程，并不像我们想象的那样容易。

按照英国邱园制定的标准，完成一种植物的种子样本采集，需要采这种植物的5000颗种子。为什么要采这么多种子？西藏大学理学院教授拉琼这么解释：一种植物要采集5000颗种子，是为了保证生物的遗传多样性。以非洲猎豹为例，非洲猎豹的遗传多样性很单一，单一到把一只非洲猎豹的皮肤移植到另外一只猎豹的皮肤上，都不会产生排异。而遗传多样性越单一，这个物种就越危险，越容易灭绝。如果突然遭到一种病毒袭击，这种遗传多样性单一的物种就可能会全军覆没。比如一座山上种的全是一种杨树，那么当虫害出现，整个山体就没有树了。

采5000颗种子，也不能只在一个地方采，一个地方一般只能采一两百颗，每一颗的距离至少要隔20米，而且不同的样本种群，所在地相隔的直线距离不能少于50千米。因为样本之间离得越近，个体之间杂交的可能性就越大，相当于近亲繁殖，相似性过高，就失去了采集的意义。拉琼解释，这和做抽样调查一样，不能只在一个同姓的村子里做。因此在采集中，必须以50千米作为最短间距，避免采集样本的相似性。这样，采到的个体种子相似性越低，就越能保护这种植物的遗传基因里的信息。这就和人生病了，有人能抵抗有人不能抵抗是一个道理：物种的多样性越复杂，整个生态系统就越容易平衡。如果我们缺失了遗传基因中的某些节点，就可能会破坏掉生态系统的平衡。

青藏高原上的种子，也并不是你俯下身子就能够得着的。

我们熟悉的根茎植物萝卜、块茎植物马铃薯、鳞茎植物洋葱、球茎植物芋艿……这些植物的根须都盘根错节地埋在地下，需要一点一点从土地里挖出来。采集这一类植物的种子，有时候还需要动用打桩机、钻探机。每当手扶式的打桩机在野外采集现场隆隆作响，滚滚的黑烟熏得人眼泪横流时，人们就看到钟扬此时变身一位工程队长，扶着机器操纵着直径约 8 厘米的钢管一点一点地钻进坚硬的土壤里……

而要保证 5000 颗种子能够保存在种质资源库，钟扬的团队在现场实地采集的时候就需要采集充分，一般要采到 8000 颗种子。把 8000 颗种子送到种质资源库后，科研人员还要再检查这些种子里有没有裂的、被虫蛀的。把外观检查做完后，要选取样本进行发芽试验。试验结束后，再筛选 5000 颗种子，密封在瓶子里面，这才算一个植物种子样本大功告成。

青藏高原上有 5000 多种高等植物物种，但它们并不是均匀分布在马路边上，而是藏在雅鲁藏布江陡峭的悬崖边、隐匿在万里羌塘的无人区，或是散落在阿里地区的冻土层，有时星夜兼程、数日跋涉，也只能采到一两种植物的几百颗种子，而这距离完成一个种子的采集工作还差很远。

可就是这样烦琐而艰辛的采集过程，钟扬在青藏高原上重复了无数遍，他用青藏高原上的无数次弯腰，为国家换来了 1000 多种植物的 4000 万颗种子的宝藏。

有人也许会问，钟扬收集这么多种子，对于普通人来讲意义何在呢？

钟扬在一篇文章中给出了答案。他说：“收集的目的，就是应对全球变化。假设 100 多年后还有癌症，假设那时候大家发现一种植物有抗癌作用，然而由于地球气候的变化，这种植物已经灭绝了，幸好 100 多年前有个姓钟的教授采集过它的种子。”

钟扬又打趣说："都100多年了，姓不姓钟有什么关系呢？是不是教授又有什么关系呢？但是届时如果发现了5000颗种子，拿出来一种，哪怕只有500颗能成活，最后只有50颗能结种子，那个植物不就复活了吗？"

也有人会问，如果100多年后这个种子没有用了怎么办呢？

钟扬回答说："我期待看到种子没有用的那一天。说明什么？说明那个植物还在，那该有多好。"

"功成不必在我。"这就是钟扬采集种子的初心。而在采集期间付出的无数辛苦，往往都随着钟扬的一次次喘息和失速的心跳，埋藏在青藏高原的千沟万壑里了。

"钟大胆"与"死面饼子"

"快点儿插回去……"

"吸氧，快给他吸氧！"

2010年，一次野外考察结束，大家累了一天，回到帐篷休息，谁知过了一会儿，有人发现钟扬出现了严重的高原反应：面色乌青，嘴唇发紫，大喘着粗气。

大家想着赶紧让钟扬吸氧，可这时，学生朱彬已经出现严重的高原反应，正吸着氧休息。他一看钟老师不好，挣扎着拔掉自己的氧气管，想要给钟老师。

谁知钟扬一把抓住朱彬的手:“别动，都这么大的人了，怎么这么不讲卫生，快点儿插回去……”

那一夜，没有人知道钟扬是怎么熬过去的。等到第二天朝阳升起，钟扬又强撑着和学生们踏上了盘点“家底”的征程。

从外表看，钟扬是个魁梧的大汉，但是他却很少跟人说起，他承受的是怎样的高原反应——他不像别的援藏干部，从内地上西藏，只做对口的援藏工作，他同时还承担着很多任务和职责：大到国家863项目、复旦大学生命科学学院的教学任务，小到指导修改学生的论文、上海自然科学博物馆的图文介绍……钟扬每一样都不落下，每一样都做得很好。

然而，做好每一项工作谈何容易？钟扬经常在半夜往返于上海和拉萨，而两地之间4000米海拔的高差，让钟扬在缺氧与醉氧之间不停切换。

可当严重的高原反应向钟扬袭来时，钟扬是怎么做的呢？

人们找到了一张他在越野车后备箱睡觉的照片——他身穿一件深蓝色POLO衫，一只胳膊捂着半边脸，脸色很差，嘴唇微张，一张一翕，神情非常疲惫，但睡得很沉。

在青藏高原做野外采集，长途跋涉是常有的事情。为了保证行车安全，钟扬一般坐在前排，跟司机师傅聊天，以免师傅打瞌睡。

钟扬的学生徐翌钦一直记得钟老师坚持和司机师傅聊天的画面：钟老师的高原反应已经很严重，但他仍然上气不接下气地跟司机师傅长夜聊天，让学生们在后座安心睡觉。

当他实在困得不行的时候，就让学生换到前面，他睡到后备箱里——他在后备箱的一堆行李上放两个垫子，往垫子上一倒，然后呼呼大睡。

有一次，有两个跟着钟扬一起去野外的女生在越野车上颠簸得实在受不了，看着钟扬在后备箱里睡得很香，闹着说她们也要去那儿睡。结果两人跟钟扬换了位置，才睡了15分钟，两个人都吐了。

“这哪儿是人睡觉的地方啊？”

可这就是钟扬休息的地方。钟扬说，他个子大，不要影响学生们休息，就这样，他就睡到了后备箱里。

在很多人的眼里，钟扬不像一个一般意义上的导师，更不像高校里前呼后拥的“老板”。在青藏高原的无数次野外采集中，钟扬不仅要跟学生们一起一点点地收集种子，还为了给大家加油鼓劲儿，坚持走在前面、采在前面。

西藏大学理学院副教授德吉忘不了钟扬气喘吁吁的样子——

在海拔5300米的卡若拉冰川，钟扬带着学生们采集夏季雪线以上的植物标本，到了最后1000米的时候，好几个小伙子都累垮了，瘫倒在地，此时的钟扬也因为高原反应一步一喘，但他还是不停地一边喘着气一边给大家鼓劲儿，直到学生们都咬着牙爬起来，继续往前走。

“其实钟老师不用这么亲力亲为的。很多危险的采种地方钟老师不用亲自上，他完全可以指挥学生们自己去采，但老师每次都坚持和同学们一起工作。”

钟扬长期患有痛风，走路总是一瘸一拐的。徐翌钦说，自己以前一直不知道痛风究竟有多痛，后来有一次钟老师对学生们说，痛风痛风，就是痛起来让你发疯！

有一次，在野外采样时钟扬犯病了，腿痛得难以走路。可他一点儿都不担心自己，他担心的是学生们上山不安全。吃了些随身携带的药物，钟扬捡起路边的一根粗树枝，就这样拄着树枝步履蹒跚地带大家上山。每次他总是走在最前面，确认安全了再让学生们过去。

也许，正像他在自己的工作随笔《藏北的窗》里写的那样：比起高原反应带给他的痛苦，他享受的是采集过程的乐在其中——

那年8月，我们的考察队沿着泥泞小道穿越羌塘草原。在某天的掌灯时分，一班人马跌跌撞撞来到了班戈、尼玛县间一个海拔近5000米的小镇。高原寒夜和连日的奔波使人无暇他顾，我们匆忙间找到了一个家庭旅馆就住下了。半夜，一阵胸闷将我从睡梦中唤醒。我急忙唤醒同屋的博士生老王，说“开点儿窗吧”。他应声起床。黑暗中，却听到“哐当”一声巨响，一股寒风扑面而来——糟糕，老王把整面窗户从二楼推了下去……

窗户掉下去的第二天清晨，队伍重新启程，车开了回头看，熟悉的土墙，挂满经幡的玛尼旗杆，旅馆老板一家子挥舞告别的手臂……那后面，一缕晨光正巧投进洞开的窗口，心头顿时涌起暖意。

“死面饼子”最好吃！

2017年5月，西藏墨脱。

凌晨1点30分，跟着钟扬来墨脱采样的边珍在路边一家馒头店的木板房里睡下了。

青藏高原的野外采集往往历时数天，星夜兼程是家常便饭，墨脱尤其如此。墨脱县是中国最后一个通公路的县，这里的公路被称为“最难修的仙境公路”，一路坐车过去颠簸不断，日程也非常紧张：1 点 30 分睡，4 点 30 分起，6 点 30 分吃完饭去采样，一采就是一整天。

可这天夜里，边珍已经困得不行，却听见钟扬所在的隔壁屋还有动静。

这么晚了，钟老师在做什么呢？

边珍仔细听了听，原来是打字的声音——钟老师还在制订采样的计划，修改学生的课题。

边珍心里有点儿难受，但是她来不及细想，无边无际的困意已经袭来。

不知过了多久，边珍隐隐约约又听到隔壁的声音，她一看时间，还不到 4 点 30 分，转了个身又睡了过去，再醒过来的时候，快 5 点了。

“赶紧起来吃饭了！”是钟扬的声音。

边珍一下子坐了起来。她都没来得及帮钟老师做早饭！心里不禁一阵愧疚。边珍赶紧洗漱完毕，到了木板房外面，发现大家都已经起来了。除了榨菜、酥油茶和馒头，钟老师还给大家做了一道蒜薹炒肉。

边珍心里浮起一个问题：钟老师到底睡了几个小时？ 1 点 30 分，他还在电脑前忙碌，不到 4 点 30 分，钟老师已经起来给大家准备早饭。

6 点 30 分，从馒头店出发，一行人又踏上了采样的征途。

钟扬虽然只睡了不到 3 个小时，但他走在前面，始终都是一副充满活力的样子。为了调动整个团队的积极性，钟扬会一直讲段子、讲故事，一阵又一阵的笑声在墨脱群峰之间回荡。

走着走着，钟扬的话不那么多了，边珍知道，他是真的累了。

“钟老师，您昨天晚上都没怎么休息吧？您太累了，要不您在车里休息一会儿，我们自己去采就行了。”

“没事，一起。”钟扬喘着气、青着脸，短短四个字，语气坚定。

边珍愣在那里，一时不知道怎么劝他，可钟扬已经又紧走几步，走到了前面。边珍只好赶紧跟了上去，继续采样。

后来的结果是，钟扬始终没有退下阵来，倒是一直等在车里的司机师傅被钟扬的精神感动了：“钟老师年纪这么大了，还亲自采种子，我们也来搭把手吧！”

钟扬一看司机师傅也加入了进来，更来了劲儿，一边采样一边认真向司机师傅介绍各种植物的特性，手把手地教司机师傅怎么采种子。

“其实钟老师很纯粹，他表现出的是一种对采集种子、对科研的热爱。哪怕是身体那么累，他还是愿意自己一颗一颗地去采，他完全是靠他的这种热爱、这种意志力在撑着。”边珍每每回忆起采种子的经历，她就一次又一次地被钟老师的精神所震撼着、感动着。

钟扬常年背着一个黑色背包，里面装着笔记本电脑、大摞的资料、翻译稿和学生的论文，有时候还装着一袋又一袋的种子。

钟扬常年穿着一条洗得很旧的牛仔裤，据说是他在拉萨地摊上花 29 元钱买下来的。牛仔裤的臀部已经破了两个巴掌大的洞，可钟扬舍不得扔掉，自己找了一块蓝布补起来，后来补丁也磨破了，还是一直穿着。

每次外出采样，往往没有条件做饭，中饭甚至晚饭都只能自备干粮。钟扬最常带的一种干粮是“死面饼子”，是一种慢火烘烤出来的干饼，因为它不好消化才顶饿。他跟学生们半开玩笑地说，“死面饼子”加上凉菜和午餐肉，就是一顿野外佳肴。

钟扬还打趣说，干饼没有滋味，但人饿了，它就相当美味，因为“饥饿就是最好的味精”。

他用学生的名字给植物学界“小白鼠”命名

2013 年年底，在复旦大学忙碌了一阵儿的钟扬又赶到了西藏。他先是去开学校的学术会议，然后又和学生讨论论文的事情，一忙就忙到了半夜。

但他还惦记着另外一件事。

“许敏，采集拟南芥的事情有什么进展？”

“钟老师，我们找到了！”

“找到拟南芥了！什么时候的事情？”

“我和赵宁，今年 9 月份的时候找到了！”

“你看你这孩子，这么大的事情怎么也不跟我说一声啊！”

“钟老师，是这样，我们还不敢最后确定，所以正在做染色体鉴定，打算等结果出来，证实是拟南芥以后，才正式跟您汇报呢！”

“赶紧把现场照片发来，我看看！”

照片里，一种细长而直立、看上去并不起眼儿的绿植，悄悄地藏在山石和荆棘之间，钟扬脸上泛出激动的笑容，久久不能平静……

拟南芥，冬性一年生植物，一尺来高，秋季发芽，冬季开花，春季分化，夏季落种。它是植物学家珍爱的“小白鼠”，因为它是被子植物的模式植物，可用于培养皿灭菌条件下的突变体筛选。用科学的表述来说，它可以完美地用来进行实验设计，在人工控制的诱变条件下，测试和记录拟南芥的生活力。尤其是在分子水平的观测分析中，经常需要运用基因工程的方法获得转基因植物，而只有拟南芥这样适应无菌条件的植物，才能让有外源基因的个体存活，淘汰未转化的组织。

拟南芥曾在20世纪50年代被编入《中国植物志》。然而在基因技术应用之后，由于没有人在青藏高原采到过它的样品和种子，无法对高原拟南芥进行基因组测序和深入分析。谁一旦找到了这种植物，就掌握了植物逆境生物学研究的新材料，就能再现高原植物的起源进化过程。

在青藏高原海拔4000米以上的寒冷地带，到底有没有拟南芥？

如果在西藏发现了拟南芥，是不是就可以把它作为青藏高原隆起的证据？

一个个问题，让钟扬非常激动："高原拟南芥与世界其他地方的拟南芥已经分道扬镳了大约19万年，在基因树上是独特的一支，相当于'活化石'。它的发现将为我们填补过去19万年发生的许多故事，将丰富植物学研究材料。为了在西藏寻找它的踪迹，我们和北京大学、中科院等单位合作，一找就是10年。"

而这种植物学界的"珍宝"往往可遇而不可求。钟扬带着学生在青藏高原的无数个高山低谷间寻觅，却难以发现这种"小白鼠"的身影。

钟扬会放弃吗？

"科学就是要不断地尝试与挑战，你不多试试，怎么知道做不到呢？"

就这样，钟扬带着学生在无数山石缝隙和荆棘丛中寻找着这种若隐若现的"小白鼠"。

2012年，一次野外采样途中，钟扬和学生意外地发现了拟南芥的一种近亲——须弥芥。

“我们找到了须弥芥，我们有希望了！拟南芥的生存环境与须弥芥相似，我们很有可能找到西藏特有生态型的拟南芥！”

于是每到周末，钟扬就会带着学生去拉萨周边的山上寻找拟南芥。他因为工作不得不回到上海之后，仍然每周叮嘱自己带的西藏大学的学生许敏和赵宁等人继续按照之前商量的方案寻找，但是一年过去了，很多学生一无所得，都想要放弃。就在这个时候，许敏在一次野外采集中有了新的发现。

2013 年 9 月，西藏大学。

“你猜我在羊达乡找到啥了？”许敏在实验室找到赵宁，兴冲冲地跟她说。

“你说嘛，别卖关子。”

“我发现拟南芥了！”

“真的！什么时候？”

“就是上次我去羊达乡采样的时候啊。”许敏一直在做一个“拉萨河流域的植物多样性”的课题，所以经常到拉萨周边的高山上做野外采集工作。

“你确定吗？”

“我都拍了照片了啊，你要是感兴趣，咱们过两天一起去一趟。”

过了几天，许敏和赵宁出发了。

羊达乡，海拔 4150 米的高坡。

陡峭的山坡上，满是蔷薇的荆棘，稍有不慎，手就会被蔷薇的倒刺割伤。许敏和赵宁两人一边四肢并用向上攀爬，一边用剪刀剪掉路上的荆棘，在荆棘丛中艰难穿行。

“许敏，拟南芥在哪儿呢？”

“我印象中就在前面，再坚持会儿呀！”

海拔越来越高，两人的喘气声也越来越重。赵宁觉得自己心跳加速、头脑发沉，可让他们两人魂牵梦绕的“小白鼠”却怎么也找不着了。

“许敏，你不是骗我吧！这都快到山顶了！”

“我发誓！我上次大概就是在这个地方看到的！我们再仔细找找吧！”

夕阳西下，狂风大作，荆棘遍布，四下一望，眼前满是旷野无边的沉默。

“许敏，已经到顶了……”此时的赵宁再也没了上来时候的力气，一边翻着白眼，一边有气无力地抱怨着。

“怎么会是这个样子啊！”许敏也很沮丧。难道上次的“小白鼠”真的会跑?

时间不早，两人稍作休息，准备下山。

上山时的路找不着了，脚下全是密布的荆棘，荆棘下面就是黑暗的深谷。两人只好拿着剪刀，从包围山体的荆棘中辟出一条刚刚容得下一人通过的小路，从荆棘之间钻了过去。

钻了一半，许敏突然停了下来。

“你干吗呢?”

“拟南芥！赵宁，是拟南芥！”就在这条小路边上，一棵一尺来高的小草悄悄在风中摇摆。

如果不是许敏提醒，赵宁或许发现不了这么不起眼儿的植物。他们小心翼翼地拍照、采样，一天的疲惫、烦躁，此刻都消失得无影无踪了。

钟扬听到消息，欣喜若狂。复旦大学生命科学学院教授杨亚军至今仍然记得当时钟扬得知这一消息时的情景："他听到消息后非常激动，告诉我们这是一个什么样的重要发现，有什么价值，激动之情溢于言表。但同时他让学生再将现场照片发来，仔细比对，确认后，又进行染色体鉴定等相关验证，才发布信息。这种科学上的严谨精神，令人钦佩。"

钟扬随即把这种新发现的青藏高原拟南芥命名为"XZ生态型拟南芥"，"XZ"取自许敏和赵宁的姓氏拼音缩写，同时也是"西藏"首字母的组合。

钟扬心想，只要他有时间，一定要爬到这座山上亲眼看一下植物界的这种"小白鼠"。

2014年国庆节前夜，西藏大学。

"明天咱们去羊达乡，采拟南芥！"钟扬忙完一天的工作，筹划着第二天的"探险"。想亲眼看见"小白鼠"的愿望，一直藏在他的心里。

他把许敏和赵宁找过来，告诉他们第二天的计划，却被两个学生当头浇了一盆冷水。

"钟老师，这座山又高又陡，您爬不上去的，您还是别去了。"

钟扬一听，不觉有点儿不高兴："你们能爬得上去，我怎么就不行？"

第二天，在钟扬的坚持下，一行数人再次向羊达乡的这座荒山进发。正爬到半山腰的时候，天公不作美，下起了大雨。

蔷薇的倒刺被雨水一刷，显得更尖更利；山上的石头被雨水一冲，又湿又滑，一把抓不住，就有可能摔下山去。

"钟老师，今天天气实在不好，要不咱们改天再上来吧。"

“都爬到这儿了，怎么能半途而废？”

此刻，钟扬那股不服输的倔劲儿又上来了。学生们拗不过他，只得看着他拖着笨重的身子一点一点往上爬。

钟扬的学生刘天猛也一起同行。

刘天猛至今无法忘记钟扬带着他们寻找野生拟南芥的身影——钟老师走在前面，大雨把他的衣服都打湿了，可他还是一边大口喘着气，一边带着一群学生往上爬，不放过岩石间的一条裂缝，不放过峭壁旁的一棵小草。

“他就是要带着我们往前走，一直往前走。”

拟南芥带给钟扬的欣喜远不止这份采集的执着。经过基因检测，钟扬又有了新的发现——西藏拟南芥为目前世界上所发现的野生拟南芥的基部（原始）群体。这是一种土生土长的高原拟南芥，青藏高原的拟南芥最后一次与世界上其他拟南芥分开的时间，大约是在 19 万年前。

由于拟南芥这一模式植物的极端重要性，青藏高原高海拔拟南芥群体的发现对于研究植物对于极端环境的适应性具有重要意义，也引起国内外植物学界的高度关注。

很多人都通过各种方式表达了他们的关切：如果把这种从书本中走出来的珍贵“小白鼠”应用到实验中，应该能帮助产出很多新的研究成果。但是按照他们的经验判断，一般遇到如此重大的发现，发现者都会将成果牢牢攥在手里，自己“闷声发大财”，鲜与外人分享。

就在此时，钟扬做了一个出乎人们意料的决定——他将新发现的“XZ 生态型拟南芥”无偿提供给全球科研机构。

学生赵宁起初很不理解，因为这种发现非常难得，如果不是钟老师这么执着，带着学生们一起找，别人是发现不了的。既然是如此重大的发现，一般人都愿意自己去做实验，这样可以产出很多自己独有的成果，而不是跟别人分享。

但后来，钟扬的一句话触动了他们："发现高原拟南芥，这是西藏的馈赠，也是大自然的回报，我们应该与人分享。"

于是，钟扬把拟南芥的这个全新品种带回了上海，成功进行了繁殖。随后，从北京到广州，从中国科学院到中山大学，从欧洲到美国、日本，中国西藏的拟南芥开放在世界各地，高原拟南芥的发现，也永载科学的史册。

拟南芥的故事，是钟扬在青藏高原上漫长采集岁月中的一个缩影。从藏北高原到藏南谷地，从阿里无人区到雅鲁藏布江，钟扬和他的团队的足迹跨越海拔落差 4000 米，忍受着各种高原反应，在人类盲区里寻找生物进化的轨迹，4000 万颗种子就是这么一点一点采集的。

钟扬曾把自己比作裸子植物，像松柏一样，生长得慢却刚直遒劲。钟扬的科学精神、奉献精神、敬业精神，如种子一样播撒在无数人的心田。

与死神擦肩而过之后

“我开始感受到身体内密密流淌的鲜血……”

“情况突然发生了变化。不知为什么，我的右腿像灌了铅一样沉重。夹菜的右手只握住了一根筷子，而另一根筷子却掉在了地上。”

“我开始感受到身体内密密流淌的鲜血……”

2015 年 5 月 2 日晚，一向精神百倍的钟扬倒下了。

这一天正好是钟扬的 51 岁生日。上午，钟扬胡乱吃了一点儿饼干，赶到复旦大学 1 号楼，参加自主招生考试的面试。面试结束，下起了倾盆大雨，大家吃了盒饭就散了。

中午 12 点的时候，一种从未有过的疲倦向他袭来。钟扬心里想，真的该好好休息一下了。可下午的时候，钟扬又赶到小儿子钟云实的学校看望他，小儿子当时正在上海的西藏中学读书，也是全校唯一的汉族学生。

下午 3 点多回到家中以后，钟扬又赶紧拿出复旦大学与西藏大学合作协议的草案，一字一句地校对。

傍晚，他接受朋友一家人的邀请，去参加他们为自己举办的小聚餐。

傍晚的浦东又开始下雨，微风吹拂之下，雨丝轻轻浅浅地滴落下来，一切是如此惬意。晚上 7 点整，《东方财经》浦东频道正好开始播放采访钟扬的节目，一桌人顿时活跃起来，对这天的主角钟扬又是调侃又是祝贺。

突然，钟扬的身体发生了异常，钟扬想拿起筷子夹菜，可不知是手滑还是什么缘故，一根筷子掉在了地上。服务员给钟扬拿来一副新筷子，钟扬接过这副筷子，却发现再也握不紧了……

更危险的事情发生了。钟扬发现自己的右腿已经麻木，像是灌了铅一样沉重；手机嗡嗡作响，很多朋友发来生日祝福，钟扬想拿起手机来回复，但是右手已经完全不听使唤，手机没拿稳，掉在了地上；左手握着的筷子再次掉在了地上。

在座的一位医生朋友发现了异样，怀疑是脑出血症状，赶紧驾车把钟扬送往上海长海医院。

时钟很快转到了晚上 9 点，在长海医院的急诊室里，钟扬躺在墙角的一张床上。在意识模糊的瞬间，世界在周身无止境地旋转，钟扬似乎已经感受到体内密密流淌的鲜血……他知道自己早该休息了，却不知道会是以如此吊诡而危险的方式。

这一夜，是钟扬内心极度狂乱的一夜，他没有做好任何思想准备，工作上留下的报告如何继续？会议报告如何撰写？出发前要跟学生谈些什么？这一切还没来得及做好交代。

钟扬就像一条在海中不知疲倦地畅游的鱼儿，一下子被抛到了沙滩上。这夜，钟扬血压在 200 左右，护士也没有办法帮助他，只能希望出血点能止住，不要再扩大。钟扬右边的手脚已经不听使唤了，他费力地跟身边的人说着一些话，可人们却听不清楚他在说什么。

大儿子钟云杉来了，躺在病床上的钟扬突然发现，他已经长成一个阳光、健壮的大小伙子了。眼前的情况把钟云杉吓坏了，他默默默地守着父亲不肯离开。钟扬为了安慰他，用还有知觉的左手摸着钟云杉的头顶，两个人静静地待在一起。

小儿子钟云实给父亲打了一夜的电话，却没有人接听。他无法想象，5个小时前刚刚见过的父亲，已经到了一个陌生的医院，成了一个病人。

此时此刻，钟扬像陀螺一样不停旋转的工作节奏，终于有了一瞬间的骤停。

钟扬的时间和别人的时间不一样，他有时跟别人开玩笑说，自己过的是“并联生活”，有无数条线上的工作在同时进行。

在西藏大学，钟扬除了帮助学科建设、坚持赴野外采集种子之外，还想方设法调动教师们的科研积极性。只要是西藏大学的老师申报国家级项目，无论成功与否，他都自掏腰包每人补助2000元。为了让老师的项目申报成功，他还自己上手帮助他们修改完善表格内容，提出想法建议。

在复旦大学，钟扬除了担负着生命科学学院的授课任务之外，还自2012年起就担负着研究生院的管理工作。研究生院办公室的老师说，用“车水马龙”形容钟扬的办公室一点儿不为过：“从早到晚不停有老师和学生找他，我们只好规定每人限时15分钟，就连他的两个孩子有时候都是来办公室才能见着他。这还不算研究生院大量的管理工作需要他来组织安排。”

人们发现，钟扬是个“狂人”：在自己的日常工作就已经排得满满当当的24小时里，他硬是给自己安排出另外一份24小时的日程表。

DAY1：

21:30，上海—成都，住机场附近。

DAY2：

6:00，成都—拉萨，直接奔赴野外开始采样，或者到西藏大学讲课、开会。

结束一天的野外采样或会议授课后，17:00至19:45，审阅论文。

20:00至22:00，为西藏大学理学院本科生答疑解惑。

22:45至24:00，与青年学者讨论野外工作。

DAY3：

凌晨1:00至4:00，与青年学者讨论、修改学术论文。

7:00，从西藏大学出发，再次奔赴野外，星夜飞驰……

钟扬喜欢利用“零碎时间”，把每一分每一秒的时间都“吃干榨净”。如果他和朋友相约见面，自己早到了5分钟，就一定要干一件事，边干边暗暗希望朋友来晚一些，好让他把这件事干好。

钟扬出差时所带的背包里往往装着很多材料——翻译的材料、科普的材料，还有需要修改的学生的材料。一上飞机，钟扬就把材料拿出来，抓紧时间修改。

在长期和时间争分夺秒的比赛中，钟扬还学会了一套“断点续传”的技能：“我写个100字的东西，如果写到50字必须去干另一件事，我就停到这里，干完回来马上从第51个字接着写。这和生物信息学一样。基因组太长，不是没法整个儿一下子测出来吗？就用‘鸟枪法’打断，一段段测，再用信息学方法拼接。这个原理在上传大文件时也会用到，就叫‘断点续传’。”

高原的夜里，钟扬往往睡不到4个小时。

要知道，即便是西藏当地人，由于高原缺氧，睡得不熟、半夜易醒，也往往要睡够八九个小时才有精神起来工作，可钟扬却有自己的一番道理："我在上海睡2个小时，在这里睡4个小时，已经很奢侈了……"

与此同时，钟扬的身体正在发出一次又一次预警。

凌晨3点的闹钟

2015年5月2日夜，上海长海医院诊断结果出来：脑出血。

一阵手机铃声，惊醒了当天在陪夜的学生徐翌钦。

是凌晨3点。

"谁这个时候打电话？"

找到钟扬的手机，才发现原来是闹钟。

第二天，徐翌钦好奇地问钟扬："钟老师，您为什么给自己在凌晨3点钟设置了一个闹钟？昨天夜里还吓了我一跳……"

钟扬的回答让徐翌钦愣住了："这是用来提醒我睡觉的闹钟啊。"

徐翌钦好像突然明白了，钟扬肩上的一副担子，有着他想象不到的重量。他多少年如一日每天坚持工作20个小时，在这20个小时内他为了节省时间，用5分钟解决一盒盒饭，抓紧开会间隙打个盹儿，他用自己的"负重前行"换来了无数个"第一"：他指导西藏大学申请到历史上第一个国家自然科学基金项目、第一个生物学硕士点、第一个生态学博士点、第一个生物学教育部创新团队，帮助西藏大学培养出第一位植物学博士，带领西藏大学生态学学科入选国家“双一流”建设一流学科名单，填补了西藏高等教育的历史空白，将西藏大学生物多样性研究成功推向世界……

钟扬的坚守，远比我们想象的要难得多、苦得多。

抢救后的第三天，钟扬还没有渡过危险期，仍旧在重症监护室观察，可他满脑子全是工作的事儿。

正好此时赵佳媛来看他，他就让她打开电脑，自己口述了一封交给党组织的信。

在信里，钟扬写道：“西藏是我国重要的国家安全和生态安全屏障，要建设一个长效机制来筑建生态安全屏障，关键是人才队伍。”钟扬建议开展“天路计划”，专门从事青藏高原生态屏障建设。

回顾自己十几年如一日的高原经历，钟扬不禁感叹，也许自己的身体再也不允许自己上雪域高原了。他在信中写道：“14年的援藏生涯对我而言，既有跋山涉水、冒着生命危险的艰辛，也有人才育成、一举实现零的突破的欢欣，既有组织上给予的责任和荣誉为伴，也有窦性心律过缓和高血压等疾病相随。就我个人而言，我将矢志不渝地把余生献给西藏建设事业……”

住在重症监护室里，钟扬不敢看书、工作，担心医生会批评他。他总是趁学生来看望他的时候，悄悄布置工作，有时候还要学生拿出电脑记下来。有一次赵佳媛来看他，刚刚拿出电脑，碰巧被护士看到了，被狠狠骂了一顿：“这是重症监护病房，旁边那么多仪器，你拿个笔记本过来看一个患重病的病人，你觉得这样合适吗？”赵佳媛恨不得哭出来，看着躺在床上的“罪魁祸首”，半天说不出话来。她多么希望自己的老师能够安心休养，不要再操心工作的事情，可是她知道，老师就是一个闲不下来的“工作狂”啊……

2015年5月15日下午，钟扬出院，重新投入工作，而此时半身不遂的他甚至连午餐盒都无法打开。他的身体也已极度虚弱：长期的高原生活、过高的工作强度、严重不足的睡眠，使钟扬出现心脏肥大、血管脆弱等种种症状，每分钟心跳已经到了临界值，只有40多下。

医生对他下了三个禁令：不再喝酒、不坐飞机、不去西藏。

没想到，才过一年，他不顾医生告诫，再次走上高原路……

“我戒得了酒，就是戒不了西藏啊！”

听说钟扬突发脑出血，身在武汉的好友王有为很着急。本来他想立刻去上海探望，但手头工作使他一时脱不开身，等他到了上海，钟扬已经出院了。

王有为本以为钟扬会好好地待在床上静养，谁知道他身体还没大好，整个人就已恢复到正常的工作状态：给学生指导论文，参加复旦大学和研究生院的重要会议……

“你怎么一点儿也没消停啊？”钟扬看上去比以前憔悴多了，王有为看到他又恢复到这种随时随地争分夺秒的状态，不禁为他的身体担心。

“让我在床上躺着我难受啊，好多事情都耽搁不了。”

“你怎么就算不过来账呢？你这次脑出血，就是身体发出的一个预警。”王有为知道，钟扬患有多种高原病，平时进藏又没有什么防范，他一直担心他在青藏高原上一个绷不住出什么事情。

“你看我这不是都没事了吗？”

“医生怎么说的？”

“医生就说不让喝酒，不让坐飞机，也不让进藏了。”

“那就好，你这次可得吸取教训了吧。”

“是啊，我把酒都戒了。”

“戒了酒是应该的，西藏你以后也别给我去了。”

“嗯，我知道，短期内肯定不会去了。”

“短期内？意思是你以后还要上去？”王有为的声音顿时提高了八度，他难以置信，一个刚刚和死神搏斗过的人，怎么还想着做这么危险的事情？

“以后再说以后嘛。”钟扬说得有点儿心虚。

“以后再说以后？你知不知道为什么你脑血管会破裂？就是因为你的心脏搏出来的血压力太大了。你年轻的时候身体可能还能承受下来，但你年纪越来越大，血管也越来越脆弱，它就会受不了那个压力，就会破裂。这次你算是有惊无险，你还想有下一次？我跟你说，你再也不许进藏了，进藏就有生命之忧，特别是西藏的医疗条件，你即使是个健康的人，野外采集都去些荒无人烟的地方，离医院太远，心血管系统、脑血管系统的毛病也没办法治，你知不知道？”

“哎呀，有为你别激动嘛……”钟扬见王有为情绪激动，赶紧安抚他。

“不是我激动，是你要搞清楚自己现在的状况啊！我说句不好听的，你真的想把小命交待在那儿吗？”

“有为，你说的道理我都懂，但是我戒得了酒，就是戒不了西藏啊！我不去心里就痒痒，不去就觉得好像做什么事儿都提不起劲儿啊……”

王有为愣住了。他知道钟扬去西藏不单单是为了做科研，而是有一种情怀在里面，但他不知道钟扬对青藏高原的感情已经深到这种地步，仿佛那种情怀能够让钟扬承受身体所不能承受的极限，忍受身体所不能忍受的病痛。

王有为只得转了话题："好吧，进藏的事情我们先不说了，医生给你开药了吧？我看看是什么药。"王有为是研究药学出身的，对老朋友吃什么药自然上心。

"哎呀，真不好意思，我今天出门急，把药给落在家里了。"

"你把药落在家里了？那降压药你也没按时吃？"

钟扬被说得有点儿不好意思："哎呀，你好不容易过来一趟，怎么感觉好像兴师问罪来了？"

"我不知道你吃的什么药，但是你血压已经很高了，你还不吃，你知不知道这有多危险？你其他的脏器都会受损伤。"

钟扬只好一一答应下来，然后赶紧转换话题，聊点儿工作上的进展。

王有为心里默默叹了口气。他知道钟扬没坚持吃药，一来是因为他记不住，他总是对自己的事情不大上心；二来钟扬曾经说过，这种事情是双刃剑，如果自己老靠吃药来撑着，就永远适应不了高原上的那种环境。他为了让自己的心脏锻炼得能适应高原的环境，所以才没有按时吃药。

王有为知道钟扬的想法有点儿太不符合实际了，一来不吃药本身就会有风险，二来钟扬是一个中年男人，对高原适应能力的可塑性已经很小了，他却还是要坚持去适应。他只好又嘱咐了几句按时吃药、注意身体的话，心里却觉得这样下去真的不是办法。

钟扬的出差频率又恢复到了之前的状态。2015 年 11 月，钟扬在成都参加国家教学平台的会议时，碰到了同在西藏大学援藏的刘星。

刘星是 2015 年到西藏大学的，在西藏大学理学院对口援藏，为期一年。但在2015年11月时，中组部第八批援藏工作开始启动，西藏大学就希望刘星能够继续留下来，为西藏大学生物学硕士点、生态学博士点以及一流学科建设贡献力量。

当天晚上，刘星到钟扬房间找到他，想征询一下钟扬关于第八批援藏的意见。

“钟老师，有个事情想来请教你，现在中组部开始启动第八批援藏的工作了，藏大这边的意见是希望我能留下来，继续推进生物学和生态学的学科建设，你觉得呢？”

“刘老师，这是好事儿啊。我在这边已经有很长时间了，也建起了一些团队，你在这边研究的不也是生物多样性以及生物进化吗？我这边有一些独特的资源，都可以帮到你。”

刘星一听，一股暖流淌到心头，他感到钟扬身上有一种奉献精神在鼓舞着自己，并且期待着自己跟他并肩作战。

正想着，钟扬那边来了电话。

是钟扬的母亲。

刘星隐约听到电话那头的声音：“扬子，你身体不好，别又上（西藏）去了。”

钟扬连声答应：“放心，放心……”

钟扬跟母亲絮絮说完，挂了电话，叹了口气，但转头就跟刘星说：“刘老师，其实我自己也已经想好了，我还要留下来，当第八批援藏干部。”

刘星闻言愣住了。他知道钟扬5月份的时候刚刚突发脑出血，这才刚好没多久，又要上去？

“钟老师，你不是刚好吗？你把身体养好了，可以上西藏，但第八批援藏干部意味着你要像以前一样两地跑，哪头儿都不能耽误，这么连轴转，我怕你的身体……”

“刘老师，我已经想好了。还有，西藏大学的博士点要评估了，需要多一些懂专业的人一起推动，我还是希望你能留下来。”

刘星被钟扬的精神感动了，钟扬的话让刘星下定了决心，留下来为西藏大学一直干下去。

几个月后，钟扬把第八批援藏申请书放在了复旦大学副校长金力的面前。金力负责这项工作的审批。

“搞什么搞？你准备还这么折腾下去？”

金力一看申请书，眉头马上一皱。他和钟扬是多年的好友，也深知高原反应对一个人的伤害，何况钟扬脑出血才刚刚好，医生还给他下了“不去西藏”的禁令。

钟扬说：“我体检都做过了，没有问题，可以进藏！”

金力问：“你是真的把自己的生死都置之度外了？”

钟扬笑了笑说：“没那么夸张，你赶紧签字吧。”

金力原本并不愿意签这个字，可禁不住钟扬软磨硬泡，最后只得让钟扬心满意足地拿着申请书走出了办公室。

钟扬申请成为中组部选派的第八批援藏干部的事情辗转传到了王有为那里。王有为一听，觉得自己必须阻止他再进藏，因为一旦发生危险，后果难以预料。但是如果他直接劝说钟扬，以钟扬的性格必定不会奏效。

王有为想到了一个办法。复旦大学本来是西藏大学的对口援藏单位，如果他把复旦大学从对口援藏的单位名单中拿出来，这样钟扬应该就能少去几趟西藏，到时候再劝劝他，说不准还能打消他继续援藏的念头。

王有为随即通过武汉大学向教育部递交申请表，在申请表中罗列诸多理由，申请让武汉大学把复旦大学从对口援助西藏大学的名单中替换下来。

事情进展很顺利，教育部确定援藏名单后，王有为发现西藏大学的两个对口援藏单位已经改为北京大学和武汉大学，复旦大学已经不在名单上。

王有为松了一口气，他想如果这样的话，钟扬应该就能少去几趟西藏，至少先有个缓冲的过程。

结果过了几天，钟扬跑来了武汉，到武汉大学找到王有为。

一见到王有为，钟扬就说："有为，你不对！你怎么能把我们复旦大学给搞掉了呢？听说就是你建议的。"

王有为义正词严："是，我就是不想让你再去送命！"

没想到钟扬接着说："我搞了这么多年，不能让你把复旦大学搞没了！不过现在都好了，我又去教育部把复旦大学加上去了。"

王有为大吃一惊，一时没回过味儿来。钟扬走后，他跟教育部联系后才知道，钟扬专门跑到北京，去找教育部的相关领导提出要求，说复旦大学对口援助西藏大学多年，做出了很多贡献，不能把复旦大学从名单里替换下来云云，坚决要求教育部把复旦大学加入名单。最后，就连教育部的相关领导也拗不过他，又把复旦大学加了进去。

王有为不禁抚额长叹。按照他的计划，复旦大学退出来之后，钟扬相应地能够降低进藏频率，这样王有为就可以和钟扬做一个接力，由他进藏待一段时间。他都已经想好，可以去西藏大学教一门课，让这个援藏的岗位有人递补上就是了，但没想到钟扬根本不给他这个机会。

王有为喃喃地说："他已经在那里有情怀了，挡不住，没辙了……"

变本加厉的“科学狂人”

2016年6月的一天，晚上8点，成都双流机场。

钟扬的手机突然响了。

“扬子，你干吗呢？吃饭了吗？”是父亲钟美鸣。

钟扬顿了一顿，只好说：“在外面呢。”

正是机场客运高峰，广播声、喊叫声、行李在地上拖动的声音……无数种声音汇集在一处，传到手机的另一端。

“你在哪儿？”钟扬那边嘈杂的背景声引起了老父亲的怀疑。

钟扬略微迟疑，还是说：“我在成都。”

“你怎么跑到成都了？”

“…………”

“你说话啊扬子，你是不是又要去西藏？”

“哎呀不是，爸你就别问了……”

“你可别瞒着你爸妈。你知道你妈身体也不好，经不起折腾了，你要是想让她舒舒服服地在家里好好歇着，你就别去西藏了！”

“哎呀，知道了。爸，我这里还有事儿，先不说了哈。”

钟扬没等父亲回音，就挂了电话。

他的手上拿着的，不是机票又是什么？

成都—拉萨，21:05，TV9882。

钟美鸣的直觉一点儿也没有错。就是在这一天，钟扬又从上海经成都，转飞西藏。

从此直到生命的尽头，钟扬密密麻麻的日程，又和青藏高原上的山水草木、西藏大学的学科建设紧紧捆绑在了一起。

拉琼眼前站着的，是一个虚弱的人，在烈日暴晒下，眉头紧锁、吃力喘息、走路不快，身上穿的还是29元钱买的那条牛仔裤。

拉琼本来要问他："钟老师，你不要命了？"可话到嘴边，又硬生生咽了回去。

看着拉琼欲言又止的神情，钟扬反而笑着宽慰他："你看，我这不是好好的吗？我戒得了酒，就是戒不了西藏啊！"

他连酒都戒了，就是戒不了西藏！

拉琼突然觉得，眼前站着的这个人是一个战士，与雪域高原的恶劣环境、与自己的余生战斗的战士！

这一次来，钟扬还是为了西藏大学生态学学科建设的事情。"还有很多事情要做，有些事情还得继续推动。"

复旦大学生命科学学院副教授南蓬了解他："他脑出血后，几乎所有人都认为经过这次大病，他会放慢工作的脚步。可是后来，他不仅没有放慢，反而加快了。他说他有一种紧迫感，希望老天再给他10年，让他把西藏的人才梯队真正带起来。"

复旦大学生命科学学院教授卢宝荣知道，钟扬早已把生死置之度外。"对于援藏、对于科研，他的执着让常人难以想象。他是一个冲在前方的战士，同时又是一个收拾战场的人。西藏大学学科建设的新局面和他密不可分，如果他撤下来才是不可思议的事情。"

钟扬曾说："高原反应的危害要5年到10年后才显现，我有一种紧迫感，希望老天再给我10年时间，让我把高原种子和西藏的工作继续做下去。"

钟扬在西藏大学有一个外号，叫"钟大胆"，是因为很多西藏本地人都不敢做、做不快的事情，他都能付出更大的艰辛去把它做好。

"他哪里是'大胆'，他是在拿命换科研啊！"拉琼说，"人的生命只有一次，钟老师一年的奔波，能超过一般人10年甚至20年走过的路。他就是这样一位先锋者，科研、教学、管理、科普……他涉足的每一项工作，都做出了卓越业绩。”

在钟扬心里，他也早已把勇当“先锋者”作为自己奋斗的目标。

“先锋者为成功者奠定了基础，它们在生命的高度上应该是一致的。”钟扬说，“当一个物种要拓展其疆域而必须迎接恶劣环境挑战的时候，总需要一些先锋者牺牲个体优势，以换取整个群体乃至物种新的生存空间和发展机遇。”

由于多次患病和常年奔波造成的疲惫，钟扬的心跳每分钟只有40多下，这已是人体生理的极限。

但在他灵魂中跳动的那颗赤子之心，没有极限。

（节选自陈芳、陈聪《种子钟扬》，北京联合出版公司2018年出版）

中国读本：塞罕坝

有关“金木水火土”的故事

◎ 蒋巍

塞罕坝，原意为“美丽的高岭”，自古以来拥抱着一片浩瀚的原始森林。多少年之后，那里海拔最高的山却被当地百姓称为“大光顶子山”。令人惊骇的山河之变以及所有的惨痛、教训和意义，都在这两个名称的撞击中森然站立起来，刻写成一道警示。也因此，我的塞罕坝之行成为“寻找家园之旅”。是呵，人类的先祖抱着婴儿，带着孩子，最初就是从森林中走出来的，并依靠森林的滋养开创了属于人类的伟大纪元。森林就是人类的奶娘。而今，我们对于古老家园的记忆、留恋和乡愁还在吗？人类童年时的花冠和母亲肩头那个漾满溪水的陶罐还在吗？我们从小就迷恋的白雪公主和七个小矮人以及他们唱歌跳舞的木格楞小房还在吗？呵呵，这一切已遥远得不知去向。没有了森林，人类就丢失了家园，孩子就丢失了童话。我们必须找到森林和她的全部故事。

在塞罕坝，一天天的寻觅与遥望，一次次的震撼与感动，一回回湿润了我的所有路程。告别时，一颗心掏空了全部。郑重放在大地上，弯成一道深情而虔诚的投影，我的灵魂，向着塞罕坝的启示与意义，向着大自然的苍茫与美丽，向着历史的血脉与温度，长拜与匍匐。

土——家国之基

我们的先贤无比智慧，早在数千年前就提出“五行”之说，即大千世界是由不断循环运行且相生相克的金、木、水、火、土五种元素组成的。孔子说：“天有五行，水、火、金、木、土，分时化育，以成万物。”这个“行”字，揭示出一个令人叹为观止的伟大理念，即万事万物都在运行和变化之中。故《周易》又说：“天行健，君子以自强不息。地势坤，君子以厚德载物。”先贤这些学说主张，无不闪耀着朴素唯物主义的思想光辉和经天纬地的大智慧。此刻，当我的目光穿越时空，探寻着塞罕坝的昨天和今天，我惊异地发现，这里所有的故事都与“金木水火土”有关。

塞罕坝，位于河北省最北部的围场县，与中国十大沙漠之一——内蒙古高原上的浑善达克沙地接壤。地貌以高原和山地为主，海拔最高近2000米。历史上，这里森林广布，水草丰茂，鸟兽出没，气候温润。清王朝曾将这一带设为皇家猎苑，人称“木兰围场”，百姓禁入。每逢夏秋时节，前后几代清帝都曾带着王公大臣、后宫嫔妃和大批八旗精锐北出承德，来此避暑狩猎。看着皇上身披金甲、纵马放鹰、弯弓飞箭，前方草丛中的马鹿或野猪应声而倒，士兵们三呼“万岁”的声浪震天动地，可以想见那是怎样热烈豪迈的盛景啊！1690年秋，准噶尔部首领噶尔丹发动叛乱，康熙大帝在此处的点将台（亦称亮兵台）举行沙场阅兵，大军随即北上，在乌兰布通全歼噶尔丹叛军2万余人。今人为纪念此战，在点将台筑有威风凛凛的康熙大帝坐像，现已成为塞罕坝最负盛名的人文景观。

1840年以后，经历了屈辱的鸦片战争，清王朝已是日薄西山、大厦将倾的惨淡景象。国库空虚，皇上无心游乐，遂于1863年下旨将木兰围场开禁放垦。很快，斧头与大锯、征伐与荒火蜂拥而入。进入20世纪，中国战乱频仍、烽火连天，且遭日寇长期的疯狂掠夺，人们惊恐地看到，塞罕坝的大森林排山倒海地倒下了，沙尘暴遮天蔽日地站起来了。没了森林的保护和滋润，大地沙化，气温骤降，最低温度达到零下43摄氏度，年平均气温至零下1.3摄氏度。来自西伯利亚的寒风呼啸着掠过大地，仿佛大自然悲切的哭号。无树无草无水无田，百姓们不得不纷纷逃难，饥饿的狼群一度成了塞罕坝的霸主。再往后，因生物链中断，狼们也远走他乡，贫瘠的大地只剩下成群结队的老鼠了。

悲乎！不足百年，“美丽的高岭”便梦碎荒原，沦落成“黄沙遮天日，飞鸟无栖树”的苍凉大漠和一座座乱石嶙峋的“大光顶子山”。

毁掉人类的家园，其实是轻而易举的。

中华人民共和国成立后，中国共产党人愈来愈深切地感到生态之痛。1956年，毛泽东提出“绿化祖国”的伟大口号。从此，重整山河、植树造林、绿化祖国，成为中国领袖率先垂范和持之以恒的国家行动。

1961年10月，塞罕坝已是冰天雪地。林业部国有林场管理局副局长（后为林业部副部长）、38岁的“老革命”刘琨率队前来考察，进入茫茫荒野，无路无车，只能骑马。连续3天穿行在风雪飞沙中，刮得大家满身黄尘，从棉袄到内衣，一抖一股尘烟。考察完毕，刘琨忧虑地说："这里海拔接近1500米，北京海拔只有40米左右。沙尘暴刮到北京不是扬过去的，而是居高临下，成百吨成千吨砸下去的。如今北京的老城墙都拆了，城区无遮无挡，风沙天越来越多，这种状况必须全力遏阻、尽快改变，否则首都早晚被黄沙吞没。"

当地干部摇头叹气："老天爷的事情，咱们管得了吗？"

刘琨17岁投身革命，从战火硝烟中走出来的人难免脾气火暴。他大眼一瞪，说："共产党为老百姓谋福利，就得上管天，下管地，中间还要管空气！"

在座人当笑话听了，无不哈哈大笑——今天证明，刘琨说对了。他接着说："防沙防风的唯一办法就是种树固土，把森林恢复起来。中国五行说'土生金'，没土哪来的金？如果大风把表土都刮跑了，沙漠直逼北京和中原，不要说老百姓的日子没法儿过，新中国还怎么面对世界呀？"

刘琨的考察报告惊动了中南海。在财政极其困难的情况下，中央下决心拨出一笔巨资，在河北北部开展大规模的防沙造林。林业部随即召开专门会议，商定调集一批精兵强将，在塞罕坝等荒漠化严重的地方筹建5个大型机械化林场，以弧线方式构筑一道保卫北京、造林固土的防线。

计划雄心勃勃。遗憾的是，数年后因资金困难、环境恶劣和时势有变，其他4个林场都不了了之，只有塞罕坝林场像一支瘦弱的孤苗，在漫天黄沙中摇曳着。

大漠长空，一只孤雁，命悬一线。

"土生金"——我们的老祖宗说得太对了！960万平方千米的神州大地是中华民族赖以生存的寸土寸金的家园。无土何以为家？无土何以立国？土就是我们的家国之基。但年复一年、愈演愈烈的荒漠化，把我们的沃土不断刮到千里之外或冲入江河湖海。2017 年 8 月 2 日，美国《洛杉矶时报》发出一则报道称："去年，在国家科学基金会的支持下，加利福尼亚大学默塞德分校的科学家分析了约塞米蒂国家公园的尘土成分……他们发现，尘土中的一些物质来自中国戈壁和蒙古，另外还混杂了加州中央谷地的尘土。该研究不仅有助于解答专家的以下问题，即内华达山脉充斥着红杉和松树的针叶林如何在缺少养分的花岗石地区生长了数十万年，也能解释它们是如何应对气候变化的。"

换言之，就是从中国戈壁大漠刮走的滚滚风尘"养活"了美国森林！

毛泽东曾就中国革命的前途发出一问："问苍茫大地，谁主沉浮？"中华人民共和国成立以后，中国共产党人愈来愈深刻地意识到，就生态保护而言，我们仍须面对和回答这惊天一问。

木——民族之脊

倾全党全民之力，保住中华大地的绿水青山，是关系到我们民族福祉、国家未来的命运大决战。

在塞罕坝，这场大决战从 20 世纪 60 年代初就开始了。那是 1962 年 3 月，一群身穿羊皮大衣、足蹬毡疙瘩的汉子顶着凛冽寒风，蹚着没膝深的雪从历史深处走来。白天，他们搭起了第一个窝棚；傍晚，他们升起了第一缕炊烟；夜里，他们点燃了第一堆篝火。这一切都是有历史意义的——他们的行动标志着国家林业部规划的塞罕坝机械林场正式成立。篝火旁，除了年轻的场部秘书，还坐着林场的第一任领导班子成员：党委书记王尚海，原承德专署农业局局长；场长刘文仕，原承德专署林业局局长；技术副场长张启恩，原林业部造林司工程师；副场长王福明，原丰宁县副县长。

前两位是从烽火硝烟中走来的革命者，张启恩是北大毕业的高级知识分子，此前他们都在城里的大机关工作。但是，党一声令下，四人二话不说，打起背包就到了坝上。篝火旁，他们像指挥作战一样摊开一张新画的林场地界图，秘书惊叹："天哪，140多万亩的荒野秃山，都种上树要多少年啊！"王尚海毫不在乎："管它呢！这就像打仗拿山头，拿下一个是一个！"接着他们议定：开春就干，没有树苗先跟外地借，机械没到人工先上。4月下旬，春天到了。四个光杆司令扛着铁锹，率领收编的地方林场员工和周边人民公社的数百名社员，举红旗、牵骡马，呼呼啦啦开进荒原，打响了改天换地的第一仗，二十几天造林1000亩。瞧着绿油油的小树苗一排排站立在新土上，王尚海拿旧军帽抹抹额上的汗，喜滋滋地说："20年后保准站起一片好林子！"

得！没等到20年后，仅仅20多天后，90%以上的树苗都蔫头耷脑枯黄了。王尚海气得嗷嗷叫："娘的！我就不信这个邪，明年再来！"按老习惯，他发火时常把桌子拍得山响，但在塞罕坝他改了，不拍了，因为窝棚里没桌子。

9月，让领导班子最为振奋的是，林场第一批新生力量乘着数台"大解放"到了，他们是来自全国各地的172名大中专毕业生。当时，面对天苍苍野茫茫的荒山野岭和眼前歪歪扭扭的马架子、地窨子和帐篷，这群年轻人吓呆了——这与他们想象中的机械化大林场完全是天上地下。有的女孩子缩在“大解放”车厢上，抱着行李呜呜哭，就是不肯下车。王尚海脸色铁青，但憋着没发火。抗战时他当过县游击大队队长，曾一夜之间炸掉4个炮楼。他知道怎样动员和教育新兵。后来那些让人热血沸腾的思想教育和精神激励不必细说了。这些学生战胜了最初的畏怯与动摇之后，绝大部分落地生根，与242名当地职工并肩奋战，成为塞罕坝林场第一代创业者。曾当过副场长的赵振宇回忆说：“上坝的第一天晚上，我们住进一个大地窨子，两边是炕，各睡10个人。我和董万科是好朋友，睡觉铺挨铺。有天晚上他刚睡着，觉得身上冰凉。我掀开他被子拿手电一照，见一条蛇盘在他身边。董万科嗷的一声惨叫，大家都吓得跳起来了。后来我们给董万科起了个外号叫董仙，意思是那条蛇爱上他了。”

那时的中国，还笼罩在三年困难时期的愁云惨雾之中，缺吃少穿，人们的骨头撞得荒野大漠叮当作响。冬天喝雪水，夏天喝发黄的地下浅表水。一天两顿饭，长年没青菜。入冬大雪封山，职工大半年被困在山里，没电没路，没广播没报纸，完全与世隔绝。晚上想看书或记点儿什么，只能点小油灯。睡觉时要戴皮帽子，早晨起来，眉毛胡子、帽子被头儿结一层白霜，铺的毛毡冻在炕席上，卷起来得用铁锹慢慢铲。天天跑荒原穿草莽，衣服刮得千疮百孔，不会缝补的男人就用线绳把窟窿扎起来，远看活像一只只大刺猬。一年冬天，一位母亲抱着发烧的婴儿乘车去县医院看病，因为怕孩子冻着，一路把孩子包得紧紧的，到了地方打开小被子一看，孩子捂死了。所有的苦啊痛啊难啊累啊，都可以咬牙忍着，最难忍的就是思亲的眼泪。送到坝上的家书一到就是一捆儿，读到爸妈的字语和关切，心都碎了，这个哭那个也哭，最后全宿舍的人都跟着号啕大哭。不过，回信中他们绝口不提林场的艰难困苦，最后一句话总是："一切都好，请爸妈放心！"

1963年春，林场第二次造林1240亩，成活率仍不足8%。连续两年的失败让塞罕坝人灰心丧气，一些人觉得塞罕坝是一片"死亡之海"，没救了。造林没希望，环境又恶劣，投资也不足，林场干脆解散算了，"下马风"一时刮得人心惶惶。

塞罕坝向何处去？成为悬在人们心中沉甸甸的问号。

一天，场部说要开中层干部会，两台"大解放"拉上大家就走。往常开会都在大食堂，这回是去哪儿啊？干部们好纳闷儿。一个多小时之后，车到了林场东部的一片荒原。放眼一望，四野空旷，荒草萋萋，只有离车不远的地方立着一棵高大的落叶松。场领导把大家引过去，围着那棵松树站定。王尚海说："我们今天在这里开一个特殊的现场会，主题就是这棵老松树。"

干部们都愣了，仔细端详着那棵落叶松。此树高1丈有余，看样子足有二三百年树龄。皮层嶙峋黝黑，主干粗壮挺拔，不过在1米多高的地方却一劈两半，又在上方合抱成繁茂的树冠。

王尚海说："因为连续两年我们造林失败，有些同志思想动摇了，甚至公开主张林场下马。听到这些话，我的心情很沉痛。说实话，我也一直在想，在塞罕坝种树到底有没有希望？这关系到党交给我们的任务能不能完成，我们要不要在塞罕坝坚持到底？看到这棵树，我找到了答案！你们看，这棵树一劈两半，树皮黝黑，裂纹遍布。毫无疑问，几百年来它遭遇过无数次风雪袭击、电打雷劈，但它还是坚强地挺立着，一直挺到今天，哪怕荒原上只剩它自己也决不倒下。我看它就像我们革命者的脊梁，中华民族的脊梁！面对眼下林场遭遇的困难，我们难道不应该学学这棵松树的品格吗？"

全场静默，只有长风在远处发出尖利的呼啸。

王尚海的眼里似乎有了泪光：“同志们，我是从战争年代烈士堆里爬出来的，那么多战友牺牲了，而我还活着，我这条命就是党的！党把我派到塞罕坝，我就下定了一个决心，我王尚海生是塞罕坝人，死是塞罕坝鬼！不把荒原变林海，死不瞑目！”

张启恩说：“众木成林，独木难活。这棵孤立荒原的落叶松能活下来，证明塞罕坝植树造林是完全可行的。我可以负责任地告诉大家，对于前两年的失败，我和技术人员已经做了深入调研，以往我们在技术上、方法上存在的问题基本摸清了。事不过三。我相信，明年开春，大家的汗水一定不会白流！”

荒原上响起热烈的掌声。后来，这棵傲雪凌霜的老松树一直被塞罕坝人尊为“功勋树”，枝干上飘荡着许多祈福的红布条。

不久，王尚海、刘文仕、张启恩、王福明借着开会出差的机会，先后把老婆孩子从北京、承德和县城带到坝上，户口也迁来了。这明摆着：他们决心把这辈子交给塞罕坝了！领导的行动震撼和感动了全场，“下马风”销声匿迹。

1964 年春，以往造林中的一切不妥之处都得到了纠正，一切操作都按照严格的科学要求进行。比如，外地树苗在运输过程中容易失水，捆放时间过长容易伤热捂苗，等等，相关工作都做了改进。苏联进口的造林机械不适合坡地作业，张启恩率领技术人员进行了大胆革新。塞罕坝土层薄、缺水分，于是树苗根部被裹上一坨含水泥团，再植入苗坑。选苗要选“矮胖子、大胡子”，即苗秆粗壮、根系发达，如此等等。

王尚海亲自四处踏查，最终选定了一片叫马蹄坑的荒地，那里三面环山，一面临水，是一块风水宝地。4 月 20 日，塞罕坝历史上最著名的“马蹄坑大会战”开始了，领导、员工和雇来的公社社员用拖拉机和汽车、马车、推车，拉着行李、粮草、树苗、工具和锅碗瓢盆，像一个古老而极富血性的部落，轰轰烈烈开进荒地，挖坑设灶，搭棚进驻。王尚海的大嗓门儿天天吼个不停，张启恩和其他领导、技术人员一跟到底，坑深、株距差一点儿都不行。奋战 20 多天，造林 516 亩。过后，王尚海、张启恩他们提心吊胆，隔三岔五跑去看，直到张启恩下了定论：“成活率 80% 以上！”王尚海亢奋得挥拳朝群山阔野大吼一声，好像把两年多来的闷气都吐了出来。吼完，这条血性汉子擦擦眼泪说：“今晚开庆功宴，给大家上羊肉馅儿包子！”

这一年，正是清王朝开禁放垦的第 101 年，当称一元复始，万象更新。

拥有远大目标和坚定意志的人，是任何困难都压不倒的。没房没屋自己盖，没米没菜自己种，没鞋没衣自己做，他们把塞罕坝变成又一个“南泥湾”。他们开拖拉机加植苗机，像开着钢铁战车，一往无前、气势磅礴地向着茫茫荒野猛烈推进。至 1976 年，全场累计造林 70 万亩，是河北省 8 个林场中唯一完成造林指标的单位。但此后打击接踵而来：1977 年，林场遭遇历史罕见的“雪凇”灾害，57 万亩林木一夜之间被压弯折断，15 年的劳动成果损失过半；1980 年，林场遭遇百年不遇的百天大旱，12.6 万亩树木枯死。塞罕坝人眼看自己用心血汗水浇灌的大片林木毁于一旦，多少人痛哭失声，然后擦干眼泪，从头再来！

植树造林是前人栽树、后人乘凉、造福子孙万代的伟大事业。此后通过探索和外出取经，一年一次的春季造林又变成春秋两季造林——塞罕坝林场真是拼了！

这是一场悲壮的不屈不挠的战斗，他们付出的代价是常人难以想象的。

——董加伦，1943年生于济南，1963年中专毕业后和27个同学来到塞罕坝，不久当了拖拉机手。那时他思想单纯，热情能干，苦啊累啊毫不在乎，觉得能挣钱就好。春秋翻地，一台车四人两班倒，歇人不歇车，有时他能连干三四个班。如今忆起当年，他说：“当时最不适应的就是塞罕坝太偏僻太封闭了，头两年我没下过坝，第三年回家时看啥都觉得新鲜，人就跟傻子似的。”1970年，27岁的董加伦和在济南的妻子结婚了，从此开始了漫长的两地生活，2年后有了女儿。“可孩子怎么长大的？怎么会走的？怎么会说话的？我一概不知，上学更没管过。我就知道月月给媳妇汇钱，雷打不动。”因为长年两地分居，孩子小时候对董加伦没感情，回家不认爹，还撵他走。有一年春节晚上，董加伦在门外哭，老婆在屋里哭，直到女儿睡着他才敢进屋。“后来孩子慢慢大了才好点儿，但心里还是有隔阂，怨我不管她。直到老伴去世，我们结婚27年，在一起的时间超不过2年。可以说，我这辈子完完全全交给塞罕坝了。”说到这儿，74岁的老人潸然泪下。

——孟继之和凌少起，中专毕业后到了塞罕坝，在阴河分场当护林员。3年后的一个初冬，两人在巡山时突然下起大雪，一时间天昏地暗风雪弥漫，两人怎么也找不到回场部的路了。从上午转悠到近晚，两人又冷又饿，孟继之终于挺不住，昏倒在雪地里。凌少起拼命哭叫，孟继之毫无反应。凌少起不得已，连滚带爬冲到山下，凭着远处一星微弱的烛光，终于摸到一位老乡家。老乡当即跟凌少起一起上山把孟继之背了回来。后来，孟继之因严重冻伤双腿截肢，凌少起也患上风湿，但一生仍然坚守大山。

——多年后，一大群泥头花脸的“林二代”满地跑了。没学校，搭窝棚，一条宽木板当课桌，一条窄木板当坐凳。没老师，领导看谁文化高点儿，谁身体不好干不动重活儿，谁的老婆没事干又识点儿字的，好，就你啦！一个个“窝棚小学”就这样钻出地面。年复一年，大人们战恶风斗狂沙，育树苗种林子，一出门就几十天，哪有精力辅导孩子学习啊？没人管教的孩子是天下最快乐的，夏天捉迷藏，冬天打雪仗，书本满天飞。长大后，林二代们才明白自己是“被放养的一代”，学习成绩一般般，大学没指望，大多数中学毕业就在林场就业了。成家后，他们痛感自己小时候没能受到良好教育，于是节衣缩食、能省就省，纷纷把孩子送到围场县、承德市或老家的小学、中学，或住校，或托人代管，逢年过节或暑假寒假才能把孩子接回来。

2007年，因学生大量流失——初三年级只剩了8名学生——塞罕坝林场子弟学校不得不宣布停办。那天，最后一任校长刘晓兰独自走进校园，手抚院墙缓缓而行。呵，白粉墙上画的那些绚丽多彩的儿童画，还有平整的草坪、操场、沙坑和铺着塑胶垫子的儿童游戏区，这一切都饱含着她和教职员工的爱和心血。在这所学校的讲台上，刘晓兰整整站了18年，从一个花季女孩儿站成了人之妻、子之母，从老师站成了校长。而今一切都结束了，晓兰觉得她的心“一下被掏空了”。抚摸着墙上的一幅幅儿童画，望着寂寥的操场和孤独的篮球架，她边走边哭，眼泪怎么也止不住。开车来接她的妹妹见晓兰眼睛哭得红红的，劝她说：“别哭了，企业办教育终归赶不上地方，过去的就让它过去吧。”晓兰激动地说：“我的青春岁月都留在这儿了，我过不去！”

是的。历史上的许多事情就是不能过去，也过不去！一个民族、一个国家，如果遗忘和丢弃了自己的历史，必定没有未来。

但是，孩子们进了城里学校，新的伤痛又来了。采访路上，总场司机小高对我说：“上学时，老爸每次下山把我送到县城小学，我都抱着爸爸的腿死活不放哇哇哭，一定要跟老爸回家。学校里凡是林场的孩子都这样，谁劝也不好使，大人也跟着抹泪，全操场哭声震天。有时大人想孩子了，就搭个便车下山，躲在校园外面等孩子下课。好不容易拿目光在孩子群里找到了，也只能一边偷偷看一边抹眼泪，不敢露面，怕孩子不让走。有一年放寒假，妈妈坐马车接我回家，一路刮着白毛风，我的脚冻僵了，妈妈便把我的脚塞进衣服里，一路用身体把我暖到家。到现在，只要一听到《世上只有妈妈好》这首歌，我就止不住流泪。”

血水汗水泪水，从来都是历史车轮前进的润滑剂。不在血水里泡三次，不在汗水里泡三次，不在泪水里泡三次，那简直不能称为胜利。我们应该能听到并且应该记住，到了今年和每年的开学日，承德市、围场县的一些校园里，林场孩子们和父母难舍难分的哭声仍将继续。因此塞罕坝人常说的一句话是：“为了这片林子，我们一生最对不起的，就是老人和孩子。”

选择塞罕坝，就是选择了清贫，选择了奉献。进入新世纪，历经三代人的奋斗，大片大片的枯黄从塞罕坝版图上抹去了，上百万亩、4.8 亿棵英雄树拔地而起了。它们和塞罕坝人肩并肩、臂挽臂站在一起，莽莽苍苍，顶天立地，傲视苍穹，谁能说它们和他们不是我们民族的伟大脊梁呢！

水——自然之冠

水，地球之宝，自然之冠，生命之母，文明之源。

通过高速摄影，我们可以清晰地看到，一滴水落到地面之后，溅起的形状像一顶皇冠。或许这就是大自然给我们的启示：在地球上，水养育了大自然的一切和我们人类。没有水，地球不过是一块风化的石头。

在黄沙漫漫的塞罕坝，最丰富最珍贵的就是雪水。漫长的冬天，在坝上，他们喝的是雪水。开春后，在山上，他们用的是储存在窖里的雪水。春秋两季，在大漠荒山种树，为了护苗养苗，他们用的不是纯水，而是泥浆——因为雪水太珍贵了，这样还可以减少流失。那些苦战的时日，东方红链轨拖拉机拉着三台并排的植苗机，在平整和疏松过的旷野坡地上隆隆前进，卷起漫天烟尘。每台植苗机上坐着两名女投苗员，大晴天，她们却穿着雨衣胶裤，戴着风镜帽子，守在装满泥浆树苗的木箱旁。随着机械前进，犁铧在地面挑开半尺多深的土沟，两名投苗员一先一后，从苗箱抽出苗子，团紧根部泥浆，再按照规定的株距，把苗株准确地投到沟里坐住。由员工、妇女或放假学生组成的护苗队则跟在机械后面，把一株株树苗扶正、踩实。一天十几个小时干下来，投苗员成了泥人，护苗队成了土人。

后来，塞罕坝人又瞄准了最难啃的石山荒丘，展开“见缝插绿，攻坚造林”。这种地方土层薄坡度大，机械派不上用场，只能靠人扛马拉骡子驮，作业非常危险，曾摔死过好几头骡子。为增高成活率，林场人育苗越来越仔细了，用水也越来越仔细了。上山时，他们一人拎一个小桶，里面装着二三十株小苗，根部都裹着一坨饱含水分的泥团。土薄不够用，就用畜力把外来的“客土”运上去。再后来，他们又发明了专吃“小灶”的容器苗：即把树苗栽进薄薄的塑料容器内养上三五年，里面放进营养液、防虫药、生根粉等，再像养花一样按时、适量浇水，栽种时把容器割开就可以了。他们说的最碰心最动情的一句话是：“种下的树就像咱家的孩子，你不呵护谁呵护？”

如此珍贵的涓涓细水，如此温情的呵护之心，就这样一株株一片片，支撑起塞罕坝浩瀚壮美的人造大森林！

不过，塞罕坝也有水多的时候，北曼甸分场就发生过“一个人的淘水大战”。

1983 年正月初七，场领导打电话通知 24 岁的邹春，调他去十间房营林区当炊事员，并说营区主任巡山时摔断腿住院了，一位护林员临时调场部工作，一个值班的人员因病回了老家，“你就暂时守在那儿吧”。邹春立即打点行装，踏着厚厚的积雪，翻山穿林走了近 4 个小时，傍晚时到达目的地。可眼前的一切让他惊呆了：西屋里有两匹瘦马饿得嗷嗷叫，东屋里一头大黄牛正嘭嘭撞着木栏找草吃，偌大的营林区只有他一人。邹春立即放下行囊，跑到院外扒开积雪，拽出饲草抱进屋里。见牛马大口大口香甜咀嚼的样子，邹春不禁笑了——调他来的工作是炊事员，没想到第一顿晚餐的服务对象竟是两匹马、一头牛。可回头再找自己的粮米和饮水——一无所有！他只好捡些柴火把炕烧热，倒头睡了一夜，也饿了一夜。第二天清晨他早早起床，在半里之外找到一口井，但没有水。他只好牵着马赶着牛，来到远离营林区的一个山村，让马和牛喝足了水，又跟老乡借了半袋莜麦面，要了一点儿咸菜，然后返回营林区。就这样，他每天除了服侍马牛外，还要拾柴烧火，融化足够的雪水——干净的是自己的生活用水，剩下的是马牛每日两次的饮水。而最重要的工作任务，是守护苗子窖里存放的15万株松苗，定时浇水，以免枯死。如此孤寂的山林棚屋，连说话的人都没有，有时只能跟牛马唠唠嗑儿。一个多月后，怀孕的妻子来电话说她可能要临产，邹春向领导请了假，回家伺候了5天，等妻子生下孩子便急着重返山上。妻子说："你一个人守着一座空山，有什么可急的？"邹春说："苗子窖里有15万株松苗，需要人伺候啊！"妻子说："我和孩子就不需要伺候啊？"邹春无语，但还是毅然决然上了山。春天一到，冰雪融化，雪水到处漫流，苗子窖里的水越积越多。每天隔一两个小时，邹春就要从苗子窖内向外一瓢瓢淘水，以免树苗烂根泡死。天地苍茫，四野沉寂，无人督促，但邹春不分昼夜，干得自觉自愿，直到把一个大春天的雪水淘完。"时间长了，我也觉得对不住老婆。"邹春说，"可又一想，老婆在家照顾孩子，我在山上照顾苗子，都是为了子孙后代，心里也就自我安慰了。"

事情还没完。一个人的淘水大战持续了一个春天。4月下旬，造林即将开始，邹春便将妻子和出生4个月的女儿接到山上的营林区。妻子负责内务，他负责造林。天哪！还是他一个人，或骑马或走路，在营林区内外日夜奔波，找乡镇政府，组织社会劳力，然后举着小旗吹着哨子，指挥数百名村民包括"娃娃军"，总共完成造林420亩，荒山整地400亩，人工林修枝1500余亩。来请示工作的人叫他"邹主任"，他也含糊应着。直到7月中旬，终于完成了"一个人的造林大战"，领导表扬他三个字："好样的！"他回了三个字：

“应该的。”过后，新任命的营林区主任带着几位新护林员上山了，邹春拍拍身上的土，系上围裙，乐呵呵回到炊事员的岗位，天天把铁锅大勺敲得山响，好像什么事都没发生过，又像一棵树出来遛遛弯儿又回到茫茫林海，世界很难找到他的身影和名字。

都说女人是水做的，可塞罕坝女人的刚强是超乎寻常的。

满头银发的陈彦娴说：“在塞罕坝，我们一辈子都在和冰凉的雪水打交道，害得很多人患了关节病，可晚年看到我们亲手种下的大森林起来了，都觉得这辈子没白干，值了！”1944年，陈彦娴生于承德市一位市级干部家庭。1964年夏正在备考大学时，她听了当时的知青典型邢燕子、侯隽的事迹报告，不禁激动得血沸衷肠，彻夜未眠。“到祖国最需要的地方去”成了她最热切的愿望。经过悄悄串联，陈彦娴和甄瑞林、王晚霞、史德荣、李如意、王桂珍5个女同学瞒着父母，联名给塞罕坝林场领导写了信，强烈要求奔赴林场，为绿化祖国奉献火热青春。从此，六姐妹用终生不变的行动，书写了“六女上坝”的一段佳话。她们干的第一个最累的活儿是在苗圃里刨大粪，第一个最苦的活儿是坐在草棚里育苗和选苗。每天任务有定量，完不成不出来。那时还没过中秋，坝上已经下雪了，棚子四面透风，一双手天天浸在凉水里，泡得又红又肿。女孩儿们把带来的厚衣服都套在身上，依然冻得直打哆嗦。一天的任务完成了，人已经僵了，需要相互拉扯着才能站起来。后来她们又上了植苗机，双手不停地从木箱里取苗、投苗，一干就是“白加黑、5加2”，身上一层泥浆一层尘土。大野地里没水喝，她们渴得满嘴起泡、嘴唇干裂，中午啃窝头时只能掰成小块往嘴里塞。夜里回到窝棚，她们常常一个窝头没啃完就倒头睡了。

1964年初春的“马蹄坑大会战”，女孩儿们和大批青壮汉子一起上山清障。她们穿上大棉袄，足蹬牛皮靰鞡，再打上裹腿，戴上口罩棉帽，走到跟前也看不出男女。到山上寒风一吹，姑娘们眼瞅着对方脸上鼓起几个透明的大泡，还取笑对方“长青春痘了”。一天劳动十几个小时，只有两顿饭，饿了就挺着，渴了就抓把雪，就这样苦干了一个多月。陈彦娴说：“当时我们热情高干劲儿大，相互比着干，其实也是怕冷。汗水把棉袄湿透了，棉衣结成冰甲，鞋冻成冰坨，走起路来哗哗响。现在想想，真不知道那些日子是怎么熬过来的！”

六姐妹上坝3年，一直没回家探亲。1968年春节前，场领导特意派了一辆大卡车送她们下山去火车站，还派了一台链轨拖拉机在前面推雪开道。可出发不久就刮起了白毛风，拖拉机和汽车走了一整天，才挪出4千米。临到晚上，风雪弥漫，看不清路，拖拉机掉进路边的雪坑，汽车也抛了锚。显然没法儿下山了，家也回不去了，挺在山上只能冻死。于是两个师傅在前领路，六姐妹含着泪，手拉手踩着没膝深的雪，过半夜才摸黑返回林场。那个除夕夜，她们躲在被窝里是哭着睡着的。

半个世纪过去了，当年自愿来到塞罕坝的六姐妹，用青春与汗水浇灌了荒山漠野，最终也浇灌了自己的幸福。年届六旬，她们和那些“老坝上”一起退休了。这些年，林场新建和更新了29个“宾馆化”的营林区房舍，在围场县城建了花草如茵的新社区，陈彦娴一家住进了漂亮的楼房，她和第一代创业者都过上了丰富舒适的城市生活。“这样的好日子，当年我们做梦都想不到啊！”陈彦娴说。

如水的女人呵，用一生的爱和汗水滋润了这片大地，晚年该享享清福了。

火——光热之源

森林太脆弱了，一根火柴就可以燃着整片森林。

数十年来，由塞罕坝人养育守护的上百万亩森林却从未发生过大的山火。

是上苍的特别眷顾吗？不。塞罕坝人从创业到现在，从岗哨到巡查，从联网到天眼，他们无疑创造了世界上最严格最严密的护林防火制度。那是铁的规定，更是爱的守护。毕竟，上百万亩的人工林，每棵树都是塞罕坝人亲手种下的，自己的儿孙们也是和小树一起长大的。他们早已把一棵棵树视为自己的亲骨肉，和“我的林子我的树”相依为命了。

——刘军、祁淑艳夫妇：“15 分钟”的人生定式。

在海拔近 2000 米的大光顶子山头，坐落着一栋细高的 5 层望海楼，那是防火瞭望哨。林场规定：每隔 15 分钟，防火员必须通过望远镜瞭望观察，确认无火情，然后打电话向总部报一声“平安”。夜间，放宽到 1 小时报一次。迄今，46 岁的刘军和妻子在这栋望海楼整整守了 11 年，用难以计数的“15 分钟”，忠诚地瞭望了 11 年、报告了 11 年，这是两口子雷打不动的人生定式。他们不能离开望海楼，不能携手散步，不能外出旅游，不能下山看望上学的孩子。一年 365 天没有任何节假日，唯一的短暂的休息方式就是夫妻轮班。一台电话机、一副望远镜、一本记录册，成为他们生活中最重要的“三大件”。淑艳说：“2006 年我们进来时，住的是一个铁棚子，早晚冷，中午热，冬天冻。食用水是蓄水窖存的雨水，夏天里面游着一层小虫子。最可怕的是下暴雨，闪电打下来的火球咣咣砸到铁皮顶上，我以为自己快死了。”刘军说：“最大的难处是寂寞，整年整月看不到人，连我们两口子之间都没话说了。而且工作节奏过于紧张，顾不上和孩子交流。儿子 3 岁多还不会说话，见陌生人就跑。”

2013 年春的一天，晚 6 时许，内蒙古那边的一片林子着火了，炽红的火浪借着风势迅速向塞罕坝卷来。因刘军报告及时，林场扑火队上百人迅速堵上去，和当地群众一起把林火扑灭。事后，林场奖励刘军 100 元。时间久了，太寂寞了，刘军开始自学画画。现在，好几幅花鸟画挂在墙上。儿子志钢到了上学年龄，下山住进寄宿学校。一天，母亲发现他书包里有一个纸包，里面裹着几根长发。母亲很奇怪，问儿子是谁的头发？志钢支支吾吾不说。母亲火了，一定要刨根问底。儿子不得不说了真话：“是你的，在学校想你时就拿出来看看。”母亲一把抱住儿子，泪水怎么也止不住了……

刘军的父亲刘海云是造林员，刘军是防火员，儿子刘志钢现今是扑火队队员，这是塞罕坝最典型的一家——“老少三大员”。

——贺玉国、王丽聪夫妇：“起杆、落杆”的生活模式。

贺玉国父亲早年是河北平泉县粮库保管员。贺玉国至今仍然记得：困难年代，一家老小吃不饱，饿得眼睛发绿，可父亲一粒粮食不往家带，连地上扫出来的粮食粒儿都交了公。只要碰上下雨，父亲不管家里漏不漏，披上雨衣就往粮库冲。老人有医疗本，看病吃药能报销，但他极少看病，也绝不许家里人用他的医疗本开药。1978 年，玉国和 9 个同学来到塞罕坝，因为生活太苦，10 人跑了 7 个。玉国当了护林员，一年四季风雪无阻，天天骑马在林子里转。

1982年，经别人介绍，贺玉国认识了围场县中学的数学老师王丽聪。从文化、身高到形象，贺玉国都比人家丽聪矮一截儿，但姑娘见玉国是个忠厚人，二话没说，辞掉教师工作，背上一口铁锅就上了坝。2007年，贺玉国调到交道口护林防火检查站当检查员，王丽聪也跟着上了山。没人轮班换岗，检查站便成了玉国、丽聪的“夫妻店”，而他们的生活模式就是起杆和落杆，如同风雪无阻、永远闪亮在路口的红绿灯。无论白天黑夜，凡有车来人过，一律拦下，严格询问、检查是否带有打火机，车上是否有盗伐木，然后登记时间、牌号、姓名，再发一张粉红色的森林防火宣传单。就在我前往采访的头两天，一位老爷子把打火机藏在裤裆里，生生让老贺“动员”出来了。仅仅半年时间，十几册登记簿已超过半尺高。如此枯燥刻板的日子，两口子整整过了10年，看样子还要长久地过下去。

父亲是一尘不染的粮库保管员，贺玉国是一丝不苟的护林检查员，儿子是总场纪委的工作人员，又一个忠诚的森林之家！

莽莽群山，寂寂荒野，浩浩林海，无边的视野中能有什么呢？寂寞，只有寂寞。塞罕坝人却把一生的寂寞变成了庄严的守护。

——“大虫”国志锋，今年40岁，2000年大学毕业，森林保护专业，先学士，后硕士，现在是高级工程师、总场森保站站长。他肤色黝黑，掉地上能找着——因为他比地还黑，显然常在大森林里转悠。他说：“我来塞罕坝不需要决心和意志，因为我是农村孩子，家境贫寒，上大学的学费都是从亲戚家借的。在保定上大学4年，书本是我唯一的世界，只去过一次免费的公园。”来林场报到当天，国志锋就被拉到前曼甸营林区搞昆虫观测。那是接近山顶的一片林地，已经进入21世纪了，仍无路无电，白天观测、捉拿昆虫靠太阳，晚上走路靠月亮，夜里整理数据靠蜡烛。做饭烧水，用的是蓄水窖里的雪水、雨水。入夏，水面上的一层虫子活得比他还朝气蓬勃。与外界的联系只有一部防火电话，由营林区主任严格控制，只能接不能打，以防耽误火警。2003 年有了女儿，可她和塞罕坝的很多孩子一样，上学后经常几个月才能和爸妈见一面，见了就恋恋不舍一直盯着父母，唯恐父母再走，甚至上厕所都跟着。国志锋说："每次和孩子分别是最痛苦的，几天缓不过来。"2014 年，国志锋当了总场森保站站长，承担起全场防治林业有害生物的工作。他率领全站积极引进先进的防治理念和技术，倡导绿色、无公害防治，坚决抛弃传统的高毒、高污染的防治方法。由于他们出色的工作，塞罕坝多年来从未发生大面积的虫灾和外来有害生物入侵。国志锋和同事们把小虫治住了，人们因此送他一个"大虫"的绰号。国志锋笑说:"不过，我们也有压力。森防工作做得好，林子不出虫害，大家认为天经地义、老天照顾，看不到我们付出的努力和劳动。一旦有林子被虫子吃黄或吃死了，很多人就认为我们没好好工作。我觉得，我们森防工作者就是一群'只有森林知道的奉献者'。"

就这样，一次次的采访，一回回的攀谈，我都能听到塞罕坝人共有的一种信念、一种自豪、一种坚守，那是钢铁般的声音和烈焰般的光热！是的，自然之火被他们坚决地挡在时间之外和森林之外，精神之火却在他们胸中始终不息地燃烧，并成为他们含辛茹苦、奋勇拼搏的强大动力。我知道，那是来自红色血脉的激情奔流，是第一代创业者留下的好品格、好作风，至今口口相传，被人铭记：

——艰难困苦的岁月，听说林业部筹划的另外几个林场下马了，塞罕坝也难免风雨飘摇、人心惶惶，四位领导却不约而同把家搬来了。尤为难能可贵的是技术副场长张启恩，妻子在中国林科院工作，家在北京和平里，他却义无反顾，把妻子和三个孩子带上塞罕坝。

我们完全可以想见，于人之常情，四位领导者的妻子一定不情愿，一定哭过、吵过、闹过，年幼的儿女们更是泪水涟涟，因为没有电、没有房，没有花园、动物园，没有宽敞的公路和热闹的学校。但是，四位领导干部带着自己的家人，像烈士群雕般挺立在塞罕坝，寸步不离，坚如磐石。1967 年，张启恩参加劳动时从机车上摔下来，一条腿粉碎性骨折。从此他终生与拐杖为伴，但依然满怀热情坚持工作，同事们因此送他一个绰号——“特号锅炉”。

——创业之初，马架子、地窨子搭起来了，大冬天，党委书记王尚海下令：“领导干部睡门口，让群众睡里头！”

——无论在总场还是下基层，所有场领导都在职工食堂吃饭，跟大家一样排队买饭，有啥吃啥，从不单做。

——大队人马去荒原野岭造林，为节省时间，都在当地临时扎帐篷、搭窝棚，领导干部始终坚持和群众同吃、同住、同劳动。天黑了，下工了，职工们可以呼呼大睡了，领导们还要凑着柴油灯或围着篝火，开会到深夜。

——2005 年，大唤起林场（分场）职工贾晓华在打井时因吸入有毒气体昏倒井下。场长王凤明闻讯赶到，甩掉棉袄，纵身跳下 3 米多深的井坑，使尽全身力气将贾晓华托起。贾晓华获救了，王凤明却献出了宝贵的生命，年仅 49 岁。

——1989 年 12 月 24 日，老书记王尚海因病去世。按照他的生前遗愿，人们把他的骨灰撒在当年“马蹄坑大会战”栽下的一片松林中——那里被称为“尚海纪念林”。林边立有一块金黄色的巨石，上刻三个大字“绿之源”。前往瞻仰时，我穿过横平竖直的茂密松林，蹚着积水荒草，一直走到巨石前。松涛阵阵，细读碑文，我仿佛听到一颗强劲心脏的跳动和广阔山野的激情回响，就像王尚海头戴狗皮帽子，身披白茬羊毛大氅，足蹬毡疙瘩，仍在那里对着大山哈哈大笑。

三代人寸步不离的坚守，55年不屈不挠的苦战，大漠黄沙不见了踪影，近150万亩的巍巍林海、近5亿棵苍松排天而立！这是三代塞罕坝人一棵棵、一行行、一片片、一年年种植起来的啊，这是惊天地泣鬼神的前所未有的伟大业绩呀！试问，世界上有哪个国家、哪个团体、哪个政党能把这件事情一干到底？即或不是绝无仅有，中国共产党人在塞罕坝也一定创造了最为生动、最为感人的光辉典范！

党的十八大将“中国共产党领导人民建设社会主义生态文明”郑重写入自己的党章，高瞻远瞩的中国共产党在全世界也是第一个！

历史无数次证明，塞罕坝再次证明，无论在战争年代生死存亡的关键时刻，还是和平时期超乎想象的困难条件下，缺少了中国共产党的核心领导作用，缺少了党组织的强大凝聚力和动员力，缺少了共产党人的带头作用，人们将一事无成，塞罕坝或许早散伙了。

金——绿水青山

天地公道，道法自然，塞罕坝人成为伟大的绿色播种者。

有人计算，如果把塞罕坝的林木按1米株距排列下去，可以绕赤道12圈，等于给我们的地球系上了一条亮丽的绿飘带。

塞罕坝终于迎来“土生金”的黄金时代。如今从高空俯瞰，塞罕坝上百万亩波澜壮阔、郁郁葱葱的人造森林，犹如一只奋飞的雄鹰，用两只巨大的翅膀牢牢扼守着浑善达克沙地南缘，并与河北承德、张家口一带的防护林连成一体，筑起一道雄伟的绿色长城，成为京津冀和华北地区的“风沙屏障、水源卫士”。漫步其间，映入眼帘的尽是诗情画意：春夏之际，绿海碧涛，汹涌澎湃；秋风一到，橙黄红绿，流光溢彩；冬天降临，青松白雪，雄丽壮美。曾经是“半年风雪半年沙”，今天是“绿海林涛大氧吧”；曾经是令人望而却步的蛮荒之地，今天成为避暑胜地和风景如画的国家级森林公园。目睹塞罕坝改天换地的巨变，连林一代老人们都感到莫大的震惊和欣喜，他们的共同感受是：“这辈子吃多少苦都值了！”

事实证明，“绿水青山就是金山银山”：

——据中国林科院统计，塞罕坝森林资产的总价值如今达到200亿元以上。

——每年吸收二氧化碳近75万吨，释放氧气约55万吨。

——作为滦河、辽河两大水系的发源地之一，每年为两河下游地区涵养水源、净化水质约1.37亿立方米。

——明显改善了当地小气候。与建场前相比，这里的无霜期由52天增加到64天，年均大风日数由83天减少到53天，年均降水量由不足410毫米增加到460毫米。

——塞罕坝连同河北北部防风林构成的绿色长城，为改善北京气候环境做出了重大贡献。20世纪50年代，北京年均沙尘天数为56.2天，如今下降到10.1天。2016年，北京沙尘天仅有5天。

——生物多样性得到恢复，现有野生脊椎动物261种、鱼类32种、昆虫660种、植物625种，其中国家重点保护动物47种，国家重点保护植物9种。曾远走他乡的狼、马鹿、狍子、野猪等，又回到魂牵梦绕的故乡。

人类只有一个家园。人类是不可分割的命运共同体。当今世界，日渐扩大的土地荒漠化已成为人类生活、生态环境的严重威胁。中国是荒漠化严重的国家之一。1994年通过的《联合国防治荒漠化公约》，凝聚了世界各国的共识，敲响了保护地球生态的警钟。进入后工业化时代，全球向何处去？这是迫切需要全人类做出回答的严峻挑战。

写作中，每每翻读和学习习近平总书记有关生态文明建设的重要讲话，我都被深深地感动着。篇篇页页、字里行间，充满高瞻远瞩的思想和对祖国人民的炽热感情。我深感，习近平总书记就像当今中国最伟大、最负责任的“一号护林员”，始终深情关注和关爱着神州大地的每一片森林、每一座青山、每一条绿水。

2016年1月，在省部级主要领导干部参加的一次学习会上，习近平特别提道：“河北北部的围场，早年树海茫茫、水草丰美，但从同治年间开围放垦，致使千里松林几乎荡然无存，出现了几十万亩的荒山秃岭。这些深刻教训，我们一定要认真吸取。”

年年植树节，习近平都参加植树造林劳动，期间他谆谆叮嘱：“森林是陆地生态系统的主体和重要资源，是人类生存发展的重要生态保障。不可想象，没有森林，地球和人类会是什么样子。”

他还说：“生态环境保护是功在当代、利在千秋的事业。要清醒认识保护生态环境、治理环境污染的紧迫性和艰巨性……以对人民群众、对子孙后代高度负责的态度和责任……为人民创造良好生产生活环境。”

“建设生态文明是关系人民福祉、关系民族未来的大计……我们既要绿水青山，也要金山银山。宁要绿水青山，不要金山银山，而且绿水青山就是金山银山。”

“要广泛开展国土绿化行动，每人植几棵，每年植几片，年年岁岁，日积月累，祖国大地绿色就会不断多起来，山川面貌就会不断美起来，人民生活质量就会不断高起来。”

都是耳提面命、切切叮嘱的深情啊！

获知塞罕坝林场建设者的感人事迹，习近平又做出重要指示：五十五年来，河北塞罕坝林场的建设者们听从党的召唤，在“黄沙遮天日，飞鸟无栖树”的荒漠沙地上艰苦奋斗、甘于奉献，创造了荒原变林海的人间奇迹，用实际行动诠释了绿水青山就是金山银山的理念，铸就了牢记使命、艰苦创业、绿色发展的塞罕坝精神。他们的事迹感人至深，是推进生态文明建设的一个生动范例。他强调，全党全社会要坚持绿色发展理念，弘扬塞罕坝精神，持之以恒推进生态文明建设，一代接着一代干，驰而不息，久久为功，努力形成人与自然和谐发展新格局，把我们伟大的祖国建设得更加美丽，为子孙后代留下天更蓝、山更绿、水更清的优美环境。

塞罕坝人以大无畏的英雄气概和百折不挠的苦战精神，创造了一个人间奇迹，谱写了一部绿色史诗，提供了一个中国读本。

它是中国故事，又具有世界意义。

它告诉我们和整个世界：人类可以做到、应该做到、必须做到，并且一定能够做到：为子孙后代留下一个美丽的家园。

此刻，时光在蓝天丽日下热烈地展开。那份在手心里荡漾的蓝与绿，那个温馨宁静却曾经无处安放的梦乡，那些小草、露珠、蝶翅和从月光中滴下的诗情，一起翩然归来。我坚信，塞罕坝的浓浓绿色，英雄的塞罕坝精神，必将像浩荡春风一样吹遍美丽中国，去拥抱我们的大地、我们的天空、我们的未来——当然，还有人类最初藏在森林里的如花梦想。

成就伟大的事业，需要伟大的精神。当年塞罕坝创业者写在工棚门边的一副春联，值得我们永远感念：一日三餐有味无味无所谓，爬冰卧雪冷乎冻乎不在乎。横批：乐在其中。

（《塞罕坝的意义》，《人民日报》2017 年 9 月 20 日刊载）

大地飞歌

王传喜和他的代村纪事

◎ 张世勤

“人民对美好生活的向往，就是我们的奋斗目标。”习近平总书记的这句话，让王传喜结结实实地记在了心里。

他已经强烈感受到：中国，一个新时代已经到来

2017 年 10 月 18 日上午，中国，北京，人民大会堂。散发着一身泥土气息的王传喜，端坐在 3 区 8 排 21 号的座位上，与其他 2286 名代表一起，共同见证和拥抱一个伟大的时刻。会场内，巨幅红色围标冲击着他的眼帘：不忘初心，牢记使命，高举中国特色社会主义伟大旗帜，决胜全面建成小康社会，夺取新时代中国特色社会主义伟大胜利，为实现中华民族伟大复兴的中国梦不懈奋斗。党和国家领导人饱满浑厚、铿锵有力的声音在大厅中缭绕：我们解决了许多长期想解决而没有解决的难题，办成了许多过去想办而没有办成的大事，党的面貌、国家的面貌、人民的面貌、军队的面貌、中华民族的面貌发生了前所未有的变化……一次次的掌声响起，激起他一阵阵的澎湃心潮。这个朴实、敦厚、寡言少语，代表着沂蒙革命老区 57 万多名中共党员的山东汉子，此时泪眼模糊，因为他已经强

烈感受到：中国，一个新时代已经到来。

心里装满国家大事的习近平总书记没有忘记代村这个偏远的村落，没有忘记王传喜这个普通的农民。2018 年 3 月 8 日，习近平总书记在参加十三届全国人大一次会议山东代表团审议时，突出强调乡村振兴战略的重要性，并为王传喜和他的代村点赞：代村原先是一个贫穷落后村，民心散，村风乱，是远近闻名的“上访村”，村集体负债近 400 万元。王传喜担任村支部书记和村委会主任后，率领党支部带领群众把一个既贫困又涣散的村发展成为集体经济强大、村民共同富裕的村。2017 年全村各业总产值 20 多亿元，村集体收入 1.1 亿元，村民人均纯收入 6.5 万元，村集体资产增长到 12 亿元。总书记说：“我们就是要打造千千万万个坚强的农村基层党组织，培养千千万万名优秀的农村基层党组织书记，为乡村振兴提供坚强的政治保证和组织保证。”

2017 年，代村率先实现全面小康，成为中国最美乡村。眼下，正向着乡村振兴的新高地、现代农业的新目标全力冲刺，为实现“幼有早育，学有优教，劳有多得，病有良医，老有颐养，住有宜居，弱有帮扶”的高层目标而奋斗。

回望代村，绿绿的原野没有尽头，一代新型农民的梦想从古老的土地上展翅飞翔。代村在不断变化，王传喜也在不断成长。在王传喜梦的远方，美丽的代村，终将成为一片鲜花烂漫充满诗意的田野。

社会主义的美好生活是靠撸起袖子加油干干出来的，人民群众的幸福日子是靠奉献智慧抛洒汗水奋斗出来的。农村要想富，关键看支部。作为支部书记的王传喜，19 年来他用持之以恒的信念、踏石留印抓铁有痕的行动和不计报酬公而忘私的情怀，充分印证了这一点。

一个好端端的村庄眼看要四分五裂

时光回到19年前。那是一个初春沉闷的夜晚，天上飘着细细的雨丝，王传喜开着他那辆已经跑了十几万公里的桑塔纳轿车，行驶在从县城通往代村的土路上。那时，这条路还不叫康宁路，“康宁路”这名字是后来村庄道路改造时，由王传喜命名的。土路坑洼不平、颠簸不已，开车的王传喜也是一脸凝重肃穆，思绪上下纷飞。因为这次回村不同于以往，他不再是简简单单地看父母看家人，而是收拾了他在建筑公司的全部家当，回村就任。此前，他参加了村委会的竞选。竞选前，有不少人动员他：“你年轻，有闯劲儿，回来领着大家伙儿干吧！”也有人劝他：“你已经有车有房，在城里也有自己的事业，何苦要回来蹚这汪浑水。现在村里是一个烂摊子，已经乱成了一锅粥，弄不好把自己也搭进去了，不值得。”更有人不看好他：“就他，一个毛头小伙子就能治理好？等着瞧吧！”家人更是全力反对。而他自己呢？对于能不能担起全村发展的重担，将来村庄会是一个什么样子，说实话，他自己并没有十足的把握和底气，毕竟那时的他，也刚刚31岁。但他性格中有股子犟劲，不服输，富有创业的冲动和干事的激情，也愿意为乡亲们服务，他不愿意当一个局外人，看着村子一步步落魄。所以，他的选择是：干！

后来证明，他的这个选择是正确的。

后来证明，代村支持他，也是明智的。

因为有他，代村更是幸运的。

说起代村，这是一座很古老的村庄，从春秋时期的一片桑行发展到了现在厚密的人烟。原村民以戴姓为主，相传东晋年间，村里有个叫戴祯的人在朝为官，后来官至宰相，是一个令人敬重的清官，因此得名戴家村。戴家村后来改为代家村，再后来简化为代村。多年的繁衍生息，代村已经成为一个大村，村域面积接近 4 平方千米，原籍村民 1200 多户，人口 3600 多人。村中有一条河，叫小汶河，从北向南，穿村而过。这条河同时还拥有一个很荣耀的别称：运粮河。一听，就知道是过去南北水上粮道的一部分。它通过沂河与大运河相连，满足了“南米东盐北丝西麻”的互运之需，同时也是连通江南与燕地的南北驿道。村里最著名的古迹是晒米城，因为代村地处鲁西南，这儿是一片沃野平原，有名的粮囤子。但由于地势低，积洼潮湿，村民们不得不堆筑高台，用来晒粮收粮。晒米城一度堆得很高大，高一丈有余，占地 100 多亩，成为当地有名的地标。后来因为烧窑被毁坏，毁坏的时间并不太长，因此其遗址至今依稀可见。运粮河和晒米城的存在，都在说明着同一个事实，那就是代村毫无疑问是一个产粮大村、富裕之村。的确，中华人民共和国成立初期，镇上就在代村设过粮站，村民们在布满弹坑的墙壁上贴满了红红绿绿的标语。到 20 世纪六七十年代，代村粮食年产量已经达到 300 万斤，每年上交“爱国粮”100 万斤，成为山东省乃至华东地区农业战线上的一面旗帜。每到收粮季，六七十个青壮年劳力一起哼着调子、喊着号子，头顶肩扛、腰背手举、脚蹬板梯把一袋袋粮食运往库房。有则顺口溜，“顿顿大米饭，三天两头面，十天半月一改善，一年贡献一百万”，说的就是这一时期的事。当时在村支书位置上的李桂兰，一干就是多年，后来被提拔到县里，担任县委副书记，直到从县政协主席职位上退下来。进入新时期之后，代村的发展却一度停滞，渐渐落伍，各种矛盾开始出现。一个生产红红火火、生活热气腾腾的村庄，怎么说乱就乱了呢：环境脏，民风乱，治安差，欠债多。班子失去了公信力和号召力，河西片、河东片、前圩子、后圩了、桑树行等几个片区，都吵吵着要分家过。一个村眼看着四分五裂，没有了主心骨。

王传喜的车子已经行驶到了村庄跟前，但眼前的代村一片漆黑，这个 1970 年就已经通电的村庄，正经受着欠费停电的困扰。

小本本上密密麻麻地记满了 80 多个问题

王传喜是 1999 年 4 月 13 日上任的，上任的第三天，也就是 4 月 15 日，法院的车就开进村里来了，送来的是一张传票。其后一年多的时间，法院先后送达传票 126 张，王传喜也先后往法院跑了 100 多趟。

当选后，王传喜内心并没感觉到有多少喜悦之情，方方面面的压力倒是不断向他袭来。当天夜里，躺在床上的王传喜根本睡不着，翻来覆去很难理出个头绪。他爬起来，走出家门，来到街上，绕着村子一遍一遍地转。这是村里最长的一次停电，时间已经长达 3 个月，一应家用电器全部停摆。夜晚，整个村庄一片漆黑。不规则的房屋，磕磕绊绊的街道，东一攒西一堆的柴草，简陋农家厕所里散发出的臭气，心思各异的群众，代村未来发展的突破口到底在哪里呢？

好在，夜空是满天的星斗，给王传喜传递着未眠的希望。眼下看似宁静的乡村，却并不宁静，甚至危机四伏。王传喜此时最渴望的就是尽快让村庄“亮”起来，让人们的心中星光璀璨。所以，这个“亮”，也不仅仅是通电。

镇上领导很清楚，刚上任的王传喜内心压力一定很大，所以主动到村里来，找他谈心，帮助他解压：代村紧靠县城，有区位优势；土地肥沃，有资源优势；历史悠久，更有人文优势。虽说这几年村里乱了，民心散了，村民穷了，但作为曾经的先进村，党员、干部和村民的思想观念、整体素质都还是比较高的。现在缺的是一个好带头儿人，一个好班子。只要能把人心拢起来、人气聚起来，工作不愁干不上去，代村的好形象也不愁树立不起来。

这些推心置腹的交谈，给了王传喜信心和力量，不管未来的路怎么走，他首先在心里为自己定下了“三原则”：永远当群众的小学生，与群众打成一片，亲民、爱民、敬民；永远保持共产党人的初心，不贪不占，发挥先锋模范作用；永远不懈怠，甘于奉献，乐于奋斗，创业不止。

有了这“三原则”，王传喜也就有了定力。要让村庄“通电”，他王传喜不仅自己先“通电”，而且内心还要能够不断“发电”才行。他脱下皮鞋，换上布鞋，卖掉车子，与其他村两委成员一样，步行着上下班。每天处理完村务后，就闷着头一家家走访，不怕吃群众的闭门羹，不怕见群众说怪话，而是耐着心，走进每一户，跟大家拉家常、道里短，认认真真地听取村民的牢骚、抱怨，并把好的意见和建议一一记录在随身携带的小本本上。一个多月的时间下来，他的小本本满满当当地记满了十几本。王传喜不断地记，不断地翻，几乎把这些小本本翻烂了。他从中一梳理，方方面面的问题竟有 80 多个，有的还相当尖锐、相当棘手。

一口吃不成胖子，这么多问题只能一个一个解决。王传喜选择先从治安巡逻下手，这事解决起来相对容易些，无非是出工出力的事，而对村民来说，治安这事其实并不小，盗窃案频发，村民已是担惊受怕，人心惶惶，能让全村人先睡个踏实觉，也是功莫大焉。

治安巡逻，由王传喜带头儿，村两委成员轮流值夜，为村民义务站岗放哨。

王传喜和民兵刘建永等分在一个组，他带着他们一巡就是大半个晚上。巡逻是个苦差事，而且也很枯燥，既希望逮着盗贼，又希望没有盗贼。有时累了，他们就到运粮河边的凤凰石上小坐。当年，代村这片地块曾是著名的鲁南战役的主战场，国民党整编第 26 师在这里吃过苦头，其中有一个团就在代村小汶河一线全军覆没。在这块凤凰石旁，曾经牺牲过两位英勇的解放军战士，战后被村人发现，进行了掩埋。后来的刘建永已经成长为一名优秀的支部成员、村办企业负责人，做出过很大成绩，但当时的他，刚刚 20 周岁，只能算是一个小跟班。一分钱的报酬没有，完全义务巡逻，这图的什么呢？他自然把这牢骚发给王传喜听。王传喜并没接他的话，而是说起了那场著名的战役。当时蒋介石对山东解放区实施重点进攻，在宿北战役全歼敌整编第 69 师之后，由陈毅、粟裕指挥的山东野战军和华东野战军两大主力会师鲁南，在兰陵县的卞庄、向城、尚岩一带，将敌整编第 26 师和第 1 快速纵队进行分割包围，先是歼灭了师部大部，使该师失去指挥，随后又全歼了第 44 旅和 169 旅大部，又借雨雪天气道路泥泞，敌人机械化装备陷于低洼淤泥地带之机，将国民党整编第26师余部和第1快速纵队基本歼灭。山东野战军和华东野战军伤亡8000余人，歼灭国民党军5.3万余人，挫败了国民党军进攻临沂的计划，获得了对机械化部队作战的经验，并为组建自己的特种兵部队奠定了基础。有人不解，说："王书记，您怎么突然说起了过去打仗的事？"王传喜说："是不是觉得跟巡逻没关系？""这有什么关系。"王传喜说："我觉得有！"他指着身下的石头，继续说："当年，这地儿牺牲过两个战士，这事全村人都知道。那你们说他们背井离乡，把命都留在了这里，他们图的又是什么？听说这场战役，支前民工有60多万人，小推车出动了15000余辆，组织担架6000余副，乡亲们奋力支前，又是图的什么？其实他们的目的很明确，那就是为了将来过上好日子。"刘建永说："明白了。"王传喜说："我这次回村，不管乡亲们怎么看我、怎么说我，我的想法其实很简单，就一个，那就是为乡亲们做点儿事。但能不能干出点儿事来，还不能光靠我自己，还要靠大家。我也想在家喝个茶、聊个天、跟家人一起看看电视，那样多舒服、多自在，可村子怎么办，一晚上好几起偷盗，多的时候到了十几起，村民们连基本的安生都没有，你们说这心气能顺吗？"

连着一个多月，王传喜都是拖着疲惫的身子深夜回家。有天晚上，王传喜回家时发现家里的灯还亮着，进屋后看到妻子刘会芳一个人气鼓鼓地坐在那里。王传喜知道，一定是妻子不高兴了，于是讪讪地说："你还没睡呀？"

刘会芳，这个和电视剧《渴望》里的女主人公刘慧芳差不多重名也差不多一样贤惠的女人，心里已经憋了好多话："我怎么睡？"

王传喜说："凡事我得带头儿。我自己如果不干，怎么要求别人去干！"

刘会芳说："你看你干的都是些什么活儿！白天在法庭上当被告，晚上成了巡逻队的小队员。听说，法院里光咱们村的传票就有好大一摞子呢，光这些事我看就够你干的了。"

王传喜说："这些历史遗留问题总得解决，总得有人解决。"

刘会芳说："对你回村，我从内心里是反对的，但又想，回村也好，你就可以有更多时间跟我们娘儿俩在一起了。可没想到，别说孩子，连我见你个面都难。人家当官都有好处，怎么没见你得着半点儿好处。"刘会芳并不是一个贪图好处的人，她这么说其实更多的是心疼丈夫，担心他这么没日没夜地干，身体吃不消。王传喜说："当村干部不能奔着有什么好处而去，我王传喜也不是那样的人。不过要说到好处也不是没有。我脚上不是长了鸡眼吗，一直顾不上去医院，现在每晚上走来走去，走上 20 里，你猜怎么着？我已经把脚上的鸡眼给磨掉了。"

卖地这个权力我不能要

对于刚上任的王传喜，村民们一时还信不过，冷眼观望，不偎边。群众不偎边，但往王传喜家里跑的人却并不少，只是他们都不是本村人，打的主意与王传喜也是跑着两条道。第一个来的人，一出手就很生猛，直接是 200 万元现金。这人要求很简单，就是想从代村要块地，只要王传喜答应，这 200 万元就算辛苦费，归他了。王传喜见过钱，但也没见过这么多钱。王传喜做建筑有点儿积蓄，但也远没达到豪华富裕、视钱不见的程度，他跟村民们一样缺钱。但王传喜很坚决，他说:“我们不卖地！”来人说:“你傻呀，你放着建筑公司项目经理的位置不坐，回到村里来，还不就是看着村里有资源，自己说了算，可以多挣点儿！法院传票天天往村里发，因为什么？一句话，还不是因为村里穷，欠下一屁股债还不起呗。这事对你来说，太简单了，卖块地，你有了钱，村里也有了钱，一切问题就都解决了。”来人显然看低了王传喜，所说的那些不中听的话，王传喜也不想去跟他们计较，只是说:“代村的地是代村老百姓的命根儿，卖地是断子孙后代生路的事，这个权力我没有，有也不能要。”

“不断子孙路，不吃子孙饭。”一上任，王传喜就给自己定下了这个规矩。因为他知道，代村挨着县城，代村的土地被好多人瞅着，如果自己顶不住权力的压力和金钱的诱惑，那么不少城乡接合部先靠卖地发财，最后又因失地、失业走回贫穷的老路，在代村会同样发生。靠卖地过日子，村子只会更乱，将来只会更穷，那他回来还有什么意义！只有留住地，才能留住代村发展的未来。所以从现在起，他不仅把卖地的口给扎住，并且对过去卖过的地也一笔一笔重新进行梳理，对那些拿了地却赖账不付款或拖着尾款不给的买主，限期结款、收地。用这种办法，王传喜不仅收回了该收回的款项，还顺便收回了几块已经卖出的土地。

在代村地面上有家加油站，这是县里一家单位租用代村土地建的，赶着村里领导更替，想趁机把土地买过去，报出的价格却只有70万元。这事如果成了，好处费自然少不了他的。但王传喜对此一口回绝:“对村里的土地，我们已经有计划，要进行统一规划，你们使用的这地，不但不卖，而且还要收。你们如果确实想继续经营，只能以租赁的形式。因为村里眼下缺钱，租约可以适当多签几年，但租金必须一把交清。”这个项目，最终签下的租约是 13 年，对方一把交上了 130 万元。王传喜愿意做这样的买卖，因为这样的买卖对代村才划算。

在代村的大路边，有一片地，有段时间一直闲置，县内的也好，外地的也罢，一拨一拨的人不断上门，王传喜始终没松口，翻来覆去都是一句话：“我们已经有了规划。”的确，代村已经做出了 15 年的规划。

代村原有个社区卫生所，后改为社区医院，但这纯属小孩儿起了个大人名，窄仄、破旧、没有几件像样仪器设备的状况并未得到改善。在王传喜的规划中，村民的医疗卫生是很重要的一块，村民的幸福指数不能仅仅用一个“钱”字来衡量。王传喜是想，将来能在这个地块上建起一座现代化医院，方便村民保健和就医。现在没钱，可以先不建，但不能等到将来有钱了，却没地儿建。后来按规划，代村建起了拥有众多一流设备、600 个床位的诚信医院，极大地解决了代村及周边百姓看病难的问题。

在土地这事上弦绷得很紧的王传喜，也有不抠门儿的时候，那就是教育用地。1952 年，代村在原先私塾、农民夜校、识字班基础上正式创建了代村小学，一开始只有一名教师，还不是专职，后来发展到两三名，直到 20 世纪 90 年代，才进行了一次改造，建起了一座 2000 平方米的二层教学楼，添置了部分教学设备、体育器材。等到王传喜上任进行第二次扩建时，校园扩大到 30 多亩，使用面积达到 14000 多平方米，达到了省级标准。王传喜说：“办教育，是千秋功业的事，咱不能疼地。”后来，代村又投资 600 多万元办起了省级标准的幼儿园，也是在这个认识和指导思想下进行的。

时间长了，村里人便给王传喜总结了“三不抠”：在基础教育建设上舍得出地，在人才招揽和培训上不怕花钱，在孝老敬老上肯于用心。

用一万根界桩“定”住了民心

大大小小80多个问题，按现在的说法，这叫负面清单。在这份清单中，列在第一位的是人地不均，这是村民矛盾的一个集中积结点。习惯走集体化道路的代村，直到1981年才开始实行农村联产承包责任制，后来因为村庄混乱，一直没有搞二轮延包，当初一些想不到的问题便显现出来。由于生老病死、婚丧嫁娶，人口在不断变动，地却一直不动，人地不均现象变得日益突出。有的户，人均达到了二三亩，而有的户，人均却只有二三分，相差已经到了10倍。同样重要的是，由于过去的村班子缺少公信力和权威性，管不起来，因地块之间土地质量不同，分地时便貌似公平地每个地块每家都参与分，这样一来，每家分到的地少则七八块，多则十几块，被分割在不同的地方，人为导致了土地的严重碎片化，给村民耕种也带来了极大不便。所以，王传喜很想借此机会，做成两件事：一个是整合，一个是均分。

先不要说整合，单是这均分阻力就极其大。听说王传喜要动地，少地户自然大力支持，但多地户却不干了。少地户眼里含着期待，心里却担着心：王传喜说动，但他能动得了吗？多地户眼看大势难挡、利益受损，便四下扬言：别以为自己属猴，就有那根金箍棒！

王传喜生于1968年，属猴，他也很清楚自己没有孙悟空的本事，但这地非动不可，即使是火焰山，也已经没有退路了。

多地户客气点儿的在等着看他怎么出手，不客气的已经开始琢磨歪点子给他施加压力了。有人往他家扔黑石头，有人到学校里威胁他儿子。刘会芳上街，看到人家扎堆说说笑笑，等她凑过去，人家要么戛然闭嘴，要么一哄而散，见面朝她使脸子的人也不止一两个。这让刘会芳很受伤，便动员王传喜："传喜，咱别干了吧！"王传喜说："那怎么行。"刘会芳说："你这还没开始干呢，人就得罪下了。"正说着，院子里扑通一声，又落进一块石头。王传喜一听，想赶紧出去看看，刘会芳拉住他说："你不怕石头打破你的头哇。"被刘会芳拽着，但王传喜还是拉开门，大声咳嗽一声。王传喜咳嗽的目的是希望扔石头者别扔了，他不是怕他扔，而是怕打着常到他这边来的老父亲。

王传喜站在院子里，拾起外面扔进来的石头，握在手里，仿佛要把它焐热的样子。这晚，王传喜的父亲还真来了，进院看到王传喜手里的石头，郁郁地说："又是刚扔进来的吧。"

王传喜说："没什么事您这段时间就别往我这边跑了。您看——不安全。"

老父亲说："我就是为这不安全来的。"

王传喜说："您是不是想来劝劝我？"

老父亲说："也不是我真心想劝。可不劝，你知道这石头什么时候落下来吗？"

王传喜说："这是群众一时不理解，相信做做工作慢慢就好了。"

老父亲也没好办法，因为儿子一门心思想干出点儿事，而且干的是正事，他这做父亲的，也不能糊涂，他首先得支持，因此只能说："行，那我就等着看你的'好'。"

涉及现实利益，群众的思想并不是那么容易通的。代村是个多姓村，几朝几代逃荒要饭到这里居住下来的外姓不少，姓氏已经达到了近50个，相、温、曹、赵、徐、李、刘、苗、郭、龙、付、宋等，不一而足，而王姓在村里算得上是大姓。正因为是大姓，有的人看准了这一点，说："等着看，也许用不着咱们出手，只他们王家人就能把他吃了。"

这说法没错。在代村王家，王传喜的辈分偏低，动不动就得喊人家爷爷或老爷爷，单从话头上，的确无法硬起来。村北好喝酒的王树金，王传喜得喊他爷爷，喝上二两之后，犟脾气便能升到一定度数。这天，王树金到王传喜家里来了："这地，王家的也动？"王传喜说："看您老这话说得，总不能只动李家的刘家的，不动王家的。"

王树金说："我的意思是，你当官，怎么着咱们王家也得有点儿照顾吧。"

王传喜说："格外照顾这可不行！"

王树金："嗨，你还姓王不姓王？"

王传喜说："当然姓王。"

王树金说："没照顾那你当这官儿干啥？"

这话很堵人，但对待爷爷辈上的，王传喜无法生气，只能说："我这官儿，哪能只给村里的王姓当，是给全村人当的，我如果一碗水端不平，村里人谁还会服我？"

对待重新分地这事，王传喜并没有好办法，但有一点，他是坚定的，那就是：一碗水端平。

他给村干部龙建新说："你去准备一万根木桩。"龙建新知道这是要界定地块用的，但问题是这地块能划得开吗？

村两委会议上，也有人因为压力大，建议他是不是拖拖再说。王传喜坚决地说："不行。马上麦收了，正是庄稼腾茬的时候，这是个很好的时间点，不能再拖了。如果遇到问题咱就绕着走，那到头来什么问题也解决不了。"然后，两委成员分配任务，一人多少家，把每家情况了解上来，同时做说服工作。

等把全村的地托清底子，分出相对较好的地块和相对较差的地块两部分，然后一家两块地，抓阄。有村民说："这样公平。"但也有人明确表示出了不相信："你等着看，这都是王传喜施的障眼法，这里面猫腻多着呢。"

抓阄结果一出来，那么巧，村两委成员都没抓到好地，他自家和村里的王家也都没占到便宜。这让王传喜心中一块石头落地。因为此前，他担心万一村干部手气好，都抓着好地那可怎么办，他到哪里解释去，又怎么能解释得清？在双方还未取得充分信任的情况下，村民有理由瞎猜乱想，更不排除被个别人借机利用。好在，一切都人意天成！

分地开始了。先是丈量，然后一块地一块地地砸上木桩，进行界定。村两委成员分片到地里去蹲点，以确保界桩不被拔掉或挪动。村里的程玉良有一儿三女，后来三个女儿前后脚出嫁了，他家的地多，分地让他很不爽，气得把界桩给拔了，正好让蹲点的王传喜给碰上。王传喜问他："为什么要拔呀？"程玉良说："拔不拔一个样。"他的意思是尽管抓了阄，但能不能分下去还不一定呢。王传喜问他："你觉得有什么不公平吗？"程玉良没说话。王传喜又问："有的村村干部变着法儿多分地、分好地，咱们村的村干部有没有这回事？"

程玉良还是没说话。王传喜再问："如果是你家地少的话，你同意不同意村里的均地政策？"连着三问，程玉良没话说了。王传喜说："来吧，我帮你把界桩再砸上。"一边砸桩王传喜一边说："大家乡里乡亲的，你赚了便宜就是别人吃了亏，好日子大家一同过才是对的。这个理我相信大家能解得开，这地一准就这么均定了。"

均地这事得到了镇上的支持，镇上说，王传喜这一万根木桩楔得好，好就好在它把人心给一下"定"住了。

会芳喝药了，注意别声张

分了地，喘口气。这第一仗打得很漂亮，村两委成员都有歇一歇的想法。王传喜的意思是这时候不能歇，应当借着这股劲儿趁热打铁，不仅把自己的地种好，还要去帮着老百姓种。借庄稼腾茬，推广开新品种，打一个粮食丰收仗。王传喜从外地淘来了新品种，但老百姓不认。怎么办？一是村干部带头儿种，二是种子免费送。

清明节后的第一次村两委会议，研究的是王传喜带到会上来的一张图纸。展开之后，大家左瞧右瞅，便明白了个大概，这是一张村庄道路规划图。代村的路，已经多年失修，坑洼不平，晴天一身土，雨天一身泥。王传喜说："现在农活儿基本告一段落，借着农闲，我们不能闲着，该把村里的路修起来了。"图纸上，习惯上称作运粮河的小汶河也标注得清清楚楚。有人说："小汶河用不着标，大家都知道。"王传喜说："不是标，而是一起整治。"过去，小汶河清流潺潺，穿村而过，是一道风景。而现在，由于群众灌倒垃圾，加之县城工业污水不断流入，已经成了一条臭水沟。一到夏季，蚊蝇飞舞，臭味远播。

班子成员咂摸咂摸嘴不说话了。王传喜环顾大家："怎么了这是？"有人说话了："这改造计划没的说，咱们村的路是到该整修整修的时候了，可有一点，这钱从哪儿来？"于是有人提议：摊派。王传喜说："村民们才刚刚安顿下来，手头也都还不富裕，这个时候我们尽可能不惊动他们。至于资金，村里能垫多少垫多少，缺口再想办法。"

三纵三横的村庄道路改造，是一场会战。王传喜白天黑夜地盯在路上，每天开现场会，调度进展情况。这天，王传喜一早又要出门，妻子刘会芳拦住他说："这个家你到底还要不要？"王传喜说："这不是修路的事多，每天都要点名吗。"刘会芳哭了，但也没能拦下他。王传喜到工地上后，刚点完名，就接到了一个电话。他把刘建永叫到一边，悄声说："会芳喝药了，敌敌畏，你赶紧去医院，注意别声张。我处理完这边的事就过去。"

医院里，王传喜握着妻子的手说："以后，别做傻事了。相信我，一切都会好起来的。"

"三纵"是惠民路、顺和路、振兴路。"三横"是育才路、幸福路、康宁路。三纵三横构建起了代村道路的主体框架，重新修整好之后，代村的村容村貌有了很大改观和提升。在小汶河西岸的顺河路，密植了垂柳、桧柏、大叶黄杨。在惠民路种植了挺拔粗壮的法桐树，一时茂盛的枝叶遮住了宽宽的路面。清理后的小汶河，两岸垂柳，月明高照，水波荡漾。康宁路，东起县城泉山路南段，西至代村小汶河桥，中间与振兴路相交，这次也得到了重点改造。这些路段改造之后，多少有了点儿陶渊明“暧暧远人村，依依墟里烟。狗吠深巷里，鸡鸣桑树颠”的味道。

代村对道路建设并非一劳永逸，后来结合小康楼以及居民楼建设，不断地对道路进行“硬化、绿化、净化、亮化、美化”五化工程的提升。到2013年时，代村硬化水泥道路已经达到20万平方米，绿化街道4万米，建设公共绿地40余处。小汶河上那座小石桥也已经被钢筋水泥大桥所取代。

我们这届班子必须让村庄变个样

整整一个冬天，村两委的会议不断地开。那时会议室很简陋，也还没有暖气，大家围着一个大煤炉一边烤火一边议事。临近年终了，会计进来，一一给大家结工资。大家都清楚，村里的家底子很薄，外欠的账还没还上，开会的烤火钱都是王传喜从个人腰包里掏的，哪里还会有钱给村干部开工资呢。村委委员宋桂云是1976年入党的老党员，1977年就进了村委班子，又是班子里唯一的女干部，她说:“传喜呀，你这是拿着私家钱办公家事。这钱，我们不能拿！”大家都说:“是啊，桂云说得对，这钱我们不能拿。”王传喜说:“孬好我在建筑公司待过几年，手头比大家宽裕些。大家没白没黑跟我一起干，像桂云，是多届村委班子成员，老资格，但带班巡逻，蹲守地块，通路疏河，样样都没落下。辛辛苦苦一年，到头来如果一分钱也拿不着，空着手回家过年，我心里难受啊。这钱大家先拿着，算村里借我的。现在我们班子难得这么团结，俗话说，人心齐，泰山移，只要我们劲儿往一处使，局面再难也不愁打不开。”

苗立强说：“当初免费为村民们送种子，没用摊派修整了道路和河道，不少群众心里其实是打鼓的，说你等着看吧，肯定秋后算账。可我们没算。分地对全体村民一视同仁，村干部们自己没搞半点儿特殊，三亲近邻也没沾上一点儿光。现在，群众明显开始信服咱们了。”

那么下一步棋该怎么走呢？王传喜提出的思路是：实施旧村改造。王传喜说：“多少年了，我们的村容村貌没有多少变化，我想我们这届班子必须让它变个样！”

这件事其实盘桓在王传喜脑海中已经很久了。从他上任之始，在一次次绕着村庄转的时候，看到村里的房屋还是以土墙草屋居多，王传喜就产生了这个想法。所以上任后，跑到他这儿要求划宅基地的村民很多，他都以“先等一等”为由，给堵住了。他的原则是：不转让一寸土地，不破坏一分耕地，也不乱划一户宅基。

旧村改造是一盘大棋，所以上会的图纸已经不是一大张，而是好几张，描绘出了一个全新代村的宏伟蓝图。

村两委又面临着一个新的挑战，因为各家的房屋大小、新旧、质量各有不同，还有不少本村房屋已经卖给了外地人的情况，这样一来，拆迁还建政策如果一个方子吃药，工作不好做；不一个方子吃药，又很难把一碗水端平。但有了上次分地的经验，王传喜说：“大家分头登门拜户，先托底子，再细致研究。”

村两委扩大会议吸收6个村民小组长参加，连续加班30多个晚上，对汇总上来的情况进行全面梳理，最后拿出了拆迁改造方案，总体体现的还是王传喜“一碗水端平”的思想。

这天晚上，王传喜带着两瓶酒来到了付清泉家。付清泉没想到王传喜能来，但也没给他好脸。从上任开始走访起，王传喜就习惯了记小本本，每家的情况他一翻小本本就一清二楚。对于旧村改造，大部分村民都很拥护，没有太大的意见，但像付清泉、李思军、王树祥、王德才、王树明这几户，他们房屋的所处位置好，房子多，而且建筑新，按村里确定的拆迁政策，他们是吃亏的，他们有意见属正常，这一点王传喜心里有数。与其等着他们上门来找，不如自己主动登门求教。于是，王传喜就来了。付清泉是干建筑的，家境比一般村民要富裕，前几年刚建起了二层楼，7 间房，600 多平方米，位置又好，一年仅出租少说也得七八万元钱。如果按村里的拆迁政策，损失可就大了。所以，这么大的事，远非亲自上门和两瓶酒就能解决的。这是一场拉锯战，这场拉锯战持续了不短的时间，两人你来我往地跑，最后是在王传喜的办公室里达成协议的。那天晚上，两人从晚饭后坐下来，一直谈到了后半夜。王传喜从第一任兰陵令荀子说起，说到了从这片土地上走出来的一些大人物，共同回忆千百年来关于代村的那些美丽传说，共同回望童年时光，然后又说到了眼下代村所处的局面。付清泉说："其实，以你的能力和闯劲儿，你不该回村的。这几年，房地产市场被很多人看好，你是行家，就是在建筑公司继续干，你的发展空间也很大，要是能拉出支队伍来自己干，你早就发了。"王传喜说："不瞒你说，我也这么想过。我回村，最反对的不是别人，恰恰是我的家人。我是不忍看着我们代村这么穷乱下去，我想跟大家一起可着劲儿地奋斗一把。"付清泉说："你境界比我高。"王传喜说："我境界并不高，我也是拖家拉口过日子。但我是这么想，如果只是我们自己富了那算什么，这么大一个村如果只有极少的几户富了那算什么，可如果是全村的老百姓都过上了好日子，村容好，村貌美，住得宽敞，手里有钱，吃穿不愁，老少爷们儿都活得有尊严，你能想象出这是一番什么样的景象！”付清泉显然被说动了：“你不是为了自己，冲这一点，我服你！”王传喜说：“我们是男人，是代村的男人，我们理应干出点儿事来。现在你先富了，很好，但也别忘后富，眼光放远一些，我相信代村的好日子一定就在前面。”付清泉说：“啥也别说了，我配合，我支持。”

付清泉的工作做下来了，其他几户也就迎刃而解了。

做基层工作，直接与农民打交道，急不得，方式方法很重要。外表敦厚内里其实刚强的王传喜，能够做到耐住性子、设身处地、善解人意、苦口婆心地与村民诚心交流，很不容易。拆迁这么难的事王传喜都能把“意见户”说得没了意见，连县上做信访工作的同志都说：“你干脆来我们信访办吧。”退休后到村里来帮助工作的县里老领导张德华主任，也很看好他这一点，说：“传喜书记有做群众工作的天赋。”王传喜说：“我哪有什么天赋，我不过是对待每位村民都报以诚心、真心罢了。我寻思，只有用诚心、真心，才能暖人心。”这一点，王传喜说得没错。

在一万亩的土地上画最新最美的图画

代村的旧村改造前后持续了将近10年时间，拆迁总面积22万平方米，建成宜居社区居民楼65座、小康楼170户、老年公寓楼4座。

老年公寓楼每户面积65平方米，两间主房，两间配房，一个小院，外带30平方米小菜园，水电暖齐全，冰箱、电视、炉灶配套，基本家具够用，拎包即可入住。凡年龄超过60岁，只要本人愿意即可入住。住进1号楼1单元101室的李学全，平时喜欢写对联，自王传喜上任后，每年他都要给村委会写一副对联，这一年他写的是：年轻人无后顾之忧加油干，老年人得老来福安享晚年。

对老年公寓房的建设，一开始大家的意见并不统一，主要是有人提出，一是档次过高了，二是应该省下这份资金去干别的，因为那时村里大规模的发展刚刚铺开，到处都需要钱。王传喜认为，我们不能等经济宽裕了才想起去孝敬老人，孝敬是事关村心民意的大事，我们不能让老人们看不到，更不能让他们等不起。再一个就是，别的村都是通过单划老年房宅基地的方式，解决老年人的住房问题，这样一来同样消耗了土地，等老人“百年”后，不仅宅基收不回来，有的还让子女产生矛盾。统一建设的好处是，符合条件就可居住，待老人“百年”，可以进行循环流转，这其实是很大的节省。自从王传喜上任，土地这根弦他始终绷得很紧，通过这次旧村改造，村里在原有宅基地上又腾出600余亩土地，这为代村后来的产业发展留出了充足空间。

不单对老年公寓，就是对旧村的全面改造，起初也有不少人提出异议：一是老百姓住惯了平房，一下住进楼房适应不？二是庄户人过日子，家禽牲畜，农具粮食，方便不？

这也正是王传喜一直考虑的问题，他认为这或许也是代村将来能有大发展的一个突破点。王传喜说：“我们必须把大家从土地上解放出来。现在大家单打独干，粮食产量很快就踢到了天花板，它的弊端很明显。通过均地，把原先每户村民的十几块地变成了两块地，看起来是解决了碎片化问题。但要从全村来看，全村2600多亩地被分成2000多块，同样是碎片化。这种状态，要想形成规模效应是不可能的。”

均完地后，在农业增产、农民增收、家庭富裕方面王传喜一点儿也没少操心。天气越来越旱，每年的灌溉都是大事。代村农作物灌溉需要的水，主要来自北部山顶上的长桥水库。长桥水库蓄水能力达到2700立方米，买来水，各家争抢，造成很多矛盾。为了实现家庭富裕，王传喜多次带两委成员、村民代表去胶东等地参观，培养种植户的同时，大力培育养殖户。为了发展庭院经济，村两委组织村里200多名妇女到枣庄山亭区、河北临漳县等地参观学习。

这期间，王传喜带领村两委制定出“3531”发展规划：一是“五区一网”，包含种植区、养殖区、加工区、商贸区、生态庭院区和绿化网。二是“五园一带”，包含花卉园、果品园、蔬菜园、良种示范园、农业观光园和健身带。三是“五场一站”，包含奶牛场、养猪场、水貂场、养鱼场、饲料厂和沼气站。这些办法推动了村里的发展，也增加了农民收入，具有一定成效，但与王传喜想象中的效果还有不小的差距。王传喜仔细研究上级政策，想从中找到答案。在上级还没有明确的土地流转政策之前，他率先对全村土地在依法、自愿、有偿的大前提下，成功实现了流转。

所谓流转，就是地是你的还是你的，所有权、承包权不变，但按照收成确定价格后，每亩地每年由村集体支付给你费用，取得使用权，由村集体统一规划，开发经营。村民在利益不受损害反倒旱涝都保收的情况下，还可以通过出人、出工获得劳动报酬，相当于凭空又多出来一份收入。这是一件双赢的事，得到了大部分村民的拥护。但也有个别村民与土地有感情，离不开土地，想继续耕种，那么这部分村民可以再从村集体手里反包回去。当然，这部分人后来通过与其他村民的收益对比，很快也把使用权委托给了集体。不仅如此，代村周边的6个村，看到代村实行的这办法好，但自己又没能力流转，便纷纷到代村来主动要求代为流转。这样，代村自身有2600多亩，加上周边村流转过来的7000多亩，代村集体一下拥有了10000多亩土地的经营权。

有了这上万亩土地，王传喜心中的宏伟蓝图就有着落了。村里注册成立了山东新天地现代农业开发有限公司，村民以各自持有的土地入股，从中分红和受益。代村老百姓的身份由此出现了最具历史性的转化，由村民成为股民，由农民成为农村产业工人。自鲁相季文子推行“初税亩”开始诞生的“农民”这一称谓，被代村人赋予了全新的内涵。大家都是主人，人人参与，民主治理，共同奋斗，共同发展，共同成长，共同受益。至此，王传喜新型集体经济的雏形开始初步形成，与这一新型经济形态相配套的自治为基、法治为本、德治为先的治村方略得以建立和实施，党员会议、村民会议、村民代表会议、村民理事会、村民监事会、村民纠纷调处会等“七会”联动管理机制开始高效运转。

五句话我们实现了三句，剩下的两句却戳中了我们的短板

代村距兰陵县城不过咫尺之遥，居住在县城里的民间歌唱家秦守印，一嗓子《沂蒙山小调》差不多能传到村里来。获中国电影华

表奖的电影《沂蒙六姐妹》，会让每一个走进影院的观众泪流满面，影片的片尾曲就出自他的歌喉。《沂蒙山小调》从情绪上至少有两种唱法，一种可以唱得很欢快，一种可以唱得很撕裂，让人很揪心。《沂蒙六姐妹》选择了后一种，借以表达沂蒙人民为国奉献牺牲的惨烈。但王传喜希望，今天的沂蒙大地，特别是他的代村，唱起来应该是欢快调的《沂蒙山小调》。

俗话说靠山吃山，靠海吃海。王传喜说："我们靠城，不是说要吃城，但是我们也不能对城视而不见，不相往来，把我们代村处于城乡接合部的这一巨大优势给浪费掉了。"

借着村庄改造，村里的建筑装饰产业已经初步培植起来。借着土地流转，大规模的现代农业开发也已经有了眉目。但紧邻县城，商贸物流的商机却在眼皮子底下，一次又一次地溜走。农业是供给型、保障型经济，这个根必须稳固，但它的成长性并不强。固本的同时，只有发挥优势、加大投入、多业并举，才能真正走出一条强村之路。王传喜的目标盯在解决一个"穷"字上，其中重要的一个突破点，就是建设代村商城。

代村过去也并不是不想搞工副业项目，搞过化工厂，污染不说，到头来还赔了；想建水果市场，建了半天没建起来；建了冷库，却连租金也收不回来；只有一个加油站，算是有一点儿进项。王传喜明白，这里面有时机和能力的问题，关键的一点，所有的败主要还是败在"私"字当头。

在这次村两委的学习会上，学习的是 2005 年 10 月中共十六届五中全会通过的《中共中央关于制定国民经济和社会发展第十一个五年规划的建议》。《建议》指出，要按照"生产发展、生活宽裕、乡风文明、村容整洁、管理民主"的要求，坚持从各地实际出发，尊重农民意愿，扎实稳步推进新农村建设。王传喜一边领着大家学习，一边把代村的情况和上级的要求进行对照。王传喜说："建设社会主义新农村20个字的内涵，我们可以拿来对照着看，乡风文明、村容整洁、管理民主这三项虽然仍然需要提高和加强，但也可以说基本实现了。五句话基本实现了三句，值得我们自豪，但恰恰是前面两句，生产发展和生活宽裕，戳中了我们的短板。中央把城乡统筹冠在五个统筹之首，而且指出我国即将进入一个以工补农、以城带乡的新阶段。所以，我们不能等着被动地'被'带，而应当自觉跟进城市化进程，积极融入城市化分工。"最后，王传喜说："我理解，建设社会主义新农村不能片面认为就是搞搞新村建设，而是涉及农业、农村和农民生活的方方面面。"王传喜的这个认识，与后来"全面小康"的提法完全吻合。

王传喜要建商城的想法，和上级的文件精神很对榫。建商城的事，也就顺理成章地定了下来。

王传喜有一个妹妹和一个弟弟，妹妹叫王传丽，丈夫李峰昌是做工程的。自打王传喜当上村干部，不但没沾上什么光，凡事还得往后退。这回听说建商城了，李峰昌就投标了其中某个项目。这边前脚刚报上名，王传喜后脚电话就跟过来了。王传喜说："你还是撤出来吧。"李峰昌反问他："你啥意思啊？"王传喜说："你如果中了标群众会怎么说？"李峰昌说："中就中了呗，这不还没中吗？再说，我也是按程序上报的，没有违反规定。"王传喜说："你路子宽，这种事你就别掺和了。"李峰昌说："我没打算沾你的光，你的光我们也沾不上！"李峰昌话是这么说，但还是把标书撤回来了。

代村商城开工建设，总规划占地1000余亩，一期工程300亩，分服装鞋帽、五金交化、土特产、百货批发、瓜果蔬菜和杂粮六大商区，初步运营之后，就获得了很大收益。后来，又进行了二期扩建，建起了建材交易区、电动车、汽车维修等专营区。再后来，根据发展需要，又进行了第三期扩容，培植专业化交易市场体系，培育“电商”平台等，重在经营业态的增加，服务设施的完善和管理能力、服务水平的提升。

“沂蒙红商”标识，是代村商城独有的特色。标识高高悬挂在商城办公楼顶端，由一枚党徽、三颗红心组成，三颗红心分别代表着商城、商圈、商会，寓意是三商组织讲党性，跟党走。

代村商城的建成，让代村不仅聚了人气，更是聚了财气。每年近 4000 万元的收入，一下让村集体经济完成了脱胎换骨，实现了强身健体。

中办曾派出一个调研组赴代村调研，得出的经验是：城镇化不是把农民赶进城市，而是就地改造和提升，赋予现有资源以城市化要素，打造起属于老百姓自己的创业平台。只有这样，老百姓的融入感才能更强，获得感才能更大，幸福感才能更多。

过年过节我们不打扰你了，你可别再躲了，就在家安心过吧

王传喜刚上任时群众冷眼观望、不信任、不偎边的现象，这时得到了极大改观。现在王传喜再上街，他老远给乡亲们打招呼、热情问候，乡亲们更是老远就亲热地迎上来、问长问短。他或许会遇

上已经住进老年公寓却仍然义务为大家修车的王保学，他或许会遇上正往“衣服捐赠箱”里投放洗得干干净净、叠得板板正正的衣服的赵欣梅，他或许会遇上正在挖茅根、整花园的李功华，他或许会遇上爱遛弯儿的王公民，他或许会遇上常年义务做保洁的退休回村干部赵新成，他或许会遇上村民健身教练李侠，他或许会遇上正为村民写春联的老年书画协会的老人们，他或许会路过热闹的商城，他或许会走进生意兴隆的店铺……每次站下来，都是一番畅谈。他做到了爱民、亲民、敬民，乡亲们做到了爱国、爱村、爱家。

他们之间的关系之所以能有今天，是因为这些年来王传喜的所思所干，一切都在他们眼皮子底下，不遮不盖，无私无畏，公平透明。群众说出了自己的心里话，他们说：“王传喜是一个能和我们坐到一条板凳上的人，我们信他。”老支书李桂兰评价他：“这些年来，他手不长、嘴不馋、心不贪，是一个让群众信得过、做事靠得住、自我要求严格、说到就能做到的人。”喜欢写对联的李学全，专门写过一副形容王传喜的对联：有思想朴实厚道，有魄力毫无私心。这评价很是中肯。

结合旧村改造，村里建起了青年之家、老年之家、妇女之家、村民文化广场、老年活动中心、儿童游乐园、农民书屋、科普一条街等，还成立了村民剧团、村民书画社、村民秧歌队、腰鼓队、舞狮队、民乐队、门球队、合唱团等，每年举办村民运动会。1944 年出生的韩德俊经常见人就说，特别是见到外村人，更会立马打开话匣子：“我现在，每个月国家给我一份钱，村里发给我 200 元，在园区整理卫生每月又是 1600 元。所以我现在每到吃饭的时候，都是先问问嘴巴想吃什么。”

也就是说，这时的村民们吃无愁、穿无忧，劳动时有所得、不劳动时有所乐，唯独王传喜仍然是穿着他那双布鞋，仍然是每天早上5点起床，6点准时召开村两委晨会，一天工作结束再召开总结会，晚上不过12点不回家，一天到晚忙个不停。村民说他：“不闰年不闰月能干365天，遇上闰年闰月就干366天。”外出回来，从来都是先要绕着村子转一圈。刮风下雨，别人往家跑，他往外跑。父亲生病去上海治疗，县上电话通知去青海考察扶贫项目，他二话不说，服从上级安排。妻子住院，他也抽不出多少时间去陪护。王传喜父母的邻居很少看到王传喜到父母这边来，王传喜的父亲还得给他打圆场：“他忙，白天哪顾上来，都是晚上来，所以你们见不到。”所有这一切，不止王传喜的家人心疼他，全村的老百姓也心疼他，逢年过节便记挂着他，发自内心地想给他送点儿东西。朴实厚道的王传喜很明白乡亲们的这种感情，不好诿了村民们的一番心意，只能热情地攀谈，礼物也暂时收下。有的跟他闲聊这几年村里的变化，说：“当初跟着你去华西村、南街村等先进村参观时，当听到你说我们将来也要建成这样时，我在心里想你这人可真能吹牛，人家的发展那是什么成色。嗨，没承想今天我们在好多方面都已经赶超他们了。”去南街村参观的群众代表印象很深，当时王传喜认认真真地在留言簿上写下的是这样一句话：南街村的今天，就是我们的明天。有的干脆向他道歉，说：“不好意思，当时往你家扔黑石头的人就有我。那时候……”没有了隔阂，群众便愿意向他敞开心扉，王传喜的心头热热的，心情也格外轻松，他跟大家同样开诚布公：“过去的事咱就不提了。大家有意见，或一时想不通，都正常。难得的是大家都理解了我，理解了村两委，这就好。俗话说上下一心，其利断金，这样我们就有更大的力量了。”王传喜跟村民们的交流很畅通，气氛也很浓烈，但随后，王传喜的妻子和儿子可就不能闲着了，娘儿俩骑着三轮车，得一家一家去回礼。后来，为了不给乡亲们添负担，也不给家人添麻烦，再遇逢年过节，王传喜只能把家门一锁，找地方躲起来。慢慢地，村民们也就明白和理解了他的心意，便说："过年过节都是一家人团圆的时候，你却让我们逼得躲起来过，这让我们怎么能安心。大家已经统一意见了，再过年过节我们不打扰你了，你就别再往外跑了，在家安心过吧。"后来王传喜的儿子要结婚，这时大家想，可以借这个机会表示表示，这样的喜事按传统习俗，说什么他也该收，不会再退了吧。没想到王传喜还是不收，并且很诚恳地跟大家说："大家的心意我领了，但咱不弄这些事，咱不能让亲情和友情变了味儿。你们可能是想通过这种方式感谢我，其实是我应该感谢你们，我王传喜又没有三头六臂，能干出点儿事、干成点儿事，还不都是大家支持的结果？现在中央有规定，党员、村干部都得带头执行。以后大家如果也遇上这样的事，一切操办最好也都要从简。"

"一碗水端平"这句话，常常挂在王传喜的嘴边上，他的公道处事给村民们留下了深刻印象，所以两口子闹仗，有时也要找他来评评理。村民纠纷调处会正是在这个基础上成立起来的。后来又建起了6000平方米的社区服务大厅，一方面为群众办理业务，一方面班子成员轮流值班，接待群众来访，对村民的话认真听，对村民的事认真办，对村民的怨认真解，对村民的难认真帮。而且，特事特办，急事急办，事事都办。村民纠纷调处会也并不是被动地等着纠纷找上门来再调处，而是主动化解矛盾，从源头解决问题，投资建设起了孝文化墙，开展了"道德模范评选""好媳妇评选""好婆婆评选"以及其他各项评先树优活动，大力开展移风易俗活动，在培育文明村风、良好家风、淳朴民风上下功夫，由此代村的文明乡风开始显现，先后涌现出了拾金不昧的韩沛兰、义务打扫卫生的王红、老年志愿者王保学、助人为乐的李友全、见义勇为的刘建永、诚信标兵崔宝田、全国敬老孝星温纪娟等一大批模范人物。村里的好人事迹榜上，每天记录的内容密密麻麻而且不断更新：保洁员刘全荣捡钱包归还失主，杨景开捡到手机归还失主，苗立玉腊月三十主动打扫楼道，宋加东、王彩云、郭连美、苗生全等义务扫雪……遵纪守法，爱国爱村，敬老爱亲，在代村蔚然成风，社会主义核心价值观在一个村庄得到了最好的体现。外村人对此很是羡慕，说："看看人家代村人都是怎么行事，一句话、一声笑、一个动作，都能让人感受到扑面而来的文明气息，说人家是美丽乡村，人家代村配。"

随着负面情绪的一一化解，正面能量也在加速传递。

有村民用"四个没想到"表达出了自己的感慨：没想到领导班子品德高意志坚，没想到改革春风吹开了蓝天，没想到科学发展谱出了新曲，没想到古老的乡村焕发了新颜。村民龙建海写的《唱代村》，更可看作对代村这一和谐局面的全面概括和总结：

改革春风舞翩跹，村容村貌换新颜。
农村建设新天地，省地县级评模范。
石雕村门多威武，道旁银杏碧参天。
风雨桥景美如画，垂柳轻摆河两边。
居民楼房一幢幢，别墅排排更美观。
琅琅书声入耳润，后代英贤在校园。
花红草绿广场内，髦龚姗姗带笑颜。
老年公寓多雅静，幸福夕阳享清闲。
千亩市场多昌盛，万户生意利满满。

星级宾馆迎客至，绿润湿地供休闲。
猪场貂场规模大，奶牛事业日中天。
花草树木清又雅，条条道路宽又宽。
代村处处有美景，日新月异看不完。

王传喜心中的诗意不停地激荡，代村的诗意不停地扩展

王传喜和他的村两委班子，以奉献和实干赢得了民心。他们与村民同心同德，同向同行，同频共振。正因此，村两委班子中间虽然经历过六次换届选举，却没有一人落选。村民陈飞说：“我为我们村的好党员、好书记点赞，为我们村能有这样的支部、这样的支部领头儿人，感到自豪和骄傲。”

这时的代村，干群关系空前融洽，邻里之间空前融合，全村上下空前和谐。消解掉各种内耗的代村，由此步入了一个发展的快车道：建起了新天地仓储物流中心，建起了文化产业园区、温泉休闲度假区。创办了生态农业园区，建成了 10 万平方米的高科技智能温室大棚，打造了绿色蔬菜生产基地和全县一流的名优瓜菜育苗工厂，建起了 5 万多平方米的农展广场，建起了气势恢宏的农展大厦和展示中华五千年农耕文化的农耕文化墙。建起了大型农展馆、沂蒙山农耕博物馆。沂蒙老街、锦绣兰陵、兰香东方、华夏菜园、雨林王国、荷兰风情园、村史馆等一批既有效益又有诗意的项目，也在短

时间内相继建成。

代村人喜欢有历史纵深感，他们把村庄的历史推到1700多年前，从而梳理和找寻从哪里来正要往哪里去的答案。沂蒙山农耕博物馆更是把这片土地上千百年来的劳动生活场景，通过大量实物、模型、人物雕塑等一一再现出来。

对于农业这一快，代村本来有现成的路子可走。兰陵一直是一个农业大县，30多年前，就在全省率先发展起了大棚蔬菜，名贯大江南北。时鲜的蔬菜早上还在兰陵菜民的菜园子里，下午就到了上海市民的菜篮子里，晚上就端到了上海市民的菜盘子里。但王传喜认为，代村不能再走这条传统老路，而是要加强现代农业开发，通过农业科技，让菜园子升级，把普通的蔬菜种植升华成了蔬菜艺术。

科学种植，走高科技农业之路，在王传喜抓庭院经济时就已经有了思考，而且在“3531”规划中也已经埋下了伏笔。

2008年，代村建成了第一个智能温室——农科蔬苑，面积5000平方米。里面的巨型南瓜，每个重量都在100公斤以上。地瓜成了天瓜，倒吊在一只只大筐里，成堆地生长。一株西红柿要占据60平方米的空间，结出12000多个西红柿，总重量达到1吨。甜椒、白茄、紫茄也纷纷登场，各种翠绿的菜果，从纵横交错的管道中挺身而出，长势喜人。蔬菜墙让单位面积产量提升了3倍。立体套作，可使作物一年收获6茬。引进和推广的80多个优良瓜菜品种，让县内外上千个村庄、7万多个农户受益。

大型农展馆展示的是兰陵现代农业的发展成果。“锦绣兰陵”参照兰陵县域的山川地势，以树木、花草、蔬菜、果实等连缀成别致的风景，浓缩的是兰陵美丽的山水风光、浓厚的风土人情。“华夏菜园”是一处以高科技种植及新品种展示，集旅游观光、休闲体验为一体的多功能场馆，场馆内设有现代化的植物工厂、组培室以及管道、立柱、悬浮等立体无土栽培，有番茄树、辣椒树、地瓜树、茄子树等立体单株栽培，也有基质栽培、机器人采摘等未来农业场景展示。“雨林王国”是江北最大的热带植物主题场馆，绿色参天，青苔满地，水流纵横，在此既可探秘神奇的南美热带雨林景观，又能品尝杧果、莲雾、鸡蛋果、番石榴、荔枝等热带水果的美味，还可以与远古的恐龙、非洲的大象、鳄鱼等牵手相会。“荷兰风情园”里各色盛开的郁金香无边无际，“竹林水岸”里丛林竹树、竹楼木房……

6500平方米的兰花馆，由“凤凰来仪”“空谷幽兰”“幸福代村”“祝福祖国”“地球家园”等10个景观组成，汇集了世界名品兰花120余种、60余万株，真实再现了兰花的原生状态。当年，兰陵因遍植兰草、兰花而得名，兰花馆则通过国兰的清香高雅、洋兰的绚丽多彩，诠释着兰陵与“兰”的历史渊源，成为代村最优雅的处所。如今，可以一边喝着来自马来西亚和加拿大的灵芝咖啡、摩卡咖啡，一边欣赏数万朵蝴蝶兰的跃跃欲飞。

整个代村，油菜花成海，向日葵成片，遍地金黄，代村人的幸福真的就像花儿一样开放了。

园林化的乡村景观，生态化的郊野田园，景观化的农耕文化，产业化的新型组织，现代化的农业生产，赋予了传统农村以浓烈的浪漫主义色彩。

王传喜虽然不是诗人，但他心里却一定有着诗人的情怀。只要王传喜内心的诗意不停地激荡，代村呈现出来的诗意也就不停地在扩展。

到代村去，坐小火车，观大花海

代村不仅有了火车，还有了一个个火车站口。只是这火车不是大火车，而是小火车，观光用的。7 千米，要说不算长，几个站点，要说不算多，但这对一个乡村来说，却都是富有开创性的。

此时，代村的路已经由主题框架的三纵三横，不断向外扩展，伸展到了阡陌乡间。过去的乡间小道，如今都成了车水马龙的大道，一条条大路上，人流如织。去代村旅游，到代村找乡愁，已成为周边地区和全国各地游客的必选项。

枣庄的女游客李玉兰是冬天来的，她在温室大棚里脱掉了棉衣，却仍然感受到春天一样的温暖。在代村她是第一次见识热带水果、甜椒树、地瓜树、番茄树。

从临沂来的王兆义、刘向英夫妇，尽情地游览了各景区，观看了“孔雀东南飞”“鹦鹉表演”，采摘了草莓、黄瓜、西红柿。他们说：“在城里，出门买个菜就觉得累了，今天一气走了一二十里，也没觉得累，是因为代村的景好。”

在杭州工作退下来的王玉柱、李凤芝夫妇，他们的老家距代村有 50 多千米，来代村之前，他们的印象还停留在 20 世纪 60 年代一片稻田的时代，这次来看了以后，感觉真是天翻地覆。

当年在代村下乡插队的淄博、青岛两地的知识青年有数十人，这回他们派出了代表赵凤云、蒋平凡，重回第二故乡，分享喜悦。

村民龙治江爬蒙山时认识了一个曲阜人叫王贯河，王贯河一家五口要来代村旅游，找他提前预约，帮助订票。游览结束后，王家年近80岁的老母亲说："我这把年纪爬不了山、下不了海，却在代村见了景。菜博会、兰花会、贺年会、元宵节灯会，油菜花节、荷花节、菊花节，你们这儿真好，什么节、什么会都有。"

龙治江赶紧说："如果你们来得巧，正赶上我们代村农民运动会的话，那就更有意思了，拔河、赛跑、背媳妇、推独轮车、挑担子、烙煎饼、包饺子等，这些项目别说有多热闹了。"

代村的活动确实多，全国竞走比赛、全国武术散打比赛、国际半程马拉松比赛等经常在这儿举行，优质农产品交易会、蔬菜产销对接会等每年都要在这儿举办。

2018年，蔬菜产业博览会已举办到第六届，每天数以万计的国内外宾朋、采购商、游客云集代村。全国旅游协会休闲农业与乡村旅游分会第二届会员代表大会在代村召开。全国休闲农业和乡村旅游管理人员培训班，也在代村开办。国家大宗蔬菜产业发展论坛也在代村开坛。

善写对联的李学全，专门为村民们向外发送旅游邀请函撰写了这样的广告词：百斤南瓜不算大，茄子辣椒树上挂，世界兰花全都有，万亩油菜美如画。

村民刘梅的二姐家住威海，女儿在法国留学，嫁给了法国老公拉斐尔。2012年夏天，外甥女带着老公和洋婆婆一起，专程到代村来参观。他们在采摘园，将新鲜果蔬一一品尝，老太太叽里呱啦地说了一大堆，外甥女翻译："她说这哪儿是农村啊！更不应该是中国农村啊！"临走，既喜欢中国文化又喜欢中国菜的洋亲家，不忘在新天地生态大酒店尝遍了当地各种特色菜肴。

不知道是不是与这个法国老太太这次到代村来参观有关，反正从2015年6月起，代村每年都接待欧洲旅游团。纯朴的乡音之外，又多出了多种语言。

春天是万亩油菜花，秋天是成片的向日葵。“中国美丽乡村”“全国十佳休闲农庄”“国家4A级旅游景区”这些头衔，代村都配得上。

现在，兰陵国家农业公园已成为江北最大的室内婚纱摄影基地，室温常年保持在23摄氏度左右，主题景点1000多组，室外场景2000多个，已与周边地区50多家婚纱摄影公司达成长期合作协议，每天接待100多对新人。一对对情侣在乡间田野相依相偎，织出了一幅温馨浪漫的乡村风情图画。

这里是城里人来了不想走，乡下人走了还要来的地方。代村人尝到了“绿水青山就是金山银山，改善生态环境就是发展生产力”的甜头。

一个“国”字号的项目落户到了一个村庄里

2012年11月8日，王传喜是和代村的村民一起收听收看中国共产党第十八次全国代表大会开幕式盛况的。大会结束后，习近平总书记面对中外记者所讲的一句话：人民对美好生活的向往，就是我们的奋斗目标，人世间的一切幸福都需要靠辛勤的劳动来创造。简短的几句话，让王传喜的心中久久不能平静。实现中华民族的伟大复兴，中国要强，农业必须强；中国要美，农村必须美；中国要富，农民必须富。对照中央精神，王传喜更加坚定了代村的发展道路，那就是：坚持发展壮大集体经济，引导和鼓励村民一起创业，实现强村富民共同富裕；更加坚定了业已形成的代村精神，那就是：爱国爱村，大气谦和，朴实守信，勇于拼搏；更加坚定了实现代村梦的豪情，那就是：建设富裕代村、和谐代村、美丽代村、幸福代村。

当初，均完地后，百姓乐业，有人就认为似乎没啥事可干了。通过旧村改造，建起了幸福和谐家园，改善了村庄基础设施，有人又认为没事可干了。通过土地流转，发展起了集体经济，构建起了新型经济形态，有人认为可以不用再干了。建起了代村商城，添加了集体经济进项，群众腰包鼓了，有人认为已经不好再干了。开展大规模的农业科技开发，建起众多农业园区之后，有人认为下一步不知道该怎么干了……而对王传喜来说，他一直秉承着当初的信念，履行着对自己的承诺，永不懈怠，创业不止。他的小本本，已经用完了 190 多本，那上面记录的不全是问题，也有他深入的思考、宏大的谋划和放飞的梦想。因此，无论对自己、对班子，他始终警惕着小富即安、小成即满的思想和精神懈怠的危险，而是与班子和村民们一起，不断增强想干的意识，不断树立能干的意志，不断磨炼实干的本领，不断增长会干的智慧，不断谋划可干的蓝图，不断坚定干成的信心，干下去，再干下去。他觉得，这些年如果说是自己在领着大家伙一起制造一架飞机的话，那么现在只不过是制造出了机身，能够让代村真正飞翔起来的两个翅膀还没有安上。村两委成员刘建永说："王书记这人，不打牌，不好玩，喜欢看书，最大的爱好就是干事，一边干一边思考。这些年来，是他在一直引领着我们前行，引领着代村前进。他总是比我们想得多，看得远，谋划得早。说他是火车头，一点儿也不过。”

当人们又认为没事可做、不好再做的时候，更大、更新、更美的蓝图，已经在王传喜的脑海中开始谋划。最近几年，在现代农业示范园之外，村里又不断发展和新建了热带雨林、竹林水岸、湿地公园、百姓菜园等多个项目，这些项目各有特色，但处于单打独斗状态，王传喜计划把它们统一打包，然后再扩大1万亩，总投资10亿元，以此申报国家农业公园。2012年项目批下来了，一个“国”字号的名字落户到了一个村庄里，国也是家，家就是国。从此开启了代村新一轮的发展，代村将兰陵国家农业公园、现代农业示范园、省级农业科技园和全国绿色食品一二三产业融合发展示范园进行共融共建，不仅让此前开发建设的众多农业项目一一进园，而且全面升级，对既有场馆和大田景观进行了全面改造提升。另外，对新规划的项目，排开工期，不断往里注入新内涵，丰富新内容。如今的代村，已经成为一座现代化的集体庄园。如果说中国的城镇化之路已经取得了巨大成就的话，那么代村的城镇化是最美、最成功的城镇化。它不仅保护住了代村赖以生存和发展的土地，而且也把劳动力和资本完整地留在了乡村。它没有让乡村成为空巢，而是成为富有创新和创造活力的休养生息大乐园。它的坐地城镇化，实现了有劳动能力村民的全就业。它走出了一条独特、现代、新型的高科技农业、休闲农业之路。王传喜把新型农民的智慧、新型农村的活力、现代科技创新型农业的效益三者全部激发和调动了起来。

我们村 85 名党员就出一位党代表，中央待俺村不薄

2018 年 2 月 2 日，代村党委成立，这是兰陵县第一个村级党委，下辖代村党支部、代村商城党支部、新天地党支部、代村诚信医院党支部和代村诚信中学党支部。

在随后召开的第一次党委会上，王传喜再次强调党员干部五观要正，那就是：要树立“立党为公”的党性观，“为民服务”的宗旨观，“鱼水相依”的情感观，“务实敬业”的政绩观，“甘愿奉献”的名利观。要求党员干部，勤做实事，善做小事，甘做苦事，勇做难事，敢做大事。党员徐新志为祝贺新党委成立专门写了《颂党“三言歌”》，作为献礼：

二一年，志高远。党诞生，人民愿。秋风起，井冈山。武装立，星火连。根据地，大发展。反围剿，冲霄汉。二万五，不平凡。遵义会，定路线。延河长，宝塔宽。平型关，百团战。打日寇，敌胆寒。三大战，民支前。渡长江，取海南。天安门，红旗展。新中国，东方站。援朝鲜，义冲天。保和平，卫家园。六四年，原子弹。又一星，威力添。颂改革，赞发展。新世纪，宏图现。反腐败，党倡廉。建小康，绩卓然。中国梦，神州

圆。两务必，记心间。跟党走，永不变。

各级领导经常到代村来调研，其中有位领导跟村民聊天时说，全国评选100名优秀共产党员，王传喜就算一个，这荣誉可不低呀。没想到村民们却说："我们没觉得高哇，因为这荣誉，他配。"就像中国共产党第十九次全国代表大会，王传喜作为沂蒙山区唯一党代表，代表全市57万多名党员去北京参加党代会时，村里的群众和党员并没把这看作是王传喜一个人的荣誉，而是自豪地说："我们村85名党员就出一名党代表，中央待俺村不薄！"

有人把农村党支部书记戏称为党和国家"最低领导人"，假如这个戏说成立的话，那么2016年6月30日晚上，党和国家"最高"领导人和"最低"基层党支部书记坐到了一起，可以想象这是一副什么样的景象。此时，人民大会堂"庆七一"联欢晚会正在上演，王传喜就坐在总书记的身后，总书记宽厚的背影透着温暖和坚毅，他从中深切感悟到一种巨大的力量，并读出了"中国"两个大字。他们握过手，有过眼神的交流，此时，王传喜想的是，假如总书记转过身来问他，自己能够汇报出来的成绩有哪些呢？与当下腾飞的中国相比，作为一个农民的领头儿人、一个农村的带头儿人、一个顶着一头高粱花子的农村最基层干部，他所做的一切显得多么微不足道。

从党和国家领导人手中接过红彤彤的荣誉证书之后，王传喜马不停蹄地往回赶。他有激动和喜悦，但更多的是压力。城乡发展的不平衡、农村发展的不充分、代村发展的新突破，让他无法停下思考的脚步。他向临沂市委汇报完情况后，紧接着向兰陵县委进行汇报，然后回村。回村后，他像往常一样，在绕全村一圈和巡察重点项目后，又来到退休干部张德华的工作室，想让这位老同志分享他的激动和幸福。这位老同志，年近七旬，从县人大常委会副主任岗位上退下来之后，就被王传喜请到村里来，让他为代村的老百姓发挥余热。这是一位从兰陵山区农村走出来，经历过军营磨炼、转业后一直在“三农”战线工作的“老农人”，称得上王传喜的“忘年交”。

时间已是下午6时许，两人依然交流得很深入。中间，张德华去趟卫生间的空，再回来时，却见王传喜手里拿着半块点心在吃。张德华有个孙女，放学后常到爷爷这儿写作业，又爱吃零食，吃不完就扔到一个纸箱子里。这半块点心，就是王传喜刚从纸箱子里翻出来的。张德华见状，赶紧说：“不能吃了，这都不知放多长时间了。”察看包装口的日期，保质期已经过了大半年。但王传喜说：“我饿了，胃有点儿疼。”他从昨天中午就没正经吃上一顿饭。张德华说：“我听司机说，你经常在车上胡儿马约地吃点儿东西，就当饭了，这不行！”王传喜说：“总感觉时间太紧张了，总书记说，事业是干出来的。”张德华深情地说：“代村不只你一个人，你还有3000多村民，整个社区的居民也已经上万了，他们都指望你，都愿意跟着你干，他们的信任和支持是你最大的一笔财富，你能一呼百应，那会焕发出多大的能量，所以你的任务主要是如何更好地发挥和调动他们每一个人的潜能，共同完成属于代村的事业。只有这样，你心中装着的不断发展壮大村集体经济和实现共同致富这条路，才会越走越宽、越走越远。你必须要有一个好身体。”

张德华说这些话时眼睛湿润了，王传喜也满含热泪。两双大手紧紧地握在了一起，在他们之间，还很少有这样动情的握手。张德华总是在他需要的时候，给他自信的力量。

代村是一片既沧桑又年轻的土地

又是一个王传喜回村的夜晚，但这个夜晚显然与19年前的那个夜晚已经明显不同。

2017年10月26日晚，王传喜参加中国共产党第十九次全国代表大会胜利归来。一进村口，王传喜就被村两委成员、部分老党员和群众代表围住了。王传喜很激动，说："打扰大家了。"大家都说："这哪里话！"王传喜想让群众先散去，群众不散，王传喜说："我得回家。"有个群众代表说："你哪回从外面回来先回过家，今天更不行，快给俺们说道说道你参加大会的情况。"也有的说："我们让你给带的话，你带了没有？"

王传喜走的那天，是10月13日，临行前，村民们汇聚在社区服务大厅前为他送行。大伙儿一边向王传喜祝贺，一边恳切地要王传喜代表乡亲们向习总书记转达心里话。年近70的老党员龙云太，情绪很激动，他说："传喜啊，你见了总书记，一定代俺问个好，请他到咱代村来看看。"

那天的情景依然历历在目。王传喜问："党的十九大的盛况大家应该都收听收看了吧？"

苗立强说："看了，看了。开幕那天，我们组织凡能离开工作、生产岗位的村班子成员、党员、村属企业骨干一起看的。19号晚上，我们又组织村两委成员、全村党员和部分村民代表，一起进行了座谈。”

这天晚上，村头的聚会结束之后，王传喜和村两委成员又来到了办公楼会议室，跟大家详细介绍大会盛况，汇报自己的感受，并决定28日上午在村民广场，向全村党员、干部、群众传达党的十九大精神。村两委的这次会议，气氛融洽，欢乐融融，有人又说起了王传喜刚上任那段时间的艰难：“那时候会议室只能用煤炭炉子烤火。”有人提议：“今后传喜书记的工资待遇是不是可以比我们高些。”之所以出现这种提议，是因为这些年来，王传喜的所有待遇跟大家完全一样。而且这种提议早已经不是一次两次提，很早就有班子成员提出来，但都被王传喜否决了。王传喜说：“我跟大家一样，也是班子里的普通一员，在责任担当上可以有所不同，但在为民服务干事创业上，不能有半点儿你高我低的思想。我常说一碗水要端平，对外是这样，对内更应该这样。上级给我的荣誉再多再大，都不是给我个人的，而是对我们班子集体的肯定，是对我们代村发展道路的肯定，是对我们代村精神的褒奖。所有的成功与喜悦，不仅班子成员人人有份，代村的村民人人有份，代村社区的所有外来者也都贡献了自己的力量。”

会议深夜才散。

走在宽阔的街道上，两侧是高高的楼房和各类新建的设施。秋夜凉爽的风吹过，今天的夜空，满天的星斗，美丽而又壮观，感觉比19年前亮了许多。

其实，今天的会议还不是王传喜第一次宣讲党的十九大精神，因为他在会议结束返程途中，就已应邀到济南南部山区的柳埠镇，向那里的群众进行了宣讲。其后，短短几个月的时间里，王传喜被各地邀请去做了70多场报告。这是2018年3月王传喜从手机上发出去的一则向县领导汇报的短信：

> 今天是3月28日，我早上5:00起的床，6:00出发，9:00-11:30，在滕州给1200多名农村党支部书记做报告，组织部部长点评半小时，与市委书记座谈半小时，下午13:00出发，16:00赶至蒙阴岱崮给367名农村书记做报告，报告18:00结束。20:15到达临沂机场，20:55飞往上海虹桥机场，22:00到达，23:30到达宾馆。今天上午在菜博会新闻发布会上答记者问，后参观西郊国际批发市场，现在返程高铁上。明天上午省台同时专访总书记点赞的两个村支部书记，下午到县地税宣讲。周六上午到市经济开发区宣讲，下午接待日照市考察团，汇报。周日上午到芦柞镇宣讲，下午到沂水县宣讲。下周一上午到沂南县宣讲，下午到市委党校演讲。周二参加全市赏花游启动和接待省高院调研。另，胶东几个县和省内外的其他邀请都婉言推辞了。各项工作保重点、保效果、保安全，我一定牢记总书记的嘱托，当好乡村振兴齐鲁样板排头兵，为全面建成小康社会贡献代村力量。此汇报，王传喜。

对党的十九大精神不断宣讲的过程，对王传喜来说也是一个自己不断深入学习的过程。借着对党的十九大精神的学习和宣讲，他也在认真思考着中国农村的过去，判断着未来农村发展的走势，不断思考和勾画着代村下一步的发展和提升。他明白，只有坚持创新发展才能解决长久发展的动力问题，只有坚持协调发展才能解决发展不平衡的问题，只有坚持绿色发展才能解决可持续问题，只有坚持开放发展才能解决新的发展优势问题，只有坚持共享发展才能解决社会和谐问题。他愿意把代村的经验与大家分享，但代村没有资格躺在过去的功劳簿上。

代村开始着新的征程。

又一批外派学习的村民要出发了，王传喜给他们送行。这次外派出去学习的有十几个人，去的是青岛农业大学。这次随王传喜送行外派学习人员的村两委成员是聂晓燕，她是接替退休的宋桂云刚被选入村委的。她是共和国“将军县”湖北红安人，当兵退伍后随爱人一起来到代村，来到后就融入代村的创业之中，代村的年轻人都喜欢她一身的青春气、正能量。她跟外出的人说：“代村要发展、要振兴，需要青年人有担当、有作为，我们青年人一定要珍惜青春时光，人人都要争做懂农业、爱农民、爱农村的新代村人。”

王传喜已经记不清这是第几批外派学习的村民了。这些年来，他一面从国内国外引进人才，让农业、旅游、科技、规划等各方面的专家坐镇指导，一面组织大学生回村参观，并做他们回村创业、奉献的工作；一面不断分期分批有针对性地选派村民外出学习，掌握技术，一面还要创造好的条件，把自已培养起来的人才留住。

32 岁的吴少强，做温室大棚管理员已经 10 年，能够无土栽培上百种蔬菜瓜果，外地公司开出高年薪挖他，他没走。村里有他这种情况的还有一大批，如刘雁滨、李纪华、王德虎、程杰、刘凯、张子龙、季辉、苗全亮等，他们说：“没有代村这片湿润的故土，就没有这些青年人的根深叶茂。我们是代村培养起来的，我们不能负了这方故土。”因此，他们选择了勤勤恳恳，把智慧奉献给父老乡亲，把汗水洒向万亩田野。代村这片古老沧桑的土地，因他们，因他们的劳动重新变得年轻而充满活力。从他们身上，王传喜看到了代村的未来，也正规划把“中国知青村”项目提升为“青春中国”大型革命传统教育基地，把各个时代为新中国奋斗、为新中国建设的青春背影浓缩在这里，把他们的奋斗足迹留在这里，既为红色传承铺路，也为继往开来呐喊。

这一天，还有另一拨年轻人需要送行，这就是响应习近平总书记强军思想而新征入伍的 8 名代村年轻人，他们每个人的家庭都将享受村里 6000 元的“国防优待金”。

2017 年，王传喜从农业部抱回了一块“全国新型职业农民培育示范基地”的牌子，用这块牌子，占地 150 亩的新农人培训基地今年已经动工了，建成后可以容纳 700 人的食宿和培训。这个面向全国农村的培训项目，代村自然近水楼台，王传喜想让代村的年轻人都能走进教室，成为社会主义建设的新型农民，成为农业科技的行家里手，成为建设富裕代村、美丽代村的生力军。

以红黄两色为主的“天安门城楼”，彰显着国运与国威

在代村蔬菜园艺项目中，“辉煌中国”是最新开发和建设的一个，这是王传喜参加党的十九大归来后开始精心打造的。它既表达了王传喜对中国进入新时代的喜悦之情，也体现着代村人贫穷肯于苦干、致富不忘党恩的浓浓家国情怀。

“辉煌中国”场馆恢宏大气，以“创新、协调、绿色、开放、共享”五大发展理念为脉络，由“筑梦起航”“巨龙腾飞”“国之重器”“创新中国”和“辉煌中国”等景观组成。“筑梦起航”的主景为天安门城楼，城墙用红色蒲苇编成，黄色的琉璃瓦盖顶，门前的金水桥和广场鲜花簇簇。金碧辉煌的天安门城楼，红黄两色彰显着前所未有的国运与国威。69 年前，伟人在这里向全世界宣布：中国人民从此站起来了。而今天，这里正在记录着从富起来到强起来的伟大历史跨越。在天安门城楼两侧，是“一带一路”主题景观，同样是以粮食作物和蔬菜为原料，绘就远山近水，通联五洲四海。在其他几个景区，港珠澳大桥与空中腾飞的巨龙相接，“复兴号”正从天路云海间穿行而过。由立体栽培的蔬菜、瓜果构成的一辆辆卡车穿梭行驶在欧亚大陆上。巨大的蔬菜航母模型–001A，已经成功申请上海吉尼斯世界纪录。航母模型与歼–20、武直–10、“济南号”护卫舰、“临沂号”护卫舰等一起，组成了海空立体航母编队。用各种蔬菜瓜果造型再现了中国天眼、C919 大飞机、天宫二号、墨子号量子卫星、运载火箭等创新成果。用“苍山大蒜”构筑了“冰上丝绸之路”。用声光电及蔬果组合展示了 G20 杭州峰会的盛况。与代村结下渊源的南极科考船“雪龙号”，也在这里“现身”。当初，把清爽的蔬菜送上“雪龙号”的代村人，如今通过科技攻关，已把“植物工厂”成功安装到了“雪龙号”上。这些创意和设计，独具匠心，巧夺天工。

面对一拨又一拨慕名来访的客人，站在“天安门城楼”下的王传喜显得精神饱满，他沉静而又坚毅地给客人们说：“中央关注咱们农村，关心咱们农民。党的十六届五中全会对农村提出了生产发展、生活宽裕、乡风文明、村容整洁、管理民主的总要求，党的十九大提出实施乡村振兴战略，标准则更进一步，要求产业兴旺、生态宜居、乡风文明、治理有效、生活富裕。我们的决心和目标，是在每句话中又加进去了一个‘更’字，那就是：产业更兴旺，生态更宜居，乡风更文明，治理更有效，生活更富裕。下一步我们会紧紧在这五个‘更’字上下功夫、做文章、出成就，在产业兴旺上求新突破，在生态宜居上求新提升，在乡村文明上求新品味，在治理有效上求新创新，在生活富裕上求新内涵。我们决心牢记总书记的嘱托，撸起袖子加油干，争取成为全国1100个美丽乡村的排头兵，争取当好乡村振兴的齐鲁样板排头兵。”

王传喜的梦想从这片土地上起飞，也会永远在这方土地上盘旋

从2014年开始，代村办起了贺年会。大年初一，近处十里八乡的群众、远处天南海北的宾朋便从四面八方向代村汇拢，张灯结彩，火树银花，一直热闹到正月十五的元宵节，热劲仍不削减。

为了筹办好贺年会，代村人早早就开始忙碌起来。刚过腊月二十，园区工作人员就在园区、街道、路网悬挂起上万只红灯笼，村域之内，处处焕然一新。公园的年货大集成为贺年会的预热，欢快的《迎新春》唢呐曲，在人头攒动中流淌。喜庆的气息不断地向外传播。

大年初一一大早，兰陵国家农业公园景区门口便锣鼓喧天，一

支支秧歌队、高跷队从身边走过。耍龙灯、跑旱船、舞狮子、猜灯谜，这边分来那边和。露天剧场上，深受当地群众喜爱的传统剧种柳琴戏，正在上演《喝面叶》《打金枝》等经典剧目。天南海北，素不相识的游客像家人一样，聚在一起烙煎饼、包饺子、吃团圆饭。青年路两侧，各类年宵食品、用品琳琅满目，庆丰包子、油炸馏馇、蒙古烤肉串等南北风味特色小吃，吊足人们的胃口。农耕博物馆内，有人穿旗袍、坐花轿、入洞房，穿越时空，梦回千年；有人推车子、滚铁环、抽陀螺，重温童年时光；有人学做蓝印花布、小郭泥人、缫丝、打铁、酿酒、做豆腐、吹糖人、捏面人等传统民俗工艺。中央广场，罗马亭下，梦幻灯光营造光影盛宴。星空视觉、百变服装与现代歌舞相融……

大型的游园会更是必不可少的。人们穿着节日的盛装在花海中流连，蝴蝶兰娇艳俏媚，红玫瑰芬芳醉人。棚架上的南瓜、葫芦，圆滚滚，长溜溜，摇摇晃晃，密密麻麻。南美的茄子挨着非洲的橄榄，东北的甜菜伴着西藏的莴笋。海南的芭蕉郁郁葱葱，台湾的椰林忙着挂果。辣椒树打起圆罗裙，茄子树吹开喇叭花。碧络须根垂下美人发丝，榕树成簇托起热带风光……

《红楼梦》里的大观园，刘姥姥进不得，进去便迷路，成为被取笑和寻开心的对象，而这里的“大观园”却是由和刘姥姥一样老实巴交的庄稼人自己创造的，只怕是连“享福人福深还祷福”的贾母进来，也只能叹为观止。

王传喜从开始在家过年，到后来“躲”年，再到后来与村民达成协议回家过年，再到现在在半个月左右的时间里，与数十万游客一同过年，整个代村升腾着从未有过的祥和、喜庆和安宁的气氛。

红红火火过大年，欢喜的代村年，就是纯正的中国年。李学全写出了这么一副对联：“去也年今也年代村过年味道全，早也干晚也干代村苦干换巨变。”

代村有才的人可不只李学全一个，或许村民杨艺秀的感慨更具诗意，她写的是：“最是夕阳照我家，俯瞰新村浴晚霞。天下菜园农民梦，把酒吟诗颂物华。菜博六届美名扬，榴开六月催奋发。华灯初上代村美，暮年童心开新花。”

梦想就在前方，奋斗仍在路上。

王传喜的梦想从这片土地上起飞，也会永远在这方土地上盘旋！

（《人民文学》2018 年第 11 期刊载）

文秀，你是青春最美的吟唱

寻访“时代楷模”黄文秀生命成长足迹

◎ 阮梅

这是一次必然要去的行程。

我的手指肿痛成疾，头痛频频，已有一年时间不能写作。当从媒体上得知你遇难的消息，并骤然接到中国作协的电话时，我知道，任何理由，都不再成其为不去的理由。必须去，不迟疑。只因为，你在那里！

半个多月的时间，我和我的先生来到离家千余里外的中国西南边陲、深度贫困地区百色市。我找到了你走过的贫瘠村庄，你跨过的浑浊河流，你跋涉过的荒芜群山，你被山洪冲走时溃决成渣的堤坡，我找寻到了你。你经过的所有地方，都有你用青春热血浇灌过的马樱丹，一路竞相开放。那红、粉、白、黄、橙，五色鲜明的马樱丹花，从你的家乡巴别出发，百色，那满，新化，百坭，一路前行，它不就是你灿烂青春一路绽放的模样嘛！五彩的马樱花，它看似如星星般微小的光泽，已把这一方水土照亮。

青春的打开方式

在百色市，我们的目光最先停驻的位置，是你在市委宣传部办公室墙外的一张照片上。

白皙的肤色、俏丽的双眼皮、略显婴儿肥的瓜子脸、着深蓝色制服、摆拍着工作照的你，笑得是那么甜。似乎有一种欢喜，从心底一直渗透到了你的每一个细胞，你必须这么笑。

不需相识，你那甜到了人心底的微笑先已触动了我。

同事说，你是一个爱笑、爱美的姑娘，也是一个特别爱秀的姑娘。在你的朋友圈里，你秀你如画一般清丽好看的笑脸；秀你与那满镇农民一起参与文娱活动的图片；秀你用百坭村方言读书，和百坭村娃娃一起互动玩游戏的画面；秀你百色老家的杧果、百坭村的砂糖橘子和油茶果；秀你背着满满一筐山果攀登在陡峭山道上的背影；秀你驻村满一周年后，发表在中国扶贫网上的扶贫心得:《从新手到熟路》……

其实，我知道，你秀的不是你自己，秀的是青春，秀的是生命，秀的是活力，秀的是离开京城高等院校的你，作为选调生回到家乡百色革命老区参与农村建设的自豪与欣喜。

无所不秀的你，认定了的事，当然会义无反顾，全力以赴。

2016 年 6 月，你研究生毕业。

你对你家族中唯一的公职人员——姑姑说，想考选调生。

姑姑着急地阻止你，说，选调生要回家乡来的，必须要到基层去工作，很辛苦的，你不适合。姑姑希望你能去高校当老师。在基层苦过累过的姑姑觉得，一个女孩子读了那么多书，好不容易走出农村，应该选择留在大城市里工作。

可你，一个月之后还是执意回到了百色——你的家乡，入职市委宣传部的综合办公室。是的，也挺不错：办文办会，上传下达与部室协调，很忙很累，但很充实。更何况，每天 8 个小时外的时间全属于你自己。一个正值芳龄的女孩，你和任何一个刚刚入职的小姑娘一样，喜欢吃烧烤，喜欢买护肤品，喜欢好看的手包与衣裙，喜欢去健身房跑步，喜欢和同龄的少男少女在恣肆奔放的笑语中释放青春的热度。当然，你还喜欢拍照，弹吉他，奏古筝，习书法，画国画。

难得的周末，你也追剧。《权力的游戏》是你爱追的剧种。这部美剧的魅力，在于它叙事的宏大、人物的众杂穿插，以及结局的未知。未知的结局吸引着你对剧中人物的命运，产生了众多的猜测与想象。你也读书，读不朽名著《西行漫记》。美国的埃德加·斯诺在这本书里，记录了他在我国西北革命根据地进行实地采访时的见闻，真实讲述了毛泽东和周恩来等许多中国工农红军领袖和红军将领的故事。这是一部能帮助人们读懂中国历史的书。这本书，引起了你对革命老区百色建设的深层次思考。

人生只有数十年，作为读过哲学历史专业的法学硕士，回到家乡革命老区的你，应该为家乡做些什么？一个女孩未来工作形态的可能性会有多少种？漫漫长夜，你开始了一个女孩对青春意义的遐想。仅仅是回到革命老区，坐在机关里，不是你想要的。你开始思变。你想突围眼前逼仄的视线，你想要到更为广阔的奔放的视野里去。

机会，就这样来了。

到市委宣传部办公室刚好满一年时间，组织上动员年轻干部到贫困乡镇挂职锻炼，你的生命航程终于可以再次开启俯冲模式——你去了乡镇。这个乡镇叫那满。

从市委宣传部机关出来，白白净净、纤瘦柔弱、留直发着长裙的你，一个带着月牙儿笑的大眼睛姑娘，来到了那满镇，居然是挂职副书记！不说其他乡干部，连从市委组织部接你回乡的书记黄超种，都心有怀疑，一个娇弱的小姑娘，你能安心农村，适应农村工作环境？第二天，刚好是2017年的9月12日，那满镇第八届村民委员会换届选举日。一大早，人们发现，昨天那个娇弱的直发女孩完全变了模样。出现在大家面前的你，扎了个马尾辫，换上了运动装。上午10点多，天已炎热得像一锅烧红的炭火。你随组织委员黄磊跑到几个会场看，等票箱点完，一大串流程完了以后，下午2点多回到政府。这时的你，白皙的脸早烤成了猪肝色。以后，一顶镶了布边的宽檐草帽，就成了你每天必备的行装。

百敢村，是你的办点村。

进入到村干部微信群，在群里，你自亮身份：我叫黄文秀，入乡随俗，大家叫我秀儿吧，希望你们把我当作兄弟姐妹。我们将原来的百敢部落更名为百敢加油群吧，改个群名，我们一起为百敢村加油！

几个姑姑婆婆的房前屋后，柴垛码到墙根，灶火噼里啪啦烧得旺，连着墙根儿不安全。你过去说，奶奶你没劲儿挪，秀儿帮你挪。几个村民在一起喝酒，尝试在群里面喊你，秀儿，秀儿，你会喝酒吗？会呀！你过来，和我们喝酒吗？我工作太忙，任务重，等村里脱贫了我和你们一起喝酒庆功！

是的，在那满镇，你确实忙。你的分工有意识形态、宣传、旅游，有联系计生、联系百敢村。可在那满镇，你更愿意到百敢村亲力亲为。群众的难事，件件在你心里。通往五个屯的道路坑坑洼洼，老人小孩子行走不便，你向镇里反映，争取县财政立项，投入四五十万元，直到硬化到最后的1.2千米。改厨改厕工程验收时，你怕有的家庭过不了关，120多户人家，你冒着大雨先一家家跑，自己亲手验收完，再等上级验收。就怕验收不合格后，村里有的群众会得不到这项补贴。育龄妇女做优生优育检查，天雨路远，你将车开到黄兰秋、黄丽香的门前一家家接送。在村部办公室，你看到办公桌上资料堆放无序，你从镇上买回文件盒，手把手教会村干部将文件分类归档。

秀儿，秀儿姑娘——有你在的地方，热情的村民们像喊自家的女娃娃。他们说，年轻的你，与别的干部就是不一样。在他们眼里，你是快乐的中心，是做事的能手。

寒假里大学生回村来，你召开返乡大学生座谈会，了解他们毕业后的就业打算，并以师姐的身份给他们提供咨询服务；村民垃圾自然外排积习难改，你组织以“乡风新、农村美”为主题的迎春文体活动，让青少年参加背诵村规民约比赛；邻村红星蜜柚产业发展很好，你自己写成新闻拍了美图发表在各类媒体上；村里管道堵了，你挽起袖子自己修；征地拆迁最难，有一家户主不愿意搬迁，你想办法找到女主人打工的地方，直到每一户欢欢喜喜领到搬迁补偿款。

从群众中来，到群众中去。你的行装，装得最多的，当然是组织的嘱托。

村子里的事，事无巨细，你不会忘记，可你偏偏忘了与姑姑的约定。

那满镇离田阳县城不远。姑姑好几个晚上做好了饭菜等你回家吃。一次次说好，一次次不见你回音。有一天，你终于答应了姑姑，可姑姑等到快 12 点时，再打电话，你说刚从村里回乡，已吃过泡面。姑姑说，再忙，至少要吃饭哪，哪怕带点儿干粮。是的。农忙时节，农村早晚才找得到人。多少个夜晚，你跑了东家跑西家，聊完事后才能往回赶。山高路远，费力费时，回到镇里常常是 10 点已过。在那满，你胖了 10 斤。回到百色，那些剪裁得体的裙衫，你件件都穿不了了。闺蜜开玩笑说，下乡当官了，心宽体胖了。只有姑姑明白你，是长期晚饭当作消夜吃，饭时不依时，年纪轻轻熬出了胃炎，消化不良闹腾出来的。

在那满镇，你依然是那么爱秀。胖了10斤的你，还是喜欢秀。

在朋友圈里，你秀你穿的粗布防风衣，秀你戴的布边旧草帽，秀你脏兮兮的厚底运动鞋，秀你与白岗村百乡屯阿婆一起站在夏日傍晚的热浪里挥锹铲除砂石垃圾的劳动场景，秀你站在山之巅一览群山小，试图张开飞翔的双臂，拥抱白云、拥抱河流、拥抱群山的天女般逍遥的造型。

你不仅仅自己爱秀，你还让别人跟着你一起秀。

俗话说，女人家穿衣，三十断红，四十断绿。莫莲藕，百敢村计生干部，一个平时话不高声、只是低头做事的半百女子，她完全没有想到，自己还可以因为文秀书记的一句话，穿上大红衣装上台秀自己的方言。这当然是你的谋划。在你的谋划下，一台由村干部出演的方言快板《家和万事兴》，这幕戒赌小品全部被你录在了手机里，百敢村的群里疯转开来，家家户户便看到了它。有了这样的方言快板看，百敢村由此牌场冷落，牌桌再也无人愿坐。房前门后的柴垛，大小路段的废品垃圾，谁还会好意思不响应你的清洁乡村宣传，将它们收拾得服服帖帖！你拿起了铁锹，谁还好意思去做那个反主为客、坐享其成的主人呢？

在村里，你走东家串西家，村民们面对一个笑口常开、手脚不闲的年轻女孩，面对你的问长问短、你的语重心长，再难以沟通的话题，谁还会愿意跟你置气？后来，那个由你创意的快板小品，那个讲述一个家庭发生的贤惠妻子劝说嗜赌丈夫远离牌桌、成为致富带头人的故事，在新农村文艺汇演比赛中，还获得了等次奖励。村里有史以来第一次得到了县里的文艺奖，村干部们个个欢天喜地，村民们也奔走相告。很快，村民自导自演方言快板这样一种新的宣传形式，由这一个《家和万事兴》节目开始，在田阳县传播开来。

年纪轻轻的你，原本农村工作经验十分贫乏，可来那满镇工作不到半年，你就让大家信服有加，赢得了大家的充分信任和由衷称赞。覃志锋老人说，让那满镇机关干部刮目相看的是这样的你：在食堂，你总是自然地坐在老干部的一桌。看似随意的聊天中，你对那满镇比较艰苦的大山里的五个村，了解得详详细细。只要是下村到组，你总是邀约老同志和你一个组。征地再难，几个工作队分头开展工作，已在老干部的传帮带中迅速成长起来的你，有群众作依靠，从来不会落后。到市委组织部派你去驻村，担任乐业县新化镇百坭村第一支书的通知来后，9 月才到那满，次年 3 月又离开的你，整个那满镇在机关上班的人，都跑出来为你送行。

61 岁的覃志锋老人，听说你要走，忙赶着到你住所旁，帮你搬东搬西。同事们送了一程又一程。

如同你姑姑曾经有过的疑问，我也曾有过不解。

作为一名市级下派到县里的年轻挂职干部，那满镇，应该是你心中的基层了。是什么原因促使你义无反顾，以一个女孩未嫁的 28 岁青春年华，走向百坭村艰苦的驻村扶贫之途？

不过是短短的几个月时间的农村工作历练，你有什么资质，你凭着什么资本，从哪里来的自信，敢于走向驻村第一书记这么要务庞杂的岗位？离开那满镇那座简陋的综合办公大楼的好多天，我一直不解。直到后来在你驻村的百坭村采访返回，来到你在新化镇居住的那个房间里，从众多遗物中发现了一篇不起眼的文字，我才找到答案。从你的文字里，我明白了，只是短短的半年挂职时间，相对于其他的年轻人，你已是羽翼丰满。

你说在那满镇，有三个经历，令你终生难忘。

有那么一个人，你为之动容。新生小学的潘老师，从教40多年，从担任民办教师到校长，全校师生加起来只有7个人。他一个人教授所有科目，还兼顾学生的后勤和服务。做到这些已经不容易了，可他，为了孩子们不缺音乐课，原本并不懂得音乐的他，自学乐谱，自学电子琴演奏，还教会孩子们演奏。正是从他演奏出的那些不寻常的音符里，你懂得了什么是信念，什么是坚守，什么是奉献。你懂得了奉献不仅仅是坚守岗位，还要为了他人生活得更美好而不断学习，永不厌倦地忘我地学习。

在那满，有很多次大活动，让你铭记终生，让行政工作经验原本匮乏的你迅即成熟起来。2018年的春节，时任自治区党委书记的彭清华来到那满镇开展慰问调研活动。从活动的策划、方案的起草、表演节目的组织与排练，都由你为主牵头督促与落实。这一次，不仅活动圆满，而且在露美村村部组织的农村青少年文艺活动，用作了新闻宣传的主要镜头之一，获得了众多媒体的青睐。通过这次高规格的农村走访慰问调研接待活动，你终于懂得了：工作不仅需要自己的满腔热情、自己的亲力亲为，还要学会在权责明晰之下团结协作。有了这一次的历练，当有更为广阔的农村工作舞台、更为挑战的农村岗位摆在你面前时，你当然可以欣然前往。

第三个经历，特别重要。是中国扶贫基金会副会长、广州市政协原主席陈开枝老前辈到那满调研。在此之前，陈开枝来到百色已破百次，他说，只要还能走，他就要坚持扶贫事业。百色市是深度贫困地区，脱贫攻坚是基层工作的重中之重，他已把扶贫当成毕生追求的事业。他说，对于大多数的扶贫干部而言，目前只是把扶贫当成了工作的一部分，这样不行。就是这么一位老人，这样一句话，让你看到了崇高和平凡的差别。你懂得，在那满，你虽然接触到了基层，但你在那满镇的工作毕竟是大面上的、宏观的、不具体的。或许，就是从听到老人的这一句话起，你便开始酝酿下一个更接地气的目标和理想了。

机会常常是给有准备的人。2018 年 7 月，百色市委号召优秀青年干部到农村去驻村任第一书记。听到这一消息，你第一个向组织报名，虽然你到那满的挂职还有半年期限，你仍然向组织提出了申请。

你下定决心放弃在那满镇未竟的挂职副书记这一虚职，执意要去最基层。

你去的地方，是百坭村。

“姑姑，我要去百坭当驻村支书了！”

就在你去村里赴任的前晚，你打电话给姑姑，想再讨教做好农村工作的良策。

一个女孩子，从学校出来不久，工作经验又不足，在那满锻炼挂职副书记还不好吗，一定要去村里吗？姑姑急了，连赶着问你。我想当时的姑姑，一定是被你做出的决定吓着了的。面对年已二十八九岁、仍然不谈婚论嫁的你，还一门心思往农村扑腾的你，心里一定是有些着急上火了的。服从组织安排，我已想好了！你只有一句话。是的，你想好了，你决定了的事情，你一定会去做的，你知道，姑姑最终还是会支持你。

更何况，梦在前方，路在脚下。没有人能够阻挡得住一个赤胆追梦的热血青年热烈奔放的脚步。

“文秀，百坭不比那满，到了村里，你要多站在群众的角度想问题。你若做不到，工作就会做不通。群众找你，你怎么跟群众打交道？一定要记得，群众不会无缘无故跟你起冲突，肯定是遇到难事了，才会找你！去了多向村两委干部请教，多向群众学习。你遇到困难不好跟别人讲，就和姑姑讲。再不好讲，就和部里的领导和同事讲讲。”

姑姑的话语重心长。回头来看，在你短暂却漫长的三年行政工作时间里，若是没有你行政工作经验丰富的姑姑引路，没有你的同事们大哥哥大姐姐一般的教导与呵护，就没有你这一路的稳健成长。在今年 8 月的那个异常炎热的傍晚，我曾和你的姑姑相约，坐在百色街头的一隅，一起探讨一个与你相关的话题：那满、百坭赋予了你的人生怎样不同的意义？你那人前显得十分干练，却又特别清瘦、憔悴的姑姑，只要说起你，就有说不完的话：一个从贫穷山窝里走出来、上高中时就拽着姑姑要写入党申请书的小姑娘，一个学成即返乡的选调生，是真的怀了报效家乡的梦想的。在你姑姑看来，你去挂职锻炼的那满镇，只是你农村工作历练的始发地；而去百坭村，才是你真正意义上引以为豪的再出发。是的，再出发。正是在百坭村的扶贫，你获得了你青春生命最好的成长，而工作在那里，让那里的人们在你的视野里生活得一步步好起来，就是你的青春梦想。

是的，多少年来，有多少出生于大山深处的女孩，只要有机会，更多的人选择了做一只从穷山窝窝里飞出去的金凤凰，在城市里筑窝安享繁华。而你，就像你的同事、百色市委宣传部副部长徐毅所说，你学成回乡的一步步，是你铁了心的一步步往下走，你的心理空间越来越大，所占的物理空间却越来越小。你就像一条深爱着潜水的鱼，一直往下沉，往下沉。

是的，从北师大，到百色；从百色，到那满；再从那满，到百坭村，你把你青春的视线，低到了催促万物丛生的尘土里。

一个女孩的万里长征

有缘才相逢，
相逢在一起。
像家中的姐妹一样，
像我们的织布线串串相连。
线与线相连。

像天上的云朵一朵朵，
风吹在哪里，
大家都连在一起的哟。

这是一名叫韦玉行的百坭女子唱的。

在一个酷暑的午后，我们历经4个多小时的车程，来到了你的百坭村。那个瘦瘦的、扎着马尾、穿着壮族蓝布衣的韦玉行，她和我走路来到老支书梁建念家，她讲起你初到百坭村的故事，讲着讲着，就唱起了这首歌谣。

她说，这是一首只唱给你听的歌谣。

韦玉行唱到泪湿眼睑，唱到声音哽咽。

这首自编的歌谣，是你来到百坭村两个月后，村里的姑姑婆婆们唱给你听的。

爱笑的女孩，爱秀的女孩，其实是一个胆怯的女孩。

初到百坭村，你并不那么受欢迎。一个从北师大毕业的高才生，一个秀秀气气的女孩子，一个在人前被喊作第一书记的扶贫队长，她们远离你，躲着你，议论你。面对你走近的身影，面对你像花儿一样绽开的笑脸与热情，她们眼神里有猜疑，有麻木，有冷漠，也有不忍拒绝你的善意。

但毕竟还是拒绝的。

有那么两户人家，当你的脚步迈进门槛边，他们目光里满含敌意，与你对峙，决不允许你踏进家门半步："我没评上低保，你能解决问题？跟你聊有什么用？你一个女娃娃，还是回你的城里享福去吧。"那样的目光，那样的话语……那样一扇在你面前紧闭的门，只是区区半尺，竟然是你伸出去的脚步迈不过的距离。这是你在那满镇百敢村从来没有遇到过的尴尬。

黄邦旋申请低保没能如愿，你想走进他的门，也没能如愿。

不眠的长夜，焦虑的泪水帮不到你。

焦虑的不仅仅是工作的困顿，还有属于一个女孩子独居乡野的那种害怕。初到百坭的那些夜晚，那个只有 10 平方米的简陋住房，那扇没有防盗网的后窗，偶有风吹草动，被子里的你，都会吓得心惊胆战。到百坭村不到 10 天，那个隔壁的老人过世了，办丧事就在家门口。夜半过后，村人凄婉的哭喊声还是会钻到你的耳朵里，你几乎是整夜睁眼到天亮。

不难想象，走不出当初困局的你，窗外那片杂草丛生的蛮荒之地，一定留下了你太多带泪的凝望。

一个有梦的女孩，是不会被眼泪和黑夜困住的。于是，在深夜不眠的灯光下，你开始读《第一书记工作手册》，读《百色历史通稿》，读《乐业历史》，读《习近平在正定》，再一次，你读《西行漫记》。《西行漫记》里所描写的长征惊险万分、惊心动魄，红军通过各种巧妙的战术四渡赤水河，飞夺泸定桥，抢渡金沙江，突破敌人的重重围堵，摆脱种种危险困境，显示了红军的有勇有谋。红军的二万五千里长征是历史上一次大规模的战略转移，是一个奇迹。它体现了共产党人强大的精神世界，非凡的心理素质。

你在文字里寻找农村工作的切入点，在思想的海洋里吸纳作为一个领头人应有的自信力、文化力。你在日记本上写下这行文字：要让扶过贫的人，像经历过长征一样自豪。写完，你抬头看看书桌上那把无语陪伴你的橘黄色吉他，笑了。

不能不说，你是聪慧的。你找到了老支书。老支书笑了："你是城市里来的年轻姑娘，长得白白净净，穿得亮亮闪闪，一口洋气不过的普通话，一开始谁能真心指望你跟他们亲，能带领大伙脱贫？那才不正常哩！"你家乡田阳的桂柳话最接近百坭话了哟——他告诉了你。老支书的支着儿当然有效。少小离家，早已忘了家乡话的你，开始重回田阳学说家乡话。不行不行，干脆跑回百坭，找到村里的姑姑婶婶学百坭话。到了贫困户家，你不再拿着本子问东问西，而是脱下外套帮他们打扫院子，挽起袖子干农活；到了田地里，你帮他们采摘砂糖橘，种油茶，种烟草。你边干农活，边用半生不熟的百坭话和他们唠家常。

会说好些百坭话了的第一书记，成了百坭村人喜欢的文秀姑娘、文秀书记。

深度贫困的百坭村，石山林立，全村 472 户中，就有 195 户贫困户。百坭村 11 个自然屯很分散，最远的屯，距离村部有 13 千米，好几个屯都在 10 千米以上。你花了足足 2 个月的时间，全部走访了一遍。有的贫困户你走了两遍、三遍，甚至更多。53 岁的韦乃情，你一定记得的，你往他家就跑了 12 次。你动员他发展茶油树种植，你帮他申请到了扶贫贴息贷款，20 亩油茶树大丰收，2018 年顺利脱贫。只要有人提起你，这位憨厚的汉子便会说：“文秀呀，她一心一意帮我，像我女儿一样的。”

心急吃不了热豆腐。一次又一次，黄邦旋家你去了好多遍。那扇厚厚的旧木门，终于被你笨拙的百坭话敲开：靠低保只能解决基本生活问题，要脱贫还得加油干呢。你拽着黄邦旋就叫哥：“我也姓黄，我叫你哥，哥这么聪明勤快，一定能奔小康。”你打起了亲情牌。白捡了个书记妹妹的黄邦旋，开始一鼓作气种起了水果。看到他的变化，十分欣喜的你立马帮他寻找帮扶政策，争取到产业奖补资金 7000 元。通过一年努力，黄邦旋家顺利脱贫。

到百坭一个月，你把自己的微信昵称改为了“百坭女子图鉴”，还拉上村两委班子成员建了一个扶贫工作群，取名为“百坭村乡村振兴地表超强战队”。依据走访路线，你还在驻村日记里手绘了全村地形图，上面标注了每个贫困户户主的名字。当很多人把扶贫任务仅仅当作每天 8 个小时的工作来做，你投入的是你全部的时间和情感，你把扶贫当作事业来做、当作日子来过。你吃不了辣，偏偏百坭的村民爱吃辣；你喝不了酒，偏偏这里的村民以酒为尊。什么时候撩螺（这里指吃很辣的爆炒田螺）？这句流行于新化乡村的问候语，被你说得字正腔圆。直到有一次，你到新化镇上去开会，已成好友的镇宣传委员韦娟再找你“撩螺”，你才道出真相，你肠胃不好，你其实是吃不了辣的。

黄仕京，住在离村部最远的长沙屯，家有 5 口人。父亲已经 84 岁，大儿子是广西民族大学大二学生，小儿子刚刚考取广西医科大学。家庭开支主要依靠销售家里种植八角和农闲时黄仕京外出务工维持，家中因学致贫。你了解到情况后，及时为他家申请了5000元的雨露计划补助。和他渐渐熟悉之后，他开始好奇你为什么要跑到农村来工作。有一次，老人双手为你递上一杯酒，满怀敬意地问，你是大学生，还是研究生，在城市里可以过好日子，怎么会想要到这么边远的农村工作呢？百色是一个集革命老区、少数民族地区、边境地区、大石山区、贫困地区、水库移民区六位一体的特殊地区，是全国脱贫攻坚的主战场之一。作为自己的家乡，面对如此情况，怎么还有理由不回来呢？你动情地说完，端起酒杯，与他对饮。

我也要让家里的孩子在学校申请入党，以后让孩子回家乡。听了你的话，也面临着要给孩子找工作问题的他，马上表态。

山里的稻谷只能种一季，加种一季烟叶正合适。百坭村民太穷，你一家家帮村民规划。春节前后栽种，刚好收了种水稻。你一家家走，发动村民们种烟叶，村民们不愿种。原因是烟叶的短期效益高，可烧烤起来很麻烦，费时费工还要熬夜。哪家不种，你跑哪家就跑得更勤。烟农说，真是一个难缠的女娃娃。再不种她还得跑，种就种吧！当你在夜间走访时发现，传统烤烟技术全用柴烧，一炉火要烧6天6晚，全家劳力须连续轮流烤，着实难熬。你心疼那些熬夜的烟农，你买了烤肉一炉火一炉火地送，为烟农加油鼓劲。发展到现在，烟地面积有了100多亩。

一个“难缠”的女娃娃，让这个百坭村的人都忙活了起来。

我们走遍你的百坭村时，正是8月的酷暑时节，从午后走到傍晚7点多，勤劳的百坭村里却无闲人。老支书担心的5个屯的道路已经硬化与亮化，4个大水柜——对，如你的家乡巴别乡，这里的人们习惯将蓄水池称呼为水柜，它们已全部建设好。山上由以前单一的传统水稻，发展为了良种枇杷、山木、砂糖橘、茶叶、油茶等多种经济作物。山木发展到了18000多亩，砂糖橘2000多亩，茶叶650亩。老支书留下了遗憾的产业路，已通过申报，正在立项之中。

在每个家庭，青壮年人一般是家里的主事、权威、话语权掌控者。

更多的驻村干部，首先会选择与青壮年交朋友。而你不是，你的首选，是去看望老人和孩子。你到村的第一个走访对象，是老支书，你先听老支书讲古。

那些年，老支书带着村民愚公移山般，采取谁开谁得山地的办法，把漫坡的荒山慢慢拓展成了林地，还拓出了砂糖橘这么一个适合百坭发展的经济产业。可他，现在老了，老了的他有太多的遗憾。眼前的遗憾，是村里交通状况太差，产品技术跟不上，2000多亩砂糖橘产量上不去，市场好不起来，村民们没钱赚，一些户主不想种砂糖橘了，甚至已有好几家开始砍树。

在梁建念老支书的讲述里，那个叫文秀的你，着实不简单。那是他第一次带你上山，那个拿着相机不停地拍着漫坡青枝绿叶的文秀姑娘，跟在老支书后面走遍了村里的砂糖橘坡地，一点儿也不觉得累。你与支书一个环节一个环节分析，建立在老支书工作之上的发展思路，肯定是行得通的。你请来了省、市的专家，找到了问题的症结。接下来的日子，村民的山地里，一拨又一拨城里的农技干部来了，他们实地查虫害，手把手教技术。一年不到，6次培训都到了田间地头。

技术上来了，果子丰收了。一年时间，5个屯的道路硬化和亮化工程也完工了。很快，你利用选调生圈子里广博的人脉，寻找到了扩大销售的契机，你跑贵州、跑云南，找来大客商开着大卡车来拉。村里的山茶油树，多少年来，一直是外地老板来村贱价收购，村民也习以为常。成本低，管理少，自然条件适合生长，绿色无公害产品，多好！通过你一户户地游说，山茶油树后来扩建到2000多亩，同样成了卖给外地客商的抢手货。为加大农产品销售量，你还学着做起了微商，带动村里3个年轻人一起做，建立起百垠村电商服务站。2018年，百垠村电商销售砂糖橘达4万多斤，销售额22万元，种植砂糖橘的贫困户每户增收2000多元钱。全村砂糖橘的产量，从2017年的6万斤，到2018年的50多万斤，翻了好多倍。

多少年来，百垠像一块沉睡在深山里的丑石，无人识得。你到了百垠，百垠农产品就成了你对外交往的第一张名片。百垠的砂糖橘无数次出现在你的朋友圈。9月29日，你在百色市委宣传部的同事们来到了乐业县的扶贫点龙门村，看到副部长覃蔚峰用无人机拍摄下龙门村全景，你想到了百垠村。待到完成扶贫户走访回到县城后，你立刻邀他来到百垠。你开车，他拍摄，你们花了半天时间，忙到满头大汗，精疲力竭，耗光了3块备用电池，终于把百垠村的全部地貌采到了镜头里。

当晚，300多张照片，15分钟的视频，产业分布图，各村屯的分布图，镜头里连片的砂糖橘，连片的茶油、茶叶、杉木等，你全部做成资料分类存盘。

村部门前，有一个榨油坊。

守着油坊的婶婶，说不清对你有多喜欢：这个小姑娘，真的好，我们把她当女儿看咧。

二三十年的眩晕症、多年的脑梗、老伴的肝癌晚期，曾让老人苦不堪言。你来百垠前，老人的儿子媳妇在省城打工谋生。每次老人发病，难得有儿子媳妇及时赶到送医院。有时候，母亲在医院，儿子却因工厂赶工不能赶回。有一次，在家陪伴重病父亲的儿子罗向诚，听说来了个女书记，便来到村部门前看稀奇。这样的机会你怎会错过，你劝说他们夫妻留在家乡，接下父亲的家业，重操榨油坊、打米坊，留在家里边创业边照顾有病的父母亲人。

有了你申请的小额贷款 5 万元作底，罗向诚买来新设备，学着改良技术，建起了 150 平方米的村办企业。自那以后，他过上了天天妻儿暖炕头的好日子，不仅收入比打工差不了，陪老人出外游玩，看机场，坐飞机，坐高铁，也有了时间。父母在，不远游。两边父母终于得以尽享儿孙绕膝的天伦之乐。

那个住在村部旁的老人，你一定还记得。

眼盲，一个连名字都没有的老人。她孩子名字里有一个“南”字，村民为了图方便，就喊她黄南妈。77 岁的老人，35 岁时带着 4 子 1 女守寡过日子，大的 11 岁，小的 2 岁，拉扯大不容易。生活的重压，慢慢夺走了老人看向无尽大山的那两道微光。盲眼 10 多年，她和小儿子住。儿子偶尔出门打工不在家，她按照儿子教的方法用电饭煲做饭，用洗衣机洗衣。

可老人每到傍晚会有些落寞。落寞的老人就捧一台微型收音机坐在房里呆呆地听山歌。听着听着，老人听到了你的声音：奶奶，奶奶，我也来听。山歌的词听不懂，你巴巴地问老人。听到好歌、喜欢的歌，你会和老人一起扳扳手，鼓鼓掌。有一次，老人唤你来，说怎么也不习惯用电动机搓玉米。好几个下午，你和老人坐在一起用手搓玉米。像她膝下孙儿，只要你在，喊来就来。有一次，乡里卫生部门来村健康检查，你不放心老人，牵着老人的手走了 2 里多路，直到检查做完，再送返老人的家里。

到了后来，已习惯在傍晚时分与你一起听山歌的奶奶，不再用心摆弄收音机，每到傍晚，她便倚着门，用耳朵分辨，那门前路上走来走去的声音有没有你。只要听到你那声喊，奶奶，奶奶，她便特别开心。

可是，就在古历五月十五那一天，老人突然意识到，已是连续三天三晚没有听到你的声音了。周一你一定会回村的，老人认死理。到了周二，还是没有你的声音。“文秀姑娘呢？”她找到韦玉行问。没问到。“文秀姑娘呢？”老人逢人就问。到了周三，老人得知了噩耗，老人对着村部的方向一连声地喊：“文秀姑娘，你那晚不回来就好了呀！”生命不会重来，时间没有如果，你远远地走了。别人记住的你遇难的日子，是 6 月 16 日，老人记住的是古历五月十四。

永远记住你文秀姑娘的，不仅仅是这位村旁的盲眼老人。

在村里，你是那么迫切地想把最需要的帮助给老人，把所学的知识传授给孩子。你想办敬老院，想办幼儿园。想把城市里的文明早早传播到这个偏远的村子里面。旧年暑假，你接回北师大的教师和学弟学妹，在百坭村做了很多让孩子们一辈子不会忘记的事情。在有京城老师和阿姨在的日子，孩子们天天唱歌、玩游戏、背诵古诗词。人居环境整治开始以后，面对同样习惯了垃圾自然外排的百坭村民们，亏你想得出来，你居然熬了几个晚上写出了新版“三字经”，村里的孩子围着村子玩耍，一个个朗诵得格外起劲。

三岁看小，七岁看老。孩子的成长不能等。你想在村里建一所幼儿园。可百废待兴，只能一步步走。每逢吃过晚饭，有孩子来到村部门前玩耍的时候，你便会送玩具给他们，教他们唱歌、跳舞，为他们讲故事。看着他们一次比一次期盼的眼神，你的心里更多了一份责任，对孩子的责任。你想让村里的每一个孩子都能过上有玩具的童年，都能学会一两项强身健体的体育技能。这不是驻村扶贫的硬性要求，可只要是对孩子的成长有帮助的，就是你用心去做的。

那个下午，我来到了你不到10平方米的住所，我看到了一些玩具，它们静卧在两个大大的纸箱里，还没来得及拆封。继任的驻村第一支书杨杰兴说，那是你从百色买回来的羽毛球拍，准备分发给村里孩子的。幼儿园、老人娱乐室、通往橘林的产业路，都是你的遗愿。他目前接力的工作，包括完成你所有的遗愿。

在村部，我们见到了村主任班智华。

提起你，他的脑海里首先出现的，是你手把手教他分类做资料，使用电脑多个软件制作总结材料与表格的场景。

已经有很多年，农村的凋敝，不忍目睹。城市化的快速推进，农村基层组织建设一度被忽略，大量的村干部与农村有识之士外出谋发展，许多村部成了猪舍鸡场。乡村振兴的一夜春风，村村有了标准化的村部，村里面貌大变样，村里有了医疗室、图书室、百姓娱乐大舞台。可村级建档立卡，适应现代化办公，却成了现在的村干部普遍感到头痛、为难的事。

班智华说，从周一至周五，驻村队员和村组干部都要到群众家里去，到农民的田间地头去；每个周五的晚上，约定俗成地成了驻村队员和村干部在一起集中处理公务的时间。每到周五，一周存积下来的案头账表工作都很多，常常要忙到很晚。在这样的忙碌里，是你将窗外那片荒坡地垦了，种上了蔬菜瓜果。每每加班到深夜，队员们饿了，你便将采摘的青菜，家里带的杧果、猕猴桃，熬成八宝粥做成独特的夜宵给他们吃。家里杧果丰收了，你返家回村，后车厢里必定会有给大家的土杧果，村组干部有份，村里的老人有份。

这样的细节，初听起来，令人难以置信，可后来，我信了。

后来，我在你田阳的新家看到了你从小摸到大、摸到油黑发亮的木锄头柄、长杆铁锨，还有很多我不认识的农具。在看到它们的那一刻，我突然明白了，你发在朋友圈里的那些图片，那个背着满满一大筐砂糖橘攀爬在山坡还能气定神闲的你，那个在农民的屋场、田间地头边挥汗如雨边笑意盎然的你，是你从小到大养成的健康生活姿势。正是有这样的习惯姿势，你才能在扶贫村恶劣的自然环境里一直保有健壮的体魄，保有永远以微笑面对一切困苦的阳光心境。

这样劳动着的姿势，这样的微笑，正是我们这个时代的很多青少年在缺失的钙。那天，我背靠着你家那一方红砖裸露的墙，站在那一堆老旧的农具前面，翻看着你在朋友圈里的那一张张永不疲倦的满含着阳光微笑的劳作图片，不得不对你心生敬意。

生命铸就的丰碑

杨杰兴说，山石林立的百坭村，暴雨塌方是常事。

在一个已久不见雨的酷暑天，我们的车行驶在百坭村的山路上。我们沿着山路盘旋，冷不丁就看到前方有过山体塌方的痕迹。就在山的对面，公路的另一边，我们时不时会发现体量大小不一的土堆石块。想象得到，有的是一块巨石从山顶冲撞而下，奔突到了公路的另一边；有的是一堆乱石土块倾倒下来，掩埋住公路路面朝天散开，泥石的厚度，足可以栽种一畦农作物。在百坭，只要有暴雨，就有塌方的可能。杨队长说，在百坭村，有时候清理一段塌方的公路，需要一个多小时，甚至半天。有时候，还并不止一个地段塌方。

杨队长记得，有一天晚上，队员们7点从百色出发到百坭，路途中下起了暴雨，无奈，车只能停在路边。一个钟头过去后，雨还没有停的迹象，只得继续往前走，打着双闪走。前不着村后不着店的，又看不清路，几个人一起看着路，怕打滑，怕掉进水渠里。11点30分，总算到了凌云县，再也不敢走了，住了一晚上。第二天暴雨停了，才敢动身。在石山丛里，只要下雨，就怕塌方。在经历了这次夜行以后，他就想，太晚的时候，能不去就不去。他一般在周日的晚饭后6点多出发，走不了就第二天走。

他说，在百坭，驻村干部的走访十分艰难。因村民居住点分散，只要下雨，汽车就难以通行。每遇大雨，你那辆以贷款买来的私家车，都会被砂石土块碰撞得面目全非。有好几次，你险些将车开到沟里，是同事们帮你开回来。下雨时汽车会动不了，你找韦玉行骑来家里的摩托教你。我看到了那辆摩托车，它歇在村部外面的小路边，那是一辆体量庞大的摩托。想象你骑着它，和你可日行百里的运动鞋、常连着帽檐的短风衣，倒是很匹配的。在决定降伏这辆摩托车的时候，你一定是下定了决心，无论前路有多大的暴风雨，你都是要向前冲的。

暴雨塌方，防不胜防。就在你遇难的前两天，6月14日，暴雨再次降临百坭。风狂浪涌，大雨如注，很快有五处路段被暴雨冲毁。当晚，你组织村干部制定好抢修方案，计划在周一回村后立即实施，不影响群众的生产。那一天，你和队员们一处一处查看险情。你戴着连衣帽，穿着印有第一书记黄文秀的红色马褂，双手撑在一处处河沟边查看水利设施的图片，后来被人们传到了网上，迅速转发。那成了你留给百坭村民、留给我们的最后一个背影。

6月16日，是周六。虽是双休日，但平时不一定能回家休息的你，由于这个周日是父亲节，你想好好陪父亲过一个父亲节，所以你特意在周六就回到了父母亲身边。你将给父亲买的药，亲手喂给父亲吃，陪父亲吃饭，和父亲、姐姐们一起话家常。真是天有不测风云，傍晚时分，天下起了大雨。而这场雨，立即将你的心拽到了百坭！

父亲说雨大了，让你明天赶去。你却说，正因为有大雨，更得赶回去，怕村里受灾。你不知道的是，那是你和家人最后的一次话别。再见面已是天人永隔。父亲的阻拦，没能留下你；你对村里灾情的关注，使你永远地离开了父母。

就在周六的夜晚，你从父亲的病房冒雨赶回村里的路上，百年不遇的山洪倾泻而下，直取凌云路段，你与前后 10 多部车辆一道，未能幸免。

不忍去想，山洪袭来，年仅 30 岁的你，再也无法回到百坭村的你，所有未竟的梦想只能成为遗愿：你重病的父亲，你那患先天性心脏病的母亲，你父母家还没有装修的新房子……你应尽的孝道和责任，都没有完成。还有百坭村村民班氏会家那个先天性脑萎缩的大儿子，你曾多次去看望过的孩子，还没有申请到低保……

班氏会做完农活回来听到了你遇难的噩耗，她怎么也不敢相信会是真的，晚上睡梦里出现的，还是你那张笑得甜甜的脸。噩耗传到百坭村，17 日的那个下午，寻找文秀姑娘——成了这个村子的集体行动，没有人愿意相信你已经永远地离去了。支书周昌战和村主任班智华与另一名村干部立刻驾车前往百公里以外的凌云县伶站瑶族乡九民村灾害点了解情况，村民疯了似的往出事地点方向跑。因是暴雨过后，路不好走，平时 2 个小时的路程，大家的车却走了 3 个多小时。

他们多么希望你只是因为临时救灾耽误了回村时间，他们的手机里还有你对村里五处险情的一声声问询。谁知，最后等来的却是你不幸遇难的事实。那时的山洪，早将道路断成了两截，路面柏油层被冲刷得支离破碎。

道路一旁的河道散落着大量山石，受损车辆全部侧翻在石块上，有的已面目全非。

离开百坭村，我们来到了你遇难的地方。

这里是大山峡谷中唯一的一条通道。灾难已经过去一月余，我们仍然可以看见当时暴雨山洪一路疯狂冲撞到峡谷底时的痕迹。巨大的山体像被一双魔掌抓破了肠肚，大量的碎石泥土从绿色的野灌木丛中直泻而下，谷底丛生的灌木全不见了。已是一个月过去，这里寸草未生，只有峥嵘的乱石泛着惨白的光，卧在谷底。

你的人生很绚丽，绚丽到不可复制，可太短暂。

文秀，你年仅 30 岁的青春生命，永远地定格在了驻村扶贫的路上。那张朝着百坭村方向依旧甜甜微笑着的脸，像一座雕塑，永远地留在了人们心里。这是灾难为你构筑的雕塑，可恶的灾难，没有人不为你年轻的生命过早地消逝而痛惜。

于你而言，你人生最重要的两个约定，再也无法达成。

去年的国庆节，是一个特别的国庆节。

就在村支部书记家里，你组织了一个简约的仪式。村里酒坊开业，你花钱预订了 200 斤新酿的酒，邀上驻村组村干部和小组长们，还有村部周边的村民，举行了一个简简单单却又热热闹闹的酿酒仪式。在这个仪式上，你以茶代酒，立下一诺：埋下这些酒，待到 2020 年，待到全村脱贫的那一天，你和全村乡亲们一起再喝庆功酒！

不只是庆功酒，也是女儿红。等到脱贫那一天，百坭村必然是双喜临门。那一天，文秀书记得把自己嫁出去！百坭村人众口一词地对你举杯预祝。“好，嫁出去。到时候，我请你们全村人为我证婚！”你说。

“书记，你年纪轻，以后就不要穿这样的衣裳了。你穿条裙子给我们看看，穿双高跟鞋我们看看。”他们说。是的，驻村办点干部担心，村干部担心，村民们也担心，担心你只记着扶贫，将自己的年龄忘了，不懂得打扮自己了，没有时间和精力去找寻自己爱的那个人。

你不是没有漂亮的衣裙。文秀，在你新化镇和百坭村的两处住地，我看到了很多只属于女孩的护肤用品，还有没有穿过的衣裙。只是，它们就像那条你压在箱底还没摘下吊牌的鱼尾裙，都还没有来得及拆封。

那些靓丽的衣装，再也等不回自己的主人。那一坛坛经过你的手满怀深情埋下的一坛坛女儿红，等到2020年到来的时候，当村民们打开它，那些承载着百坭村村民们最美好愿望的女儿红，却失去了它存在的很重要的一半意义——再也等不来它待嫁的新娘。

你的离世，山河同悲。

7月1日，中宣部向全社会宣传发布黄文秀的先进事迹，追授你“时代楷模”称号。

7月22日，由广西壮族自治区党委宣传部主办，自治区文联、广西广播电视台承办的怀念你的诗画歌咏会在南京举行。全场晚会通过童声诵读、歌曲演唱、诗歌朗诵、情景表演、雕塑及书画作品展示、讲述等形式，深情再现了你在脱贫攻坚第一线的诸多感人故事。海政歌舞团的宁可听到活动消息，自费赶回来，一曲《鱼尾裙》，唱到哽咽，现场听众无不动容；仅与你一面之交的广西原生态歌手韦晴晴，同样因为感动，帮你完成了一个你团在心底一年的心愿：为百坭村写一首歌。这首歌，她带到了现场。她以你的日记为词，写了一首歌，就叫《文秀日记》：

今天印象深刻的是黄仕京户
他们见我们非常辛苦
就热情地留我们吃晚饭

他们家共有五口人，收入不多
上有八十四岁的老父亲
下有两个孩子正在读大学
我们赶紧收集他们的材料来办理“雨露计划”

家里的老人一直说
感谢党的好政策
对我们的到来非常激动
我告诉他
现在的日子虽然苦一点
以后依靠不断地努力，幸福总会到来

他居然激动地哭了，激动地哭了
让我无比动容

在你姐姐转发给我的视频里，我听到了这首歌，听到我哽咽。

在节目的最后，我还听到了你的继任者这样一段饱含深情的话语：“我作为一名年轻干部，作为文秀的同事，将在脱贫攻坚一线辛勤付出，奉献自我，沿着文秀用生命和热血铺就的道路，勇往直前，坚决打赢脱贫攻坚战，不获全胜，绝不收兵！”这次歌咏会录制后，在广西卫视首播，通过中央电视台等多平台播出。

楷模是时代的旗帜，是青春迸发的号角。

你的事迹一经中宣部传播，无数驻村干部以你为范，重树扶贫信心。无数青年学子在你的事迹感召下，走向了驻村扶贫主战场。

“新时代孕育新精神，新精神引领新风尚。新时代更需要青春奉献。青年一代有理想、有志气、有担当，国家就有前途，民族就有希望。脚踩大地，胸怀祖国，把自己深深扎进泥土，才能把理想高高举起。她给我们这一代青年人做出表率，到祖国和人民最需要的地方发光发热才是青春最热血的打开方式。”广西民族大学传媒学院学生蒙璐瑶如是说。

——逐渐熟悉基层的日常管理和运作。

——学习从群众中来、到群众中去的工作路线和方法。

——我们共产党员就应该聚是一团火，散是满天星。工作讲究的是分工协作，真正的优秀不仅仅是和其他人一样把分内的工作完成好，还要懂得如何调动他人的积极性，让他人与自己一起努力把工作做好。而当我们独处的时候，要学会慎独律己，不忘初心，奋勇前行。

是的，聚是一团火，散是满天星。打开你的电脑，你的这一扶贫心得，将成为你留给有志于扶贫一线的青年后继者可以践行的路标。你在有限的三年农村工作经历里，以文字的形式，留给了那些奔赴农村扶贫的青年学子三个法宝。

…………

凤鸣歌坛七十年

记“最美奋斗者”贠恩凤

◎ 王新民

《山海经·图赞》说凤凰有五种像字纹:“首文曰德，背文曰义，腹文曰信，膺文曰仁，翼文曰顺。”被陕甘革命根据地的创建人之一、国务院原副总理兼秘书长、后任全国人大常委会副委员长的习仲勋称誉为“人民艺术家”的贠恩凤不就是这样的鸣叫人间的凤凰吗?!

凤首——坚定方向，德艺双馨

“首文曰德。”意思即凤凰头部的花纹像“德”字。凤首意味着艺术以德为先，象征着艺术家的艺德和导向。

不同的时代、不同的国度、不同的出身和经历，影响甚或决定了一个人的人生走向甚或命运，但作为成功人士有一点儿相同的就是他们高尚的品格，美好的心灵，对祖国的忠诚，对事业的追求，对人民的热爱。而这些优良的品质固然也不无先天遗传的因素，但主要是后天家庭的教育、学校的培育、团体的熏陶、伟人的指点。著名歌唱家、时代楷模、最美奋斗者贠恩凤幸运的是在这几个方面都因缘际合，得以受益终生。

1951 年 6 月，西安市西一路易俗社剧场，西安市中小学歌咏比赛正在如火如荼地进行，贠恩凤所在的东羊市小学演唱了航海写的大联唱《团结起来把账算》，这个联唱中有一段较长的独唱是贠恩凤唱的，打动了坐在台下做评委的西北人民广播电台（前身即延安新华广播电台）文工团团长余景儒。听完贠恩凤的歌声，余团长如获至宝，当即拍板让小恩凤到台里工作。当时在教育部门工作的父亲和作为家庭妇女的母亲闻讯后二话不说，支持年少的女儿从事革命文艺工作。从此，年仅 11 岁戴着红领巾的贠恩凤走向革命文艺的道路。文工团团长余景儒教导她“革命文艺工作就是为人民服务”。这句话使她受用了一辈子，这句话也确实成为她一生的真实写照。

在文工团，每天早晨 6 点半至 7 点半，除政治学习、文艺理论学习外，贠恩凤还参加省上初中、高中文化补习学校学习，这都不能影响工作，每周 4 个早上 5 点 40 分开始上课，努力学习乐理、识谱，学文化、学歌唱，很快就适应了和大同志们一起广播教歌、演出，并逐步脱颖而出，成为歌唱新秀。

在赴京会演或出国演出经过首都时，贠恩凤有幸 4 次见到周恩来同志。有一次，周恩来对她说：你的名字里有个恩字，我的名字里也有个恩字，你为人民唱歌，我为人民服务。你的民歌唱得很好听啊！教导她要为人民歌唱，要多唱民歌，人民是喜欢民歌的。周恩来对贠恩凤的教诲与勉励使她终生难忘。

陕甘革命根据地的创建人之一、被毛泽东誉为“从群众中走出来的群众领袖”、曾担任周总理助手的国务院原副总理兼秘书长、后任全国人大常委会副委员长的习仲勋也非常喜欢贠恩凤演唱的陕北民歌，他曾三次给贠恩凤题词勉励——1985 年，习仲勋听了贠恩凤在京举办的独唱音乐会及 1986 年 1 月 9 日在怀仁堂演出的独唱音乐会后，于 1986 年 1 月 20 日为贠恩凤题词：“唱群众喜爱的歌曲，做群众喜爱的歌手”；1990 年 4 月，中央电视台要为贠恩凤拍摄专题片，贠恩凤请习仲勋题写片名，习仲勋很痛快地答应了，题写了“黄土高原上的银铃”几个大字；2001 年是贠恩凤从事歌唱艺术 50 周年，习仲勋再次为贠恩凤题词“人民艺术家”，并勉励贠恩凤：“要忠诚于人民，忠诚于艺术。”习仲勋的三次题词给了贠恩凤极大的鼓舞和激励，坚定了她毕生为人民歌唱、永远歌唱人民的信念和追求。

同时，贠恩凤虚心向郭兰英、王昆等老艺术家学习演唱艺术，向民间艺人学习民歌，从地方戏曲中汲取营养，不断提高演唱水平，成为深受群众喜爱的德艺双馨的人民艺术家。

凤体——坚持义演，崇尚仁信

“背文曰义，腹文曰信，膺文曰仁。”凤体内容丰富，意味深长，背象征着义，腹象征着信，膺象征着仁，总而言之，是象征着艺术及艺术家的品格及操守。

从艺 60 多年来，贠恩凤把为人民歌唱作为自己的精神信念，自觉担负起对民族文化、对社会道德的正面传播责任。作为一名党的文艺工作者，贠恩凤始终坚持歌唱主旋律，以朴素的、健康向上的、人民大众喜闻乐见的民歌，优秀的创作歌曲去鼓舞人，给广大人民群众带来精神力量。只要人民群众需要，哪里都可以当作义务演出的舞台。她常年在社区义务演出，在西安火车站演唱，在西安公交六公司演唱，在即将开出的 306、307 公交车场演出，心甘情愿义务下到煤矿掌子面为挖煤工人演唱，顶着烈日为护城河清淤战士加油鼓劲，冒着危险到正在开掘的隧道里演唱，为节日期间身在归途的旅客演唱，为丰收时节的农民演唱，为监狱服刑的囚犯、工读学校失足少年演出，她用歌声感动走向迷途的羔羊，使他们浪子回头，悬崖勒马；她用歌声打动孤儿寡母，使离散的家庭破镜重圆；她用歌声慰问一线工作人员，使他们倍感温暖。而且年复一年，乐此不疲。常常演出结束后，不但分文未得，反而两手空空“赔”了本回来。因为，有多少次她是自告奋勇自己“打的”而去，又为贫困艰苦地区人民或特殊群体捐了款才回来。

贠恩凤没有辜负周恩来对她的谆谆教诲，她也没有辜负习仲勋对她的殷殷期望，她更没有辜负有口皆碑的人民群众尤其是失足青年的普遍赞誉：是她的歌声给了我们好好改造、重新做人的信心和力量……

从 1983 年起，贠恩凤就 10 多次到终南山下的工读学校去为孩子们教唱歌曲、演唱、辅导节目，也教他们做人的道理，和那些孩子建立了深厚的感情。1983 年 5 月 27 日至 28 日两天，贠恩凤到省青少年劳教所、西安市少年工读学校，给孩子们教唱歌曲《没有太阳就没有鲜花》，并演唱了《南泥湾》等革命歌曲，这些曾失足的孩子们听得十分激动。

孩子们发自内心的请求，打动着她。虽然贠恩凤有一张排得密密麻麻的日程表，还有一个生病住院也在拼命作曲的丈夫，需要她照顾和劝慰。可是 11 月 16 日，贠恩凤还是又一次来到西安市少年工读学校，她久病初愈的爱人孙韶为她伴奏。她以激越向上的感情、悠扬动人的嗓音唱了一支又一支，又给孩子们教唱《祖国的笑容那么美》《我们热爱伟大的党》！

贠恩凤要走了，这些孩子们要求她再来，来参加他们的歌咏比赛，来观看他们的军体表演。

她答应了孩子们的要求，而且没有失约，她几乎每年都去工读学校，有时一年去几次，工读学校的领导换了一茬又一茬。但如今她还是那里的校外辅导老师。失足的孩子们看着这位长辈们尊敬的歌唱家，如此认真地给他们教歌，如此真诚地与他们谈心，都感动得流泪了，学生们即兴写了许多诗歌奉献给他们心中最值得敬爱的歌唱家，有一位叫王小平的工读女学生在一首题为《献给歌唱家的歌》的诗中写道：

不管在广播里，
还是在电视上，
每当听到您的歌声，
总是那么亲切、感人。
有时候，我们在议论着，
如果有一天，您能和我们在一起歌唱，
那我们是多么高兴，多么舒畅！
可这仅仅是个幻想；
然而谁能想到，就在今天，
您来到了我们学校，
为我们把歌唱。

听着您的歌声，
就仿佛看到您美好的心灵，
您的心灵就像您的歌声，
字字句句都在激励着我们前进，

使我们重新感到了幸福和光明。
您的歌声，
好像山间流来的清泉，
林海送来的晨风，
打动着我们每个失足者的心灵，
当我们看到您满怀信心为我们歌唱时，
就好像有一股悔恨的泪水向上涌。

本来，我们也应该为您把歌赠，
但我却没有您那样动听的歌声，
收下吧，尊敬的老师，
只有这不成熟的诗。
放心吧，您今天的到来，
虽然只有几支歌，
和一些朴实的话语，
却温暖了我——
一个失足者的心。

诗中有对歌唱家的敬慕之情，有对自己的痛悔和对希望的萌生，并请求她常来……

倾听着孩子们发自肺腑的心声，我们的歌唱家哭了。后来贠恩凤听说这个女孩子很快就回归社会，走上了光明之路。在为这个女孩高兴的同时，她更加坚定了继续从事这个平凡而伟大的工作的决心。

1985 年 5 月 20 日，贠恩凤和丈夫——省广播电视民族乐团团长孙韶，带领女高音歌唱家于桂荣，中国音协会员、本团演员队队长、男中音歌唱家钱志鸿等 11 人，到西安市工读学校为工读学生演出，受到全校师生的热烈欢迎。

贠恩凤一行巡视了学生的教室、宿舍，同全体学生进行了语重心长的谈话。她谆谆教导这些孩子说："最近，全国政协主席邓颖超同志给全国少先队员写了一封信，题目是《人民的利益高于一切》，这就要求你们热爱人民，尊敬人民，珍惜人民的劳动果实，学习人民的优良品德。"最后，她向工读学生提出了殷切的希望："我希望大家努力学习，改错学好，为将来做一个对社会有用的人，做一个有理想、有道德、有文化、有纪律、热爱祖国的一代新人而努力！"

接着，乐团为师生们演出了男声四重唱《游击队之歌》、男女声二重唱《血染的风采》、女高音独唱《我们的日子比蜜甜》、男中音独唱《请到临潼来旅游》等节目，贠恩凤演唱了《山丹丹开花红艳艳》《南泥湾》和电影《上甘岭》插曲《我的祖国》等。贠恩凤和乐团同仁们的精彩表演，激励了学生们改错学好的决心和信心，为学校增添了欢乐的气氛，受到了师生们热烈的鼓掌欢迎。

演出会虽然在齐唱《没有共产党就没有新中国》的歌声和雷鸣般的掌声中结束了，但党和社会各界人士对失足青少年的关怀以及贠恩凤语重心长的教诲，却深深地、长久地留在工读学生的心中。

同年 6 月 29 日，陕西省莲花寺石碴厂劳教科收到贠恩凤寄给劳教人员畅龙安的一本《每周一歌集》和退给他的两元钱及一封回信。信中写道："希望你服从管教，争取早日新生，为人民服务。"

原来，劳教人员畅龙安喜欢唱歌，但又苦于买不到歌本。他想到了曾为他们教唱歌曲的贠恩凤，希望能得到她的帮助；他硬着头皮寄去了两元钱和求助信。当畅龙安接过管教干部转来的歌本时，激动地说："我要永远保留它，这里包含着一位歌唱家对失足青年的关怀和殷切期望。"

1987年10月15日，在西安召开的全国工读教育经验交流会上，贠恩凤应邀出席会议并作题为《全社会都来关心支持办好工读学校》的发言，指出：防治青少年犯罪，是关系到青少年健康成长和社会长治久安的一项战略工程。我们大家都要重视这项工作。她表示愿为此继续尽自己的一点努力。

贠恩凤每年都要去工读学校为失足的孩子们演唱，与他们谈心。孩子们的泪水和诗歌，成为她灵魂中最珍贵的财富之一。当然她的歌声和心声，也成为孩子们灵魂中最珍贵的财富。

前多年的一个春节，贠恩凤去西安市东大街炭市街菜市场买鱼，她刚来到一家卖鱼的门前，老板便迎出来，笑容灿烂地招呼她："贠老师！您来啦？买啥年货呀？……"

她记不起来在哪里见过这位老板。老板自我介绍说，他过去在工读学校，跟贠老师学过很多歌。出来十几年了，他从来也没有忘记这些歌，还有贠老师的话。他出来的时候，几个小哥儿们还说，好好干，将来咱们一块去看贠老师。但是，一直忙到现在，小哥儿们个个都混出了样子，一年四季忙活得总也聚不到一块儿。

老板双手搀扶着贠恩凤，毕恭毕敬地引到里边坐下，毕恭毕敬地端上一杯清茶。老板问她喜欢吃什么鱼，给她选了好几种鱼，送给她过年。她执意要过秤、付款。老板急得眼泪吧嗒吧嗒落，说："贠老师，我们想报答您都……"

贠恩凤笑得慈祥，她说："你看，你能奋斗到今天这样子，就是对阿姨最好的报答了。你再收了阿姨的鱼钱，又是最好的报答。你说是不是？"

2001 年 5 月 25 日，西安市工读学校致信贠恩凤，信中写道：为了挽救失足的青少年，您经常来我校慰问演出，和同学们促膝谈心。您用甜美的歌声滋润着学生的心田，用动情的泪水冲刷同学们思想上的污秽。在此，我们表示由衷的感谢！

德国学者李普曼认为，刑罚本身是一种教育，而不是报应手段，其作用在于使失足者和罪人改过迁善，复归社会。所以，监狱不再是单纯的监禁犯人的场所，而是对犯人进行教育改造的学校。当前，行刑社会化已经成为一种国际司法潮流，各国在自由刑的执行中都注重社会因素在犯罪矫正中的作用，加强服刑犯和社会之间的联系，使之易于复归社会。

与工读学校一样，陕西省女子监狱通过改革开放，实行人性化管理，试行开放日或让女犯行使投票的民主权利等方式，突破了传统的将罪犯同社会完全隔离的监管模式，将监狱资源与社会资源有效地结合起来，强调罪犯与社会外界的交流和联系，让服刑人员在与社会的接触中培育对自由的向往和珍爱，增强其悔改和接受改造的自觉性，从而实现国家司法矫正犯罪的功能。笔者曾组织陕西出版发行系统为陕西省女子监狱捐建书屋并观看女犯的文艺表演节目，还参加过女犯的忏悔座谈会，对监狱的功能刮目相看。

1991 年贠恩凤受聘成为陕西省女子监狱的教育顾问，她义不容辞地担当起这个重任。从那时起，她每年的除夕或正月初一就来到坐落在西安大明宫遗址附近的这所特殊的监狱，这儿关押着全省 1000 多名女犯人。在西安另一处被判重刑的监房里，女犯人席地而坐。贠恩凤一口气演唱十几首歌曲。但是绝大多数犯人仅仅能够通过监房中的闭路电视看到歌唱家的形象，听到歌唱家的歌声。女囚们多么希望亲眼一睹歌唱家的风采。

贠恩凤晓得女囚们的心理，尽管年事已高、精力有限，但她毅然向狱警提出为每一个监房演唱的请求。狱警们为难了，毕竟年迈的歌唱家演唱得太多了。贠恩凤说服狱警，与丈夫孙韶一个监房一个监房地为女囚们歌唱。女囚们哭了，在悠扬歌声中，在滔滔泪水中，向两位音乐歌唱家默默地跪下了。尤其是那些戴着脚镣的重囚们，直挺挺地跪着，强抑着哭泣和哽咽，泪水小溪般奔流着，默默地、虔诚地，聆听着我们歌唱家发出的最纯洁最神圣的歌声。

孙韶为贠恩凤手风琴伴奏，她唱得和舞台一样认真、一样严肃、一样深情。唱完歌儿，贠恩凤夫妇又一起与女囚们促膝谈心，讲做人的道理，讲社会责任，讲君子爱财取之有道……女囚们感动得频频点头，纷纷表示："是您的歌声给了我们好好改造、重新做人的信心和力量。我们绝不辜负两个老师的期望，一定好好服刑，好好改造自己，将来像两个老师一样，做一个好人，做一个对社会有用的人。"

贠恩凤特别提到陕西省女子监狱一个女犯，她由于忍受不了丈夫的虐待杀死了丈夫，被判了死缓，因为表现好，改造成绩突出，由死缓改为无期，后又改判为有期徒刑。她特地让管教干部给贠恩凤老师带话说，她一定要努力改造，一定要在公元2000年以前提前出监，说只有这样才不辜负贠老师对她们的一番苦心。

面对女囚们的滚滚热泪，贠恩凤心灵受到火山爆发般的震撼。一次又一次哽咽地中断演唱。热泪也流满她的脸颊。她像在舞台上一样，向女囚们鞠躬致意。她衷心祝愿她们春节快乐，祝愿她们早日获得新生，重新做人。

这些桀骜不驯的罪人，泪如泉涌地拜倒在一个歌唱家的脚下，使监狱的管教干部大为吃惊。后来他们才明白，折服犯人的，不仅是那美妙的歌声，更是那双无比温暖、闪烁泪光的慈母般的眼睛，以及那崇高的人格力量。

陕西省女子监狱在致贠恩凤从艺50周年的贺信中写道：“您那嘹亮的歌声似汩汩溪泉，注入每名女犯心田；像缕缕春风，抚慰着离家浪子。我们忘不了三八妇女节的促膝谈心，也仍记得大年三十的山歌送暖。您义不容辞地担负起我监教育顾问的重任，这工作一无津贴，二无荣誉，既费心又劳神，但您却义无反顾年年来监，手拉手地教育鼓励服刑人员努力改造走向新生。或许您对我监帮教工作的无私奉献，仅是您高尚人格的一个侧面折光，但这金子般的光芒却深深印在了女监服刑人员的心中。”

岂止在女监演出。1991年4月18日，西安市看守所，这一天，贠恩凤等艺术家来到这里为1000多名在押人员举办“回头是岸”专题演唱会。

歌声响起：“好一朵美丽的茉莉花，好一朵美丽的茉莉花……”轻柔的歌声带着自由、美丽的芬芳，扑面而来。低缓的旋律和涓涓细流浇灌着将芜的心园。台下的在押人员也跟着旋律哼起这支动听的歌曲。

掌声再起。绝不是礼节性的敷衍，也不是酣畅耳热后的答谢，是新生命的萌动，是良知的复苏，是滚滚春雷启动心灵之门后的欢欣和跃动。

贠恩凤站在台前眼圈发红、双腮微动，似在强压着内心将涌的情感。“你们虽然犯了罪，但人民仍没有忘记你们。”颤抖的双唇在挤出这发自内心的话后，便让那翻腾的情感淋漓尽致地宣泄个够。她孩子一样率直地哭了。台下一片寂静，默默中，有抽泣声在响，顷刻，哭声响彻了大厅。泪与泪相撞，心与心相通，化作强大的感染力。

艺术的功能，显然不能简单地用“娱乐”二字来概括。在演出结束后的座谈会上，两名在押人员跪倒在地，泣不成声；几名男在押人员一边拭泪一边向贠恩凤等艺术家们鞠躬致谢。“谢谢你们，你们的演出，唤起了我重新做人的勇气”，一位女在押人员这样说。“我一定坦白自己的罪行，绝不辜负政府和人民的期望”，一位男在押人员如是说。

还是贠恩凤说得好：“浪子回头金不换，我以艺术家的真诚，期望你们认真改造，早日回到我们中间来！”

春雨中，艺术家们依依不舍地远去了，可留下的却是温暖在押人员心灵的“期望”。

贠恩凤还曾去位于西安市南郊的市公安五处看守所，给那里的在押人员演唱。演唱前，她通过那里的有线广播讲了一个真实的故事：两位年过花甲的老人，在中秋之夜带着月饼和水果，穿着棉衣一晚上久久地坐在监狱门外，希望能和正在服刑的儿子团圆……事后听看守所的干警说，她的一番话使得许多在押人员流下了悔恨的泪水。演唱后她又去几间监房和在押人员见面，其中一间监房的几名重型犯人对她说：“像你这样有名的人，平时也难见到，可现在政府能把你派来给我们唱歌，说明政府把我们当人看。现在我们死了都不亏。今后我们要用实际行动报答你们……”

贠恩凤更多的是给工农兵义演。20 世纪 90 年代中期，西康铁路施工期间，当贠恩凤得知隧道筑路工人艰苦施工的情况时，就产生了去西康铁路慰问隧道筑路工人的想法。在她向有关单位再三要求下终于成行，当时西康铁路施工正热火朝天地进行。在这荒远的大山中还从来没有出现过文艺工作者的身影，歌星们的歌声更是

“此曲只应天上有，人间哪得几回闻”。

1996年6月30日，正是一年最热的时节。贠恩凤和老伴孙韶冒着酷暑，带着事先以工人们的先进事迹编写的17段新词的歌和其他歌曲，来到西康铁路秦岭隧道的施工外现场。座谈、演出，顶着骄阳，冒着灰尘，连唱了近半个小时。演唱结束后，领导安排贠恩凤休息。

那天露天演出是成功的。但是演出结束后，贠恩凤得知在秦岭隧道中还有许多工人正在施工，没有听到她的歌声。她坚决要进入隧道为工人们演唱。

贠恩凤问：“我休息，你们到哪儿去？”

“我们到隧道里面去看工人，你在这儿休息，里面有岩爆，危险。”

“啥是岩爆？”贠恩凤问。

“岩爆就是隧道里的岩石发生爆炸，是很危险的。”在场的施工负责人解释劝阻说。

“我的命是命，工人的命就不是命？工人能在里边施工，我为啥不能去给他们唱歌？”

“从来没有歌唱家进隧道演唱，男歌唱家尚未进去过，您进去实在太危险。”

“那我也要去！我来这儿就是为了到一线看望工人，为工人演唱。”

负责施工的铁一局局长和一同前去慰问的省工会主席出于对歌唱家的关怀爱护，都劝她不要去了，隧道正在开掘中，实在太危险了。这个隧道全长18.4千米，中国第一，亚洲第二，世界第三，这样深的隧道，随时都有发生岩爆的巨大危险。她说：谢谢领导的好意，但我也是普通人，我的生命就比工人的生命更珍贵吗？工人不怕，我也不怕。于是他们夫妇头戴安全帽，穿起高筒胶鞋，脚踩泥浆，头顶滴水，不顾随时岩爆的危险，进入4000多米的隧道施工现场。他们到了距离工人干活连1米都不到的隧道深处，工人们是那么专心地干着活，真是默默无闻，贠恩凤当时就是想给工人们跪下，才能减轻内心深处对劳动者的感恩甚或亏欠。贠恩凤哽咽难语，她二话不说，示意孙韶拉起了手风琴，热情地一口气唱了六七首歌。工人们紧紧贴着岩壁静静地听她演唱。她激动得热泪盈眶，一次又一次向大家招手致意，向大家问好。

工人们高兴极了，他们说贠恩凤是第一个到隧道深处为他们唱歌的歌唱家，他们纷纷表示要争取用更快的速度来报答他们的一片真情。

在隧道深处，贠恩凤听见有几位四川口音的工人在说话，贠恩凤立即为他们演唱了一首四川的民歌《康定情歌》，歌声嘹亮绵长，加上隧道产生的共鸣，使《康定情歌》获得一种灵化般的奇异音色，歌声赢得工人们的一片掌声和暴风雨般的欢呼。隧道里的工人激动地围拢过来说："像贠恩凤这样的艺术家能深入到我们中间，在掌子面为我们唱歌，说明您看得起我们，您真是和我们心连心呀！"

而贠恩凤却感慨地说："看到他们在秦岭深处条件艰苦的掌子面上紧张施工，我非常震惊和难受，与他们相比，我们是如此平凡，甚至渺小。工人们太辛苦了，我们每一个有良知的文艺工作者，都应该掏心地为他们服务，去歌颂他们，无论唱多少首歌我都愿意。"

归来后有人问及报酬，贠恩凤勃然变色，说筑路工人冒着生命危险，在那样艰苦的环境下劳动，我唱几支歌算什么？要跟他们讲报酬，那就没一点儿做人的良心了。

一次采访中，谈及20世纪70年代在襄渝铁路工地为铁道兵演出时，看到不少铁道兵伤痕累累，有的缺胳膊断腿，贠恩凤说她当时几度哽咽得唱不出来，只好到门背后调节心情，待稳定情绪后才含泪演唱。她说听铁道兵的首长讲，他们每到一个新的工地，首先是寻找墓地，因为每一个工地施工过程中都难免有伤亡，必须选择好墓地以备需要。当时听到这些，贠恩凤说，她的心灵受到极大的震动，我们唱再多的歌曲算得了什么？有什么资格要报酬？如今几十年过去了，贠恩凤讲起这些往事还不禁动容，眼含热泪。

贠恩凤还记得去襄渝铁路工地慰问演出时，小女儿出生还不到1岁。当时正是炎热的夏天，按理，这个季节是不能给孩子断奶的，可贠恩凤顾不了那么多，她毅然前去演出。孩子看见别的孩子吃奶，凑到阿姨跟前用羡慕的眼光看着。最让她后怕的是就在她外出的日子里，大女儿差点儿让兔子吓死，一连输了几天氧气才活过来。

1998年8月22日清晨，西安革命公园内，军乐高奏，彩旗飘扬。很多40多岁的中年男女来到这里，有的还携儿带女。他们中许多人眼睛闪动着泪花。“向全体学兵战友问好”“人生无悔是学兵”的横幅标语在人群中闪现……置身其中，你会感到一种感情的巨大冲击。

这些如今已年逾不惑的中年人，就是当年风华正茂的三线学兵。28年前，他们响应共和国召唤，奔赴襄渝铁路建设工地。28年的岁月改变了人的容颜，但战友情却似久酿的酒，愈醇、愈甘洌……

革命亭两侧，十八面原铁道兵团学兵连的大旗迎风招展，各团的战友聚在一起纷纷签名留念。公园东侧是“情系襄渝线，深情话当年”摄影展，曾是当年学兵的碑林区副区长和妻子站在展板前，眼含热泪观看牺牲战友的遗照……

原2107工程（襄渝铁路）副总指挥张平山已是80岁高龄的老人，他不顾年老体弱来参加学兵聚会。吴南烈士的母亲、妹妹也来到学兵中间。当年学兵、西安陇海大酒店总经理宁勇先生和电视片《三线学兵连》的主创人员也和学兵游园聚会。从德国专程赶来的当年学兵迟恒斌为战友献上一曲《我为伟大祖国站岗》，抒发自己对祖国的无限情思。女学兵李琳身患癌症，是战友的关怀鼓舞使她鼓起勇气和病魔顽强抗争，她吟诵着自己创作的动人诗作，祝好人一生平安。

贠恩凤、孙韶夫妇，当年曾数次深入建设工地慰问过三线学兵，这次他们专程赶来，又一次为学兵演唱。贠恩凤还与原5855部队二连学兵薛鲁勋为大家同歌一曲。台上台下，处处洋溢着团结、向上的热烈气氛。活动结束时，贠恩凤、孙韶夫妇与三线学兵在革命亭下拍下一张张合影，让这瞬间成为永远的记忆……

20世纪1978年的一天，贠恩凤夫妇到铜川王石凹煤矿慰问演唱。当时作业技术还不发达，挖煤工人每次下井挖煤，都用一个铁笼子吊下去，然后再吊上来。当时，贠恩凤坚决要求去矿井底下为工人唱歌。

他们头戴矿工帽，深入到掌子面上。许多掌子面高不过1米，头顶矿石犬牙交错，人只好跪着，或趴着。挖煤工作环境如此艰苦出乎人们的想象，矿工也是人，在这样的环境下挖煤，为人们的生活的舒适贡献光和热。矿工帽上的灯是唯一的照明。即使炎炎酷暑，掌子面也凉森森的。看到这样的状况，贠恩凤当时背过脸就哭了，真想为他们跪下，为他们演唱。

贠恩凤就在这种环境下，趴着、跪着，过到稍平展的地方，为矿工演唱了好几首歌曲。矿工们激动的掌声顺着井道传出很远，矿上的干部职工纷纷称赞贠恩凤的艺德。因为在贠恩凤之前，也曾有歌星来煤矿“慰问”，唱了 2 支歌，索酬 4 万元。贠恩凤唱了七八首歌，却分文未取。人格的反差之大真乃天壤之别啊！

几年后，有几位朋友联系贠恩凤去蒲白矿务局演出，当听说要给她演出费的时候，她说：“书画家写字画画要买笔墨纸砚，而我只是张嘴唱歌，国家已经给我发了工资，不能再要报酬了。”她说服联系的朋友，我们无论如何也不能向矿工伸手啊！

由于她和孙韶常常演唱《白毛女》，有人就和她开玩笑说她是杨白劳，意思指不收报酬白劳动。有的演员还责难说：“我们的出场费，少了 ×××× 元不干！贠老师出场不讨费用，把市场经济搞乱了！”对此她却不以为然，认真地说：“我们文艺工作者是做教化人的工作，首先自己要讲道德，不能被金钱所累。要知道，金子做的枷锁是最重的呀！”她朴素地认为，人民已经给了我工资，唱歌就是工作，就是为人民服务。为人民群众唱歌，不能讲价钱，更不能不给钱就不登台，登了台就假唱！

1997 年 5 月 17 日下午 5 时，贠恩凤和老伴孙韶来到蒲白矿务局，她不顾旅途劳累，立即做演出前的准备。当她晚上 7 点半准时出现在矿务局俱乐部与矿区文艺爱好者同台演出时，时已 57 岁的她精神饱满，风采依旧。她在向观众问好之后，突然向观众讲了一个人们最为敏感的问题——演出费。她说：“在当今，演员唱一首歌要价好几万，你们一定也想知道，我这次演出要多少钱呢？”此刻，喧闹的观众一下静了下来，整个礼堂好似静无一人。贠恩凤此时坚决而响亮地说：“我一分钱也不要。”顿时，雷鸣般的掌声骤然响起。之后，她又动情地说：“我曾经到铜川矿务局下过井，有些巷道是要爬着过的，矿工的工作环境是非常艰苦的，但你们却不为名不为利地为人民奉献着光和热，我有什么权利要你们的血汗钱，人民需要艺术，艺术也需要人民，你们才是最伟大的……”

掌声，长时间的掌声，观众们对这位艺术家的高尚艺德表示了崇高的敬意！在电视里、录音机里听到的歌此时此刻原汁原味地飞进了观众的耳内，特别是孙韶（国家一级作曲）临时谱定的一首歌《蒲白煤矿全省有名声》把晚会推向了高潮。矿区工会主席陶炳林被邀请和贠恩凤一起演唱。为了表达蒲白矿务局广大职工的敬意，局领导麻挺楠、陶炳林、党兴平、林增柏、梁永信在晚会闭幕时向贠恩凤赠送了一面书有“歌坛常青树、大众金百灵”的锦旗。

5月18日上午9点，贠恩凤又准时地站在了白水矿的舞台上。报幕员担心贠恩凤身体吃不消，就自作主张地说：“昨晚贠老师休息得晚，今天她又早早起床练唱，非常辛苦，今天她少唱几首，请大家谅解。”准备上台的贠恩凤一听急了：“怎么能这样说呢？我来就是为矿工多演唱的，怕累还来干什么？”她上台后立即表示：要比昨晚唱得多而且一定唱好。当演出结束，贠恩凤走出俱乐部门口时，观众一个也未走，一下涌了过来。一位采煤队的矿工激动地说：“昨晚上夜班，矿工们说：‘我们一定要亲眼看看这位能瞧得起我们矿工的艺术家。’”一位工人和妻子抱着自己的孩子硬是挤到贠恩凤身边，他说：“今天是孩子的生日，让孩子和一位德高望重的艺术家照个相，这是给她最好的生日礼物。”签名、合影足足持续了半个多小时。

午饭时，刚拿起筷子，炊事班的人员说，由于忙，他们没能看上节目，知道贠恩凤很累，饭后，我们只想亲耳听一首就足了。贠恩凤知道后，立即放下手中的筷子说：“现在就唱。”于是饭厅里又响起了贠恩凤的歌，不是1首，而是4首。

中午2点，车又开往马村。当看到黑压压的人群已无遮无掩地暴晒在近30摄氏度的气温下时，未等下车，贠恩凤和孙韶几乎是同时说：“快，不能让观众再等了。”矿领导让二人休息一下，他们都摇头。贠恩凤说化个妆就演出。这时出现了一个插曲：看着太阳下的矿工，孙韶一分钟也不能忍了，焦急地在原地转，其实就几分钟，当贠恩凤化妆出来后，孙韶冲着她就发了火：“怎么这么慢，还要观众等多长时间！”其实贠恩凤得有一种皮肤病，她未料因化妆等候而让矿工误以为是在应付。矿领导劝他们在阴凉处演出或打个伞，他俩又几乎同声说：“矿工们都在太阳地里，我们怎么能怕晒呢？”其实，医生曾告诫：贠恩凤的皮肤严禁在太阳下暴晒。但矿工需要艺术家的真情感动了她。近一个小时，贠恩凤汗流满面地唱着。手风琴此刻也晒得炙热，紧紧地贴在孙韶的胸前，他的衣服全湿透了，但在观众情绪达到高潮时，孙韶这位63岁的老艺术家，竟也站了起来边伴奏边和贠恩凤一起唱……

休息时，当听到还有很多矿工生活困难时，贠恩凤动情地哭了。她说：“矿工的工作有时是以生命为代价的，而我们只唱了几首歌。下基层为群众演出是很正常的，并不是我们做得好，而是现在这样做的人太少了……”

当晚7点，南桥矿的俱乐部里又是人山人海。从17日晚到现在，20多个小时，这已是第6次演出了，矿区的年轻演员和未上台的工作人员此时都感到了极度疲乏。而两位老人怎么样呢？组织者走到了孙韶跟前询问。孙韶二话不说向别人要了一支烟，说：“平时是不抽烟的，现在要提提神了。”他猛抽了两口，从包里拿出了一件衣服换上。因为每场演出他的衣服都被汗水湿透了。在他穿上衣服后，组织者惊讶地发现：他穿的是一件洗得发毛的白的确良半截袖——这种过时衣料在矿区已见不到了。组织者问：孙老师怎么还穿这样的衣服。他笑着说："这件衣服15元，裤子5元，只要干净、朴素、大方就行。"这时组织者突然想起了中午和孙韶一起吃饭时他把掉在桌上的菜一个个拣到嘴里……

在南桥矿演出结束后，矿领导为贠恩凤戴上了书有"荣誉矿工"的绶带，给孙韶戴上了矿工帽。矿领导为他们备了晚餐，贠恩凤却辞谢说："我们是利用休息日来的，今晚要赶回去，明天还要按时上班。"

在白水煤矿演出后，贠恩凤和观看演出的矿工及子弟学校学生们在一起合影留念。矿区干部职工望着消失在黑夜里的小车，大家的心情难以平静，都有一个共同的感觉：她留给我们的不仅仅是歌声，还有一个真正的人民艺术家的风范。

1990年5月29日，贠恩凤到陕西耀县水泥厂烧成车间等处演唱，中央电视台、陕西电视台、西安电影制片厂随行拍摄电视艺术专题片《黄土高原上的银铃》。

贠恩凤一来到水泥厂，马不停蹄，立即投入拍摄工作。她不顾疲劳，在烧成车间、办公楼前、工人村花园演唱了《南泥湾》《陕北道情》《白毛女》等优秀歌曲。她的演唱博得了广大职工的热烈掌声。

1991年春节，贠恩凤去西安钢厂慰问，孙韶即兴写了一首歌词：

正月里来是新春，
我们一早出了门，
先给大家拜个年，
唱支歌儿表表心。
…………

西钢职工干劲大，
生产面貌日日新，
亏损的帽子甩到一边去，
祝你们早日大翻身。

贠恩凤用《拥军秧歌》的曲调唱完这首歌，厂长激动得在炼钢炉前大声问大家："能不能改变面貌？"

"能！"一片和声。

"能不能甩掉亏损帽子？"

"能！"又是一阵轰鸣。

贠恩凤激动得热泪盈眶，还有什么能比这种报答让艺术家更感到自己艺术的神圣呢！

1991年4月6日下午，贠恩凤来到西北国棉一厂，整理车间像往常一样，机声隆隆，一片繁忙，乙班工人正在紧张生产。

突然，不知谁喊了一声："贠恩凤来了！"大家呼啦一下围了过去。厂党委副书记张凤英大声说："同志们，省总工会和纺织公司的领导来看望大家，歌唱家贠恩凤也来了！""哗——"响起了一阵热烈的掌声。

身穿浅黄色羊毛衫的贠恩凤满面笑容，热情地同在她身边的女工握手，询问着生产情况。"贠老师，给我们唱个歌吧。""好，唱一首"，贠恩凤爽快地答应了。"花篮里花儿香，听我来唱一唱……"一曲《南泥湾》把人们带到了那难忘的战争年代大生产运动岁月。

"再来一个要不要？""要！""正月里是新年哟衣儿哟喂……"车间里荡漾着《龙船调》的旋律。没有乐器伴奏，贠恩凤就自己哼着过门，犹如在舞台上演出那样认真。

朴实、淳美的歌声缩短了歌唱家同工人之间的距离。在生产一线为工人们演出，对贠恩凤来讲，远不是第一次；在工作岗位听名家演唱，对整理车间的工人来说，却是头一回。女工们望着只在电视上见过面的歌唱家，听着那清亮醉人的歌声，拍红了巴掌。贠恩凤要走了，马上还要在厂俱乐部为全厂职工演出，女工们恋恋不舍地把她送到车间门口。

事后，大家议论说："这两年，走穴歌星可不少，到生产车间为工人演唱的歌唱家真不多呀！"

1992年寒冬，贠恩凤和一批艺术家应邀到位于华山脚下的某机械厂演出，突然天空飘起大雪，大家劝她改日再演，但是她坚持按计划前往，她说："日子已定好了，不好失约临时改动，就是天上下刀子，咱也要去！"

听说贠恩凤冒雪前来演唱，一下子四面八方涌来上万名观众。"北风那个吹，雪花那个飘，雪花那个飘飘，年来到……"舞台上，贠恩凤唱着《白毛女》喜儿的歌，老伴孙韶边拉着手风琴，边唱着杨白劳的歌，二人对唱，声情并茂。鹅毛大雪纷纷扬扬飘落在二人的脸上、肩上及琴上，贠恩凤变成了真真正正的"白"毛女，孙韶也成了名副其实的杨"白"劳，欢喜而不无悲怆的清脆歌声在空中和人们心头激荡。

观众的心深深被飘扬的白雪和动人的歌声打动了，爆发出阵阵潮水般的掌声。演出一结束，贠恩凤和孙韶就被观众簇拥起来："这么大的雪，贠老师还来为我们演唱，太感谢你们了！"

多年来，贠恩凤始终怀着为人民而歌唱的美好心愿，满腔热情为工农兵服务，是一位扎根在群众中的歌唱家。她演唱的《歌唱解放军》《南泥湾》《刘志丹颂》《拥军秧歌》《翻身道情》《革命将士出征歌》等，充满着对人民子弟兵的感激和热爱。春节慰问演出，不管天气多冷，也不管条件如何、听众多少，只要干部战士需要，她就尽量满足，到炊事班、训练场热情为大家歌唱。

一次，贠恩凤和广播文工团到解放军某部慰问演出。她和全团同志赶排了优秀节目，尤其是她演唱的歌曲和著名播音员林凯的《风流》诗朗诵，催人泪下，鼓舞士气。每场演出结束，他们顾不上卸装，只顾着和战士们交谈、签名。

最后一场演出结束，临行前，贠恩凤两次从轿车上走下来，含着泪和战士们握手告别："解放军可爱，希望多保重，打胜仗，咱们到时再相见。"车开动了，她把车窗打开，伸出头，向战士们挥泪告别，招手致意："祝你们旗开得胜……"多么亲切，多么感人的场面啊！

再相见，尚未相见，但贠恩凤的心和战士紧紧相连。辞旧迎新之际，她在北京举办个人独唱音乐会，并在中南海怀仁堂演出，受到中央领导同志和音乐界的好评；回到西安后，又向陕西省委领导同志汇报演出。这期间，她每时每刻都在惦念着前线将士。1986 年 3 月 3 日，她给老山战士们写了一封热情洋溢的信："我很想到前线去给你们汇报演出，可工作太忙，甚感遗憾。如下半年有可能的话，我团将再次去慰问你们——祖国最亲爱的人！"

她在信中还写道："寄来的《猛击报》收到了，非常受鼓舞！谨寄上一首歌《假如》，这是我们音像出版社副社长、作曲家孙韶同志所作的，词选自贵报第二期。"

"银铃"声声鼓士气，件件礼品寄出深情。记得劲旅出征时，贠恩凤曾和陕西民间艺术馆刘诚、西安五星玩具厂张连芳，自筹资金购置了上百件象征五谷丰登、百业兴旺的工艺品，代表三秦父老敬赠解放军某部："征越寇勇士扬威，凯旋日军民同庆。"将士们牢记家乡亲人嘱咐，勇士扬威震南疆。有的妻儿双亡练兵忙，有的家庭困难不分心，有的失恋不失志，还有的临危不惧，甚至献出了年轻的生命。

同年 3 月 17 日，某部进行地雷实爆，商南籍战士柳学龙抢走了这个艰巨任务，不幸壮烈牺牲，年仅 19 岁。在整理他的遗物时，发现他写给父母的一封没有发出的信，其中写道："前几天，我收到家乡人民的慰问信，我太高兴了，请放心吧，我已长大成人，懂得了怎样对待人生；请相信我吧，在祖国和人民需要的时候，我决不会给你们丢脸。如果我牺牲了，你们不要悲伤，应该为我自豪。学春（其弟）和学玲（其妹）要好好学习，多帮爸爸、妈妈分忧解愁。"为了代表陕西人民慰藉英烈，部队从贠恩凤赠的纪念品中挑选了一只"虎"，焚献给学龙。

20 世纪 90 年代初，人民子弟兵在西安护城河实施清淤工程，贠恩凤和孙韶从报纸、电视上看到广大官兵的艰苦劳动和模范事迹，深受感动。老两口决定去现场慰问战士们。他们骑着自行车，顶着烈日，互相搀扶着在护城河边边走边问，经过两天的寻找，几番波折后终于在南护城河下面找到了工程指挥部。

指挥部的小战士看到贠恩凤的到来激动万分："贠老师，这里又臭又脏，您怎么到这儿来了！"贠恩凤看着满身糊满污泥和汗水的小战士说："孩子们，你们辛苦了，你们给西安人民干了一件大好事，我要来给你们唱歌！"

采访和了解到战士们的先进事迹，贠恩凤和孙韶以这些事迹为内容专门为战士们创作了歌曲。

烈日炎炎，脚踩淤泥，空气中弥漫着难闻的气味，没有音响，没有话筒，从建国门到东门，在又脏又臭的清淤工地旁，孙韶拉着手风琴，贠恩凤走着、唱着，走遍了战士们劳动的5个工作点，没喝一口水，从上午10点演到下午2点。不怕脏臭，不怕泥泞，不怕摔倒。在仅1尺宽的小道上演唱，3米之外的淤泥里站满了正在施工的战士们在倾听着歌唱家为他们歌唱、作曲家孙韶为他们现编的题为《八一军旗火样红》的歌曲：

八一军旗火样红，
军旗下战士多英勇。
我唱支歌儿来慰问，
人民和解放军鱼水情。
头顶烈日站在泥水中，
奋战清淤苦累在心中。
为了西安更美好，
再苦再累献真情……

贠恩凤的歌声鼓舞了战士们。“贠妈妈，我们爱你！”“贠妈妈，再来一首！”战士们沸腾了，掌声与叫好声此起彼伏。贠恩凤在战士们热情的期盼中走了5个点连唱了18首歌。为了向敬爱的贠妈妈致敬，已经被泥水与汗水浸透的战士们在淤泥中艰难地站成一排，抬起右手，用军礼向贠恩凤夫妇致以最崇高的敬意，画面如雕塑一般凝固。贠恩凤立即举起右手向解放军致以崇高的敬礼，并大声说：我将永远歌唱我们伟大的战士！伟大的兵！

“战士们向我们敬礼的情景让我难以忘怀，我理应永远歌唱我们伟大的战士，伟大的兵。从那之后，每次我们出去到一线慰问演出都尽可能编出新词，我要用歌声永远歌颂普通劳动者。”

“看到护城河清淤现场的官兵那么辛苦，我就坐不住了，就是再忙也要为亲人子弟兵们演唱！”这是在清淤现场的慰问演出中贠恩凤向记者吐露的心里话。

当护城河清淤工程完成后，贠恩凤再次在西北大学大礼堂为2000多名参加护城河清淤工程的解放军战士举行专场演唱会，用自己的歌声慰问人民子弟兵。

2014年12月5日、2017年5月4日，在陕西省新闻出版广电系统作报告和在笔者所著《黄土高原上的银铃》新书发布会上，贠恩凤讲到这一段经历时依然非常激动，流出了热泪，表示要永远歌唱伟大的人民子弟兵！令在场的人们动容，赢得长久的掌声。

要说贠恩凤到基层演出最多的还是下乡演出，也就是到农村演出。1974年末至1975年初，贠恩凤曾随陕西省广播电视民族乐团赴陕北演出35天，共演出31场。2020年9月3日，在陕西省广播电视民族乐团建团70周年庆典音乐会上，贠恩凤动情地回忆当时赴陕北演唱的情境：那时陕北的天很冷，有时室外冷得不行，不得不到窑洞内演出，这时空间有限的窑洞就拥挤起来，常常就把身单力薄的她挤到窑洞外面，观众看不见贠恩凤，就询问：唱家呢？一看，唱家贠恩凤被挤在窑洞外。

有一次，在陕北某村庄演出时，场院里聚集着里三层、外三层的观众。一排窑洞顶上挤满了男男女女。爬在树上的小青年，站在自行车后架上的姑娘，叼着旱烟袋的老爷爷，抱着孙女的老奶奶，紧依在一起的一对对男女情侣，还有的中年人让孩子骑在脖子上，几个赶集归来的头扎羊肚子毛巾的陕北后生和戴花头巾的女青年，以及一个老婆婆坐在车上正聚精会神地聆听贠恩凤演唱。

贠恩凤站在场院中心放声演唱《翻身道情》。场内叫好声、掌声不绝。

主持人王刚来到一老奶奶面前问道："老人家，您能听懂吗？"

老奶奶点头回答道："我'解'（读 hǎi）得下，恩凤唱出了我们庄稼人的心里话。听了她的歌，浑身觉得热乎乎的。"

王刚走到一中年盲人面前问道："这位大哥，您知道唱歌的是谁吗？"

中年盲人："我晓得，她叫贠恩凤，是省城里的名演员。我常在广播里听她的歌儿。"

王刚由衷地感慨："多么朴实的语言，多么真挚的情感，老乡们掏出来的心里话，倾诉了他们对民歌的喜爱和对歌唱家贠恩凤的赞美。"

2002 年 4 月，以陕西省音乐家协会主席贺艺为团长、贠恩凤为骨干的"下乡采风演出团"一行 50 多人去陕北定边演出，不巧的是演出进行一半时，突然刮起了沙尘暴，满天飞沙，遮天盖日，贠恩凤和其他演员顶着扑面而来的风沙照常演唱，台下的观众一动不动照常观看。歌唱家张口演唱，沙子随风进入口腔，观众都让风沙吹成了土人，这种台上台下动人的情境，不仅感动了观看演出的群众，也鼓舞了台上的歌唱家。

贠恩凤是坚持到最后的一个，她冒着风沙，从台上走到观众中间演唱，大家掌声雷动，为她加油；贠恩凤激动的热泪与沙子粘到了一起，将演出推向了高潮。演出结束后，贠恩凤目送观众，当她回到舞台，一位中年妇女久久不想离去，想到台上亲眼看看贠恩凤，贺艺将她领到贠恩凤跟前，这位妇女拉住她的手，激动地说：你唱得太好了，过去只是在广播里、电视上听你唱，今天总算见你了，做梦都没想到，请你抽时间到我家坐坐，我亲自给你做顿饭。

贠恩凤听了这番话，真心地感受到了为老百姓唱歌的一种幸福感。是啊，这是用金钱买不到的，虽然她只是一个普通的农家妇女，但说出了贠恩凤在人民群众中的威望，道出了人民群众对她的爱戴之情。

有一年夏天，团里安排贠恩凤去陕南山区慰问演出，当徒步 3 个多小时赶到一个偏远小山村时，汗水已湿透了衣裳，她不顾路途劳累，当即就为农民朋友演唱。

2014 年 7 月，“三夏”麦收刚结束，是马年入初伏的第一天，室外高温超过 40 度，贠恩凤和陕西古代音乐文化研究院受陕西省文化厅委派，以一台文化惠民古乐歌舞综艺节目《长安雅歌》，在灞桥为狄寨村民做文化演出时，因为刚夏收完，乡亲们都要抢播秋种，大老远从田间赶不回来，过了预定演出时间还开不了场。贠恩凤就向陕西古代音乐文化研究院院长李铠建议再多等一会儿，让乡亲们从地里回来吃完饭再开演。

等演出开始后轮到贠恩凤演出时，天已经渐渐黑了，村主任和镇党委书记张罗着在演出现场挂灯照明，甚至还打电话请镇里派出所将巡逻用的警车开回来，用巡逻车上的强光探照灯为舞台照明。这时，观众们坐在黑暗中呐喊起来：贠恩凤！贠恩凤！贠恩凤见状就说：“不等灯了！”于是，她在暮色里为村民演唱，只听她那如“百灵鸟”一般的清脆歌声一响，群众就掌声四起，每唱完一曲，村民们就爆场，使劲地鼓掌，贠恩凤不负众望，接连唱了好几首。

散场后，一个农民老大娘专门候在舞台侧，拉着贠恩凤的手说：“我今年 81 岁了，年轻时只在广播里和电视上听过贠老师您演唱，现在七老八十了，今儿个才把真人见上了。”她一定要让孙子陪着，等演出完后要和贠恩凤握个手才回家。老大娘向组织者表示感谢说："我们欢迎贠老师和艺术家们常来我们村做文化惠民演出，我们听了贠老师的歌心里高兴得很。"

当时正好回老家探亲的西安市政协秘书长十分感慨地说："长安古乐演得好，全台节目好，贠老师的演唱更好！群众欢迎。我回去要大力宣传你们的好作风、好艺术。"

为村民演出的场地多半是露天场子，贠恩凤就常将留给她的凳子让给群众坐，她自己蹲在地上手持一面小镜子化妆。在演出现场，从来都是送来的水先让给别人喝，买来的盒饭先让给别人吃。

2014年国庆假期，贠恩凤和家人去富平游玩，在柿园果乡碰到了几位正在挂柿子晒柿饼的农民，他们一眼就认出了贠恩凤。在他们的要求下，她现场演唱了三首最受欢迎的红色歌曲。一位果农说，"以前老在广播电视上听您唱歌，做梦都没想到有机会能这么近地听您唱歌，而且还是我们的专场。"果农执意要以最好的果品相送，被她婉言相拒。

1996年6月27日，由陕西省委组织部、宣传部、省广电厅和省电视台联合组成的"陕西黄土地电视艺术团"赴革命老区蓝田县九间房慰问演出，孙韶、贠恩凤夫妇参加这次演出。他们工作起来总是一丝不苟，演出前还在抓紧时间排练，贠恩凤很实在地说："我觉得这样的活动非常必要，过去我们就一直是这样做的，现在也应该这样做。为人民服务不要落在空谈上，我们应该实实在在地为人民做点儿事，才能真正对得起哺育我们的人民……"

有一年贠恩凤到咸阳一个叫东南坊的小村子给农村老人慰问演出时，一位老大娘看完演出紧紧拉住贠恩凤的手亲切地说："你都是大名人哩！你那么大的名人还来给俺们唱歌，你是看得起咱农民老婆子呀！”贠恩凤告诉笔者，她经常到农村去，看到那些年纪大的老大爷、老大娘，她总感到就像看到了自己的长辈，他们一辈子辛勤劳作，一年到头和黄土打交道，头顶烈日种地、收获，一晒一整天，他们的手臂上被苞谷叶拉出一道道伤痕，长年的风雨冰霜使他们满脸皱纹、皮肤粗糙，她能为这些勤劳朴实的老大爷老大娘唱几首歌，让他们听了高兴，这该有多幸福！

当贠恩凤从报纸上、电视上看到实践“三个代表”重要思想的典范、优秀农村基层党支部书记郭秀明的先进事迹后，非常感动，于是便请著名词作家党永庵写词，孙韶谱曲，创作了歌曲《郭秀明，我们的好书记》，然后和老伴带着这首歌去铜川惠家沟郭秀明的家乡，专程看望了郭秀明的母亲并和她拉家常，还特意捐款给大娘，又将这首新歌当场第一时间教给前来参观者和下午刚放学的小学生们。最后，贠恩凤还为郭秀明的家人及村民们演唱这首歌，表达对英模的敬仰之情。

是啊，人民渴望艺术，艺术同样离不开人民，艺术家需要投入到生活中去，投入到人民的怀抱中去，在那里，歌唱家、艺术家和作家是大有作为的！

贠恩凤自 20 世纪 90 年代初开始，连续 20 多个春节主动下基层开展义务演出，与坚守在一线的劳动者一起过年，而顾不上给自家老人拜年，和子女也是离多聚少。为践诺给医护人员演出，她顾不上照料身患重病的母亲和丈夫。

贠恩凤到青海、甘肃等贫困地区演出，分文不取，她说：“我代表三秦儿女到青海演唱很光荣，也很幸福，主人热情接待我，我已经很满足了，为人民演唱是我的天职，我不能向人家索取什么。我到青海来，是为了向人民汇报，为人民演唱，而绝不是为了挣钱。”

过后，青海省给陕西省广播电视厅发来感谢信，称赞她的高尚艺德。为此，当地媒体称她“在青海人民的心中还留下了贠恩凤作为一个真正的人民艺术家的高贵品格。她那完美的艺术家的高贵品格，她那完美的艺术和高尚情操，如初秋的兰花，在青海高原上留下了持久的芳香……”

贠恩凤先后在西安、上海、北京、洛阳等地举办了个人独唱音乐会，为乐坛吹来一股清新的风。中国音协副主席、著名歌唱家教育家周小燕教授亲自主持座谈会，她说：“我对贠恩凤同志，先是闻其人，后才听其声，这样的演员很值得尊敬。整台音乐会听下来，反映是很强烈的。民歌作为开端，恩凤给我们做了个样子出来。”上海报界称：“演出的这种盛况在上海音乐舞台尚属少见。”上海音乐界称她唱的是“地道的中华之音。”

凤翼——国外演出，顺风顺水

“翼文曰顺。”意思即凤凰翅膀上的花纹像“顺”字。凤翅，其羽翼意味着一帆风顺，象征着艺术家的艺术追求及其深远影响。

音乐无国界，艺术无国界。从艺70年来，贠恩凤就像展翅飞翔的凤凰，曾多次随中国艺术团、友好代表团飞往美国、欧洲、东南亚、日本、中国香港等10多个国家和地区访问演唱，扩大了中华之声的影响力和美誉度，为陕北民歌、中国民歌和民族音乐走出陕西走向中国和世界做出了贡献。不仅促进了中外文化艺术交流，让更多的外国朋友了解和喜爱中国的民族艺术，同时也加强了中外人民的友好情谊。

1965年春夏之交的一天，随团在陕南汉中市西乡县参加“社教”的贠恩凤正在集中排练将要演出的节目时，忽然接到陕西省广播局的通知，要求她立即返回西安，说到北京有出国演出。当团长黄希良通知贠恩凤时，她还有些茫然，这事她连想也没想过，怎么突然降临到自己头上？因为任务急，两场将要进行的演出她也没参加成，爱人孙韶还要随团参加演出，第二天一早贠恩凤就告别了爱人和同事赶回西安。

回到西安后，局领导向贠恩凤交代了任务，才晓得是根据中国文化协定，随中央广播民族乐团出国到捷克、罗马尼亚、保加利亚、苏联等东欧四国访问，贠恩凤心里既激动又有些紧张，在西安工作十几年，虽然也出过远门，但却没有离开过祖国。这次要到很远的外国去，也不知是什么滋味。他匆匆安排了孩子，料理了一下家里，就一人赴京了，当时她才25岁。

到北京集中培训了3个多月时间，主要学习、排练节目。贠恩凤在出国前学习了很多政治上的知识，领导对他们要求很严，要他们保证在任何情况下不出事，要维护祖国尊严、荣誉，节目上要过得硬，要代表中国人民的水平。

出访代表团成员共15人，团长是中央广播民族乐团总团长谷枫，民族乐队都是一流的演奏家，如刘森（笛子）、俞良模（琵琶）、丁国顺（扬琴）、蔡慧泉（打击乐）、许占田（唢呐）、王宜勤（二胡）、王力南（笙）等，歌唱家有郭颂、贠恩凤，还有中央广播说唱团的刘慧琴（河南坠子）。节目经过较长时间的排练和领导的多次审查修改，在各方面做了充分的准备后，代表团于9月上旬乘飞机离开北京。

在国外两个多月的时间里，代表团先后访问了捷克、罗马尼亚、保加利亚、苏联等四国，每个国家停留20天左右，贠恩凤先后演唱的曲目有《蝶恋花——答李淑一》《信天游唱给毛主席听》《放马山歌》等，以及所到国家的民歌。除独唱外，贠恩凤和刘慧琴的小演唱《歌唱总路线》(用江南紫竹调填的新词)也是每次必演的节目。

在这些国家演出，代表团访问了很多城市，看到了这些国家的山水风光、风土人情，也接触了一些人民群众。他们所到之处，人民群众非常友好，对他们表示热烈欢迎。

在保加利亚加布罗沃州一个工厂为工人演出时，那个俱乐部小得可怜，只能容纳100多人，但工人群众听说中国代表团来演出，一下子就在俱乐部挤进了300多人，外边还有很多人向里边挤。实在没办法了，工厂的负责人不得不特地给外边没进来的人安装了扩音器，才算满足了工人的要求。当代表团演出结束准备离开时，三四百工人热情为他们送行，向他们表示热烈的祝贺，很多人要贠恩凤他们签名，交换纪念品。在外国农村的演出效果也经常是如此。

《陕西日报》在1965年11月14日第二版一篇新华社专电报道中曾写道:“许多节目演完后，观众都高喊：好极了！好极了！再来一次，再来一次！”“中国音乐家演唱的《蝶恋花——答李淑一》《歌唱总路线》《信天游唱给毛主席听》以及保加利亚游击队之歌《嘿！亲爱的巴尔干山》等歌曲最受观众欢迎，每次演出都博得很长时间的热烈掌声，并要求重演。”“一位音乐家说:‘我不知道该如何表达我的感情，你们演出的节目都具有战斗性和思想性，尤其是你们演唱的《蝶恋花——答李淑一》，我们听了之后非常激动。’”

1978年4月4日，贠恩凤参加西安市友好代表团访日演出。代表团一到奈良市，立即沉浸在友谊的海洋中，中日两国国旗迎风招展，整个奈良市披上了节日的盛装，男女老少1300多人像迎接亲人一样夹道欢迎中国客人。有的日本朋友把一束束鲜花献给中国朋友，有的日本朋友打着大幅标语，上面写着“热烈欢迎西安市友好代表团”“日中两国人民要世世代代友好下去”等，中学生鼓乐队奏起欢快的迎宾曲，那一张张诚挚的笑脸、那一声声亲切的问候都表达了日本人民对中国人民的友好感情。

第二天下午，奈良市各界友好人士1400多人隆重集会，热烈欢迎西安市友好代表团。键田市长在会上发表了热情洋溢的讲话。他说：“日中两国是一衣带水的近邻。我们应当把发展日中两国人民的友好和平团结作为自己的历史使命。”他代表全市人民向西安市人民赠送了一面锦旗，上面写着“日中友好团结万岁”。同时，把镶有朱红色和洁白色玛瑙的富士山模型送给代表团。键田市长指着那晶莹的“富士山”对王林团长说：“我们送的不只是一件礼物，更是我们对西安市人民和中国人民一颗诚挚友好的心啊！”

奈良市人民为了表达对中国朋友的友好情谊，由少年合唱团演唱了中国歌曲《我爱北京天安门》，母亲合唱团演唱了《东方红》等歌曲，整个会场充满了中日两国人民热烈友好的气氛。代表团团员贠恩凤也演唱了一首歌曲，歌词是郭沫若为西安、奈良结成友好城市所作的诗《纪念西安与奈良结成友好城市》（孙韶作曲）。母亲合唱团有一位名叫金泽悟子的女士听了以后就同13岁的儿子金泽秀人商量，决定作一首曲子送给代表团。当代表团离开奈良的那天早晨，金泽悟子从离奈良市几十千米的生驹市赶来欢送代表团。金泽悟子找到贠恩凤，紧紧地握住她的手，从怀里掏出一张写有曲谱的纸，含着眼泪说：“这是我儿子送给中国朋友的一支曲子，曲名叫《创造友谊的明天》，请代表团的朋友们为这支曲子填词，共同来歌唱日中两国人民世世代代友好的情谊，你们回国后，一定转达我们日本妇女和孩子们对中国人民的问候。”代表团团员们听了她这番发自肺腑的话语深受感动。贠恩凤手捧着这张写有曲谱的纸，不忍离手，心里非常激动，望着这位日本女士，从她身上也仿佛看见一个纯朴的日本少年在笑着对自己热情地唱着这首深情的歌曲。她怀着深情向着金泽悟子挥手告别，向她表示深切的谢意。

为了感谢日本人民真诚友好的情谊，代表团副团长谢邦定和新华社驻日本东京记者苏克彬，在访日过程中，根据金泽悟子提供的这首曲子的风格和结构，很快填好了词，词曰：

创造友谊的明天

惜别依依赠一曲，
友好情谊入心田。
鉴真晁衡传轶事，
唐松汉柳续新篇。
三笠遥望骊山景，
渭水相通佐保川。
互教相诚反霸权，
携手今天创明天。

在访问箱根时，贠恩凤就把这首表达中日友谊的歌曲唱出来并录了音。回国后不久，《中日和平友好条约》签订了，歌曲中所表达的“创造友谊的明天”的美好愿望实现了。为了歌颂中日人民的友谊，为了让更多的人听到这象征中日友谊的歌曲，在代表团回国后，中央人民广播电台把贠恩凤唱的这首歌录了音，中国唱片社也把这首歌灌了唱片，广为传唱。

京都也是日本具有灿烂古代文化的城市。当代表团来到这里访问时正值樱花盛开的季节，京都有名的垂樱和彼岸樱盛开，与翠绿的垂柳相辉映，十分美丽。在中日两国人民交往中，樱花被人们当作友谊之花来讴歌，贠恩凤在访日期间所到之处都要演唱日本人民老少皆爱的《樱花》，很受欢迎。

在一个雨后天晴的日子，代表团全体成员在日本朋友的陪同下，乘船前往著名的岚山游览。只见群山重迭中，苍松翠柏间盛开着美丽的樱花。姣妍的岚山，引起人们对人民的好总理周恩来的无限怀念。周总理曾经两次游岚山，并写下了《雨中岚山——日本京都》这首光辉的诗篇。代表团送给京都西安友好和平委员会一幅写着周总理的诗的挂轴，日本朋友们非常高兴，爱不释手。

日本朋友吉村孙三郎先生说："我从25年前就认识了周总理，受过周总理的多次接见，他为日中友好事业所做的巨大贡献我们永志不忘。虽然我已是94岁的人了，但我愿在有生之年继续为日中友好尽力。"

当贠恩凤演唱这首诗篇（孙韶作曲）后，引起日本朋友对周总理的怀念之情。日本京都市立艺术大学校长梅原猛先生听了这首歌后非常高兴，他一定要贠恩凤把这首歌给他抄下来，以便带回学校教学生们唱。他说："这首歌太好了！为了怀念周总理，为了进一步促进日中友好，我们还要把周总理的诗译成日文，并且由我们自己谱曲来演唱，我们不仅在日本演唱，还准备明年访华时为中国朋友演唱。"

贠恩凤满足了梅原猛先生的要求。当贠恩凤回到西安后还收到梅原猛先生的感谢信，并寄给她两本他们的声乐教材，还邀请她到日本去讲学。

代表团这次访问虽然只有短短的14天，但是日本人民对中国人民所表达的深情厚谊却令人难忘。代表团在访问期间深深感到，要求日中两国人民世世代代友好是日本人民的强烈愿望。京都市友好人士后藤正城，为了热烈庆祝京都市同西安市结成友好城市，欢迎西安市友好代表团来访，特意在京都市举办了反映中日友好的书法艺术展览会，并亲自书写了一首汉诗赠送代表团。诗写道："一衣带水邻邦友，樱花时节会真英。千载友谊今胜昔，世代友好去坚贞。"

西安市友好代表团访日成功，促进了中日两国文化交流活动日益频繁，日本松山芭蕾舞团作为中日和平友好条约签订以后的第一个日本演出艺术团来我国访问演出。他们带来的剧目有：欧洲古典芭蕾舞剧《葛蓓利娅》全剧和《天鹅湖》《雷蒙达》《堂·吉诃德》选场或选段，日本舞剧《红战袍》《祇园祭》以及中国舞剧《小刀会》片段等。

孙韶谱曲的《雨中岚山——日本京都》一歌，在京都演唱后，受到日本朋友欢迎，一方面被京都大学作为声乐教材，另一方面由中国对外友协制成的录音带被日本京都府领导指示专门在岚山景区播放。时隔多年后，日本京都轻音乐团及京都市合唱团两次到西安访问，还在西安专程演唱了这首歌，不仅请贠恩凤和他们共同演唱，还特别邀请孙韶担任乐队指挥，象征着中日友谊的合作。

1989年5月9日，为纪念西安与京都、奈良结为友好城市15周年，进一步增进中日两国人民之间的友谊。应日本京都、奈良市政府邀请，以陕西省广播电视民族乐团部分歌唱家、演奏家为主，并有数名杂技、舞蹈演员参加，组成中国西安民族艺术团一行27

人，带着一台民族声乐、器乐、舞蹈、杂技等民族色彩浓郁的节目，在团长刘顺成、副团长孙韶、贠恩凤率领下，于5月9日到达日本，在京都、奈良等城市进行为期两周的访问演出。

在京都、奈良共演出4场，观众反应强烈，效果非常好。京都市长今川正彦亲自参加艺术团的首演仪式，发表了热情洋溢的讲话。中国驻日公使唐家璇和三等书记官王晓山专程从东京赶来参加艺术团的首演式和欢迎宴会。我国驻福岗、大阪总领事也参加了欢迎宴会，对艺术团的演出和访问工作表示关心支持。日本有关新闻单位多次做了报道。京都、奈良、大阪电视台都发表了消息，京都还播出了演出实况，《读卖新闻》《京都新闻》《京都市报》《奈良日报》等都报道了这次演出活动。

首场演出在京都会馆举行，1800多名观众怀着极大兴趣观看了民族器乐演奏、民歌演唱、杂技、舞蹈节目，对每一个节目都报以热烈的掌声。男中音歌唱家钱志鸿演唱日本歌曲《友好小调》风趣活泼，台下很多观众跟着节奏拍手相和，情绪高涨。民族器乐节目同样受到热烈欢迎和好评。观众雷鸣般的掌声骤然响起，经久不息。民乐小合奏《花好月圆》《闹花灯》，乐手身着鲜艳的具有民族色彩的服装，情绪饱满、热情奔放的演奏，具有乡土气息的独特风格，给观众留下了深刻的印象。青年扬琴演奏家王成一演奏日本乐曲改编的《樱花》，旋律流畅优美，手法多变，以丰富的表现力赢得了日本观众的青睐。当青年演奏家刘宽忍用我国6000年以前的乐器“埙”和8000年以前的“骨笛”演奏时，观众顿时惊叹不已。他们称赞中国民乐的音色独特优美，具有强烈的感染力。每当休息时或演出结束，许多观众涌到后台，向演员祝贺演出成功，要求签名留念或交换名片；有的询问乐器性能和演奏方法；有的走近乐器仔细观摩，用手轻轻弹拨。一些中国留学生说道："你们出色的表演，改变了我们对中国音乐的看法。""在异国他乡听到祖国的民族音乐倍感亲切、激动万分，我们一定早日学成回国，为建设祖国出力。"一些日本朋友则说："中国乐器神极了，能出色地表现各种感情，二胡的乐声像是在同你娓娓交谈；扬琴的妙音似潺潺流水沁入心脾。"有一位日本朋友也是中国乐器的爱好者，他专程从东京赶来连续看了两场演出。他说："在日本，中国的民乐是有一定市场的，爱好者甚多。中国民乐风格独特，自成一体，富有浓厚的民族色彩，颇有研究价值。"贠恩凤亲眼所见、亲耳所闻这些动人的情景，看到中国民族音乐艺术引起如此的轰动，受到日本朋友这样的敬仰，一种民族自豪感油然而生。

中国的民族音乐艺术已经在世界范围内产生了巨大的影响，但我们的交流工作做得并不完善，我们的民族音乐向国外介绍得还不够，许多观众甚至连扬琴、琵琶都未听说过，至于"埙""骨笛"这些中国古老的乐器更是被他们视为"珍奇的文物"一般。京都中国饭店的社长丁圣昌先生专门来到后台，仔细观看了解扬琴这一中国乐器，他边抚摸边询问，并提出想购买一台扬琴放在他的饭店里。很遗憾，因只带了一台琴，故无法满足他的美好愿望。此事亦说明了国外观众对中国乐器的喜爱。

这场以介绍中华民族音乐艺术为内容的晚会，备受日本朋友喜爱，而贠恩凤的演唱，则使晚会达到了高潮。当她演唱日本人民所喜爱和熟悉的《花》这首歌时，台下不少人跟着唱，观众席里有人用中国话说："妙极了！""太好了！"在演唱《北国之春》时，观众拍手和着节奏，情绪高涨，台上台下融为一体。观众已完全被演员的精湛表演迷住了，掌声、欢呼声始终没有间断，甚至压过了乐队的伴奏声，这无疑是对演员发自内心的最诚挚的感谢。当贠恩凤唱完最后一首歌时，观众站起来热烈鼓掌久久不愿离去。当刘顺成团长和全体演员谢幕时，台上打出了“中日友好”的横幅，整个剧场又一次沸腾起来，中日人民的友好情谊在这里又一次得到升华。

在京都的其他两场演出及在奈良的演出，情况基本上是一样的。在京都的第二场演出，是专为京都的老人、残疾人、儿童安排的，由京都市民生局主持。这场演出有着特殊意义，它充分体现了京都、西安两市政府对老人的尊敬，对残疾人的关怀，对儿童的爱护。特别是在演出前，剧场服务人员护送老人进入座位，帮助残疾人推着轮椅自专门通道直接进入固定的轮椅位置，其情景十分动人。

中国西安民族艺术团访日演出获得圆满成功，受到日本朋友的热烈赞扬，为祖国赢得了荣誉。演员们用自己的心血和汗水浇灌了两国人民的友谊之花。

5 月 21 日上午，代表团从东京机场启程回国。短短 13 天，弹指一挥间，但中日人民的友谊得到了巩固和发展。通过这次在京都、奈良的演出，一方面促进了中日两国文化艺术交流，让更多的日本朋友了解和喜爱中国的民族艺术，同时也加强了中日两国人民的友好情谊。

在出访泰国时，每次欢迎会上，大家都要听贠恩凤歌唱《中泰人民友好之歌》，边唱边跳，情绪非常热烈。

在菲律宾访问演出时，贠恩凤用菲语演唱了菲律宾最流行的歌曲《为了你》，博得了总统的赞扬和祝贺。

在美国演出中，贠恩凤演唱了自己的拿手歌曲《蓝花花》《小河流水》等，观众席上掌声久久不息。

贠恩凤出国演出的成功，使我们自然想起了鲁迅先生的名言：

“愈有地方性，愈有世界性。”30 多年来，贠恩凤夫妇一真坚持民族音乐道路。贠恩凤的丈夫孙韶多年来共创作了 1000 多首歌曲，有不少歌曲是贠恩凤唱出去的。

“云雀引吭飏银铃，百花竞绽报长春。”贠恩凤和孙韶在继承民族文化的基础上一直注重创新，不断创作新歌曲、录制新节目，为他们共同热爱的民歌和民族文化注入新的生命，为中国音乐乃至世界音乐做出了杰出贡献。

2014 年，陕西省新闻出版广电局党组发出向贠恩凤同志学习的号召；同年贠恩凤被陕西省委授予“三秦楷模”荣誉称号；2015 年贠恩凤被中宣部授予“时代楷模”荣誉称号。

虽然荣誉接踵而来，但贠恩凤仍然一如既往地坚持到基层公益演出。

贠恩凤做客陕西人民广播电台的“秦风热线”和央视“艺术人生”节目时，表示有生之年将永远为人民歌唱，永远歌唱人民。

贠恩凤虽然是名人，但生活简朴，一件红毛衣穿了十几年，缝缝补补，演出时依然穿在身。

著名歌唱家郭兰英在贠恩凤 50 周年独唱音乐会上动情地说：恩凤的心中想的是党，想的是人民，歌唱的是党，歌唱的是人民，心里头没有她自己，只有人民，只有党，也就是工农兵人民大众。所以，全心全意为人民服务，这是一个共产党员的本质，也是她的道德品质！

全国人大代表、中国作家协会副主席、陕西省作家协会主席贾平凹在《黄土高原上的银铃——人民艺术家贠恩凤》新书发布会上说：在我几十年的认识中，我觉得贠恩凤老师，包括王新民先生都是正善之人。她从10来岁唱到77岁还在唱，而且大部分是在厂矿、农村、部队，在基层去唱，这很难得。哪怕是文艺下乡有人去一次、两次、十次、八次都可以，但是她做了一辈子，起码我没有见过。

中国音乐家协会原主席、著名音乐家赵季平在纪念贠恩凤从艺60周年座谈会上讲话说：我在省文联工作多年，文联的同志曾多次提到贠恩凤、孙韶这两位老艺术家，过去10多年以来，省文联多次组织采风活动，每次都少不了这两位年纪最大的艺术家，每次演出采风回到西安，省文联都要表扬和感谢这两位老艺术家。

在一次座谈会上，贠恩凤直抒自己的观点："司马迁在《史记》中曾说音乐要'善民心'，2000多年前的古人，也在社会生活中体会出音乐对陶冶人们情操、激励人们意志的潜移默化作用。无论是古代或现代、中国或外国、流行歌曲或民族歌曲，只要主题鲜明、内容健康、旋律优美，都具有强大的生命力，都能得到观众的认可和欢迎。"

2002年，在隆重纪念毛泽东同志《在延安文艺座谈会上的讲话》发表60周年座谈会上，在回顾自己大半生艺术生涯后，贠恩凤动情地说：人民需要艺术，艺术更需要人民。人民是文艺工作者的母亲。文艺工作者应该自觉地、长期地、满腔热忱地和人民在一起，为人民奉献优质的精神食粮，用优秀的作品鼓舞人。在几十年的演唱生涯中，我始终坚持弘扬主旋律，歌唱党、歌唱祖国、歌唱人民、歌唱时代、与时俱进。……我努力在自己演唱的歌曲中，表达出一种继承革命传统、发扬延安精神、开拓创新的思想观念，紧跟时代，不断进取，永远站在为人民群众服务的第一线。正所谓：

红巾少女初长成，

歌喉婉转露真情。
丹山广袤梧桐树，
老凤犹如雏凤声。

近 70 年来，作为一名党的文艺工作者，贠恩凤始终坚持歌唱主旋律，以朴素的、健康向上的、人民大众喜闻乐见的民歌，优秀的创作歌曲去鼓舞人，给广大人民群众带来精神力量。从贠家的小恩凤，到人民艺术家贠恩凤，无论是灿烂绚丽的中外舞台，还是艰苦简朴的工厂、农村露天演出场，甚至工读学校、女子监狱，贠恩凤所到之处都不仅留下了优美的歌声，还留下了真情，更留下了她无私奉献的美德。

如今，年过 80 岁的贠恩凤仍然活跃在舞台尤其是基层舞台上，每年公益演出四五十场。她表示，只要一息尚存，就会继续歌唱人民、歌唱党、歌唱祖国，用歌声伴随共和国成长，用歌声祝福共和国繁荣昌盛，蒸蒸日上。

但愿贠恩凤这位金凤凰歌喉不老、艺术长青，生命不息、奋斗不止，永远为祖国和人民歌唱，永远歌唱祖国和人民！

我们也可以称他为伟人

◎ 何建明

他应当是个名副其实的伟人。虽然用他自己的话说是个“裤腿上一辈子甩不掉泥巴的农民”，可他的精神境界却如此高贵并值得尊敬。他一生从未离开过生他的那个村子，也从未离开过与他同呼吸、共命运的村子里的男男女女、老老少少，他带领百姓把这个村子建设成“天下第一村”。

谁敢夸口“天下第一”？他敢！因为从20世纪五六十年代开始，他的村子一直走在中国农村发展的前列。近半个世纪里，多少与之同起并齐名的“红旗”或“典型”，或倒下的倒下或消失的消失，有的像吹气的泡泡，有的则如昙花一现，唯独他和他的村子，旗帜依旧高高飘扬，而且在市场经济的今天和全面建设小康社会的伟大征程上，他的旗帜越举越高，越来越鲜艳。

我的主人公是位地道的农民。他既没学哲学也没上过大学，但他在领导农民们建设社会主义的几十年实践中掌握着马克思主义哲学最精髓的核心和最基本的原理，即一切从实际出发，走适合自己村子发展的道路；他只读过三年私塾，但他在几十年农村工作中掌握了几乎所有社会知识，即让百姓幸福，就是社会主义；让全世界人都幸福，就是共产主义！

这是一个中国农民对社会主义和共产主义的理解。没有深奥的理论，没有玄妙的逻辑，却包含了无数深刻理论与丰富实践经验的真理。其实大凡一切最管用、最经典的真理，都是清澈见底的“白开水”。

吴仁宝——我的主人公的名字，这位农民以一个真正共产党人的胸怀和睿智，成功地实践了让农民们从几千年形成的物质贫穷与精神愚昧的世界，过渡到物质富足、精神丰富、身体健康、人人都基本能“自由发展”，并朝着真正意义上的日新月异的高水平的幸福富裕和完美方向不断前进——几千人、万把人，每年以100亿以上的速度递增迅速创造物质财富和人均享用上万、甚至几万美元以上的纯收入，这样的发展速度和财富即便在最发达的国家也是少有，而这仅仅是物质层面。吴仁宝的伟大之处，更体现在他以一个共产党人的崇高信仰和坚忍不拔的意志，靠实干、靠求新所铸造出的“华西精神”，以及他本人这杆历经风雨永不倒的红色旗帜。

足够让世人刮目相看的华西村现在的实力和发展速度仅凭想象是很难形容得出的。“三年。再过三年你来华西村看看就更不一样了！”吴仁宝见我后的第一句话说得很自信也很有底气。

“三年后的华西会是什么样呢？”我在眼花缭乱的“人间天堂”中参观时尽力去想象明年的华西与现在的华西之间的差异，但我自感想象力的匮乏。明天的华西村有更多的“金塔”（华西村现在有3座15层的金塔）？明天的华西能实现千亿元的年产？明天的华西是一个田野上的现代化都市？

吴仁宝笑了，细言细语地告诉我：这些都不难。千难万难，实事求是最难。华西村能有幸福的今天和更加美好的明天，就是我们掌握了实事求是这个法宝。

这是一句与炫耀丝毫无关的朴实之语，但真正能做到的人并不多，即便是“实事求是”的发明者和倡导者。它考验着共产党人的先进性，同时也标立出了普通人与伟人之间的一道分水岭……

吴仁宝的华西村并非生来就是天堂福地。20世纪50年代末，吴仁宝出任华西村的前身23大队的党支部书记。当时正值“大跃进”年代，一些头脑发胀的人都在“放卫星”。先进分子吴仁宝自然逃不出上面的点名：“吴仁宝同志，你们大队的稻子长势比别人家的好，你能报报多少亩产？”

“那——人家报了多少？”吴仁宝问。

“最少的也有1万斤了。”

“1万？”吴仁宝两眼发直，心里打算了半天怎么也高不上去。最后他狠狠心，鼓足气报了3700斤。

“保守，太保守了！仁宝同志你要好好考虑考虑。”

吴仁宝打小在田野里打滚，他清楚每一块田里到底能打多少粮出来。面对无数双咄咄逼人的眼睛，这回他不想再说违心话了：“这样吧，等收割时，公社派人到我们大队监收，如果地里能多收1斤稻谷，我们全大队宁愿挨饿也要倒贴10斤指标卖给国家；可如果亩产每少收1斤，你们也得给我们如数补上啊！”

这个吴仁宝！他的话一出，从此再没人朝他要亩产数字了。

“那时我不满人家报万斤粮的，其实我报3700斤也说了假……从那以后，我再不相信玩虚的了。玩虚的假的，沾光的可能是一些当官的，但吃亏的肯定是老百姓。我是从田埂上走出来的共产党员，一辈子脱不了双腿上的泥土，所以我于心不忍作假……”半个世纪后的今天，吴仁宝如此深情、执着地对我说。

1961年，华西村正式组建，当时称大队，下辖10个生产队，人口667人，可耕面积841亩，人均欠债1500元。12个小自然村落，破破烂烂，茅草房、泥垛墙，羊肠小道弯弯曲曲，七高八低的田地落差数米……“高的像斗笠帽，低的像浴锅塘。半月不雨苗枯黄，一场大雨白茫茫。”这是华西村当时的真实写照。

面对贫穷，吴仁宝最真切的感受和最强烈的愿望，就是要让自己的兄弟姐妹不再面黄肌瘦，就是要把那些背井离乡的孩子和婆婆婶婶们找回来暖和他们的手和脚……

那时吴仁宝想要做到这两点，唯一的办法就是带领乡亲们改天换地。

改天换地的战斗，是靠每一滴汗水冲刷和垒起的一种艰苦奋斗。

吴仁宝与众不同之处或者说他的伟大之处，就在于他注重从实际出发、坚持与时俱进的创新和创造。在全国性的“农业学大寨”热潮中，吴仁宝带领华西走的是一条既求艰苦奋斗、又讲规划目标之路。为“15年将华西建设成为社会主义新农村”的目标，吴仁宝身先士卒，与全村干部群众以实干拼命干的精神，提前8年实现。“做煞大队”换来的是土地平整、道路宽畅、白墙青瓦的新农村和闻名全国的“亩产超吨粮”先进典型。

“我现在经常对人说，自己为什么七八十岁了还没有完全退休，就是因为以前犯过三个错误：教条主义、形式主义和官僚主义。这三个主义在我们新中国建设的几十年里，经常有人犯，我也不例外。所以总想在自己身体允许和有能力改正错误的时间里多补点儿回来，多干点儿有利于老百姓的事。”吴仁宝这样说，“教条主义、形式主义和官僚主义是实事求是的最大敌人，我为什么总说千难万难，实事求是最难？就是因为我们在基层工作的同志，要想从实际出发，为百姓干点儿实事时，不断会遇到这样那样的问题。比如说，在‘宁要社会主义的草，也不要资本主义的苗’的年代，我们华西村为了改善和增强集体经济，偷偷摸摸搞了个‘小五金’厂。那时华西已经是全国有名的农村先进典型了，我们办‘小五金’厂在当时是绝不允许的事，属于割资本主义尾巴的范围。但我们为了让百姓过的日子好一点儿，就把办‘小五金’厂当作头等重要的副业来抓，后来每年为村上创利几十万元，那时候一个生产大队有几十万元收入，绝对算富裕了！可这么好的事，领导来了我们只能赶紧关门，参观的人一走又机器隆隆响起。后来露了马脚，我只好跟领导这样汇报：‘这是响应上级指示精神，搞两条腿走路。’上面的人信这呀！他一信我们就可以继续干，华西村就这样慢慢有了较强的集体经济。”

到60年代末，华西村依靠一个“小五金”厂和一台小磨坊，便积累了100多万固定资产和100多万现金存款。而此时的华西村村民们也全部搬进了大队统一盖建的新瓦房，并且家家有存款。从这时候起，外村姑娘嫁华西村甚至小伙子“倒插门”来华西的风潮一直延至今日……

吴仁宝通过华西村第一个历史发展的进程，深切地体会到：将一名共产党人的使命和责任落到为百姓谋幸福之上是多么的重要，而人民群众对这种重要性的呼应，又使吴仁宝更加坚定了走实事求是和创新创造的发展之路。

“中国改革开放的总设计师邓小平有句名言，叫作‘发展是硬道理’。我怕农民群众弄不太懂，就自创了两句话，叫作‘有条件不发展没道理，没有条件创造条件发展才是真道理。’我们华西就是靠这个精神一步步求发展的，走得还比较顺。所以我总结了18个字：大发展，小困难；小发展，大困难；不发展，最困难。”瞧这位农民智者出口成章的经典词语，既朴实又充满深刻的实践思想！

“让百姓幸福就是社会主义。让百姓幸福就必须大发展。”这是吴仁宝担任华西村支部书记几十年来总结和遵循的一个“真道理”。

为了把这个“真道理”转化为农民们人人看得见、摸得着的幸福感觉，吴仁宝带领华西人走过了“70年代造田”“80年代造厂”“90年代造城”的三次革命性征程。

“70年代造田”完成的是农民们实现温饱的革命。就是在这样的一场农民们人人都明白如何走完的革命征途中，吴仁宝也创造过许多“特色”。“造田”初始，吴仁宝就放言说：“这些年，干部一动员大干快上就说要让大伙儿脱几层皮、掉几斤肉。我看哪，叫群众脱皮掉肉的干部一定不是好干部。从今起，我们华西人在搞大干快上时，不仅不能脱皮掉肉，而且还要长肉增膘！”天底下能有这等事？当然有。这就是现今老一代华西人给后代们经常讲的“老书记办食堂”的一则百听不厌的故事——农忙来临，支书吴仁宝忙着张罗的不是农田里的播种与收割，而是那个“大食堂”。

“你们听着：主食供应要放开，小菜副食多花样，荤素搭配得合理，茶水点心送田头……”吴仁宝拉长嗓门在食堂内外不停吩咐着。

“办食堂”曾经被当作一种“极左”行为进行过批判。可吴仁宝不这么看，他看到的是农民们为了集体生产出大力流大汗，如果不能把身体搞好，哪来冲天干劲？于是他力排众议，办起“农忙大食堂”。农民们高兴呀！干活有人管饭，自然心情舒畅。这心情一舒畅，啥苦啥累都不在话下，身体也就跟着长膘了！华西村的“农忙大食堂”一直办到80年代，后来“大食堂”就变成了大饭店、大宾馆和各种风味小餐厅。现今村民不管男女老少，每人每年有3000多元补贴，可任意在这些地方免费就餐，这是后话。

华西人有句“无农不稳，无工不富”的口头语。早在70年代进行“造田”战斗同时，吴仁宝已经摸索出了一套建设社会主义富裕新农村的经验，即：单一的农业很难使农民们真正富裕起来，只有彻底解放农村生产力，走农村工业化道路，中国的农民、农村和农业才有出路。

70年代末、80年代初，中国的农村经历了一场自新中国成立以来最为波澜壮阔的伟大革命。在跨越30年的土地集体耕作之后，农民重新获得了种地的自由——分田到户、包产到户的承包责任制迅速在各地推开，成为那个时期“三农”工作的主要内容和改革标志。面对全国性的农村改革形势，以集体经济壮大起来的华西村的路怎么走，吴仁宝必须回答。

“分？！当然分有分的好处。可分与不分仅仅是个形式。中央政策的意图很清楚，分田到户为主要改革内容的承包责任制，其最终目的是让农民富裕起来。这说明选择什么样的道路并不重要，根本的一条，就是看我们共产党领导下的农民们能不能过上富裕日子。我们华西村的集体经济已经发展得相当好了，农民们都开始过好日子了，为什么一定要分呢？华西村现在的头等任务是要更大力度地解放生产力，让大伙儿的生活更加富裕、全面富裕！这也是社会主义，是社会主义的根本目标！”吴仁宝的回答掷地有声。

南京。雨花台。细雨蒙蒙中，一百多位神情肃穆、列队整齐的农民，紧握拳头，面对革命先烈纪念碑，庄严宣誓：“苍天在上，大地作证，我们华西人要有难同当、有福同享，决心苦战3年，目标1亿……”尽管雨水打湿了每一个宣誓人的脸，但人们还是认出了领头宣誓的那个年长者，他就是吴仁宝。

这个日子是1985年8月19日。这一年吴仁宝58岁，一个名副其实的老共产党员。在雨花台的那次雨中宣誓，心细的人会发现：流淌在这位老共产党员脸上的，不仅有飞扬的雨水，更有两行滚烫的热泪……

外界人一提起吴仁宝，只知道他是华西村的党支部书记。其实吴仁宝还当过乡官、县官，只是他在当乡官、县官时从没有丢过华西村支部书记这个职务。吴仁宝一生中最大的官职，是他在1975年

4 月至 1980 年 5 月这段时间里出任江阴县县委书记一职。

“不行不行，我是一个农民，文化水平低，怎么能抓得了一个县的工作嘛？”在上级领导告诉吴仁宝已经决定让他出任县委书记时，吴仁宝再三真诚地推辞。

“我们认为行。你事业心强，魄力大，干劲足。再说你也兼任多年县委副书记，在负责一方面工作中抓得很好，组织上考察的结果，大家都觉得你能挑起新的担子。”

“再说，我也离不开华西……”

“这个我们已经研究过了，你当江阴县委书记，仍兼任华西村支部书记。”

组织决定，没辙。于是吴仁宝就从村支书，一跃成为专职县委书记兼华西村支书。之后的 5 年零 1 个月里，吴仁宝以抓华西村的干劲和经验，坚持从实际出发和抱着让百姓过上好日子的心愿，废寝忘食地工作。他以真抓实干的工作作风，上任县委书记的第一年就提出要把江阴“一年建成大寨县”，并用他特有的形象语言把几项奋斗目标编成一首诗：“七十万亩田成方，六万山地换新装，五业发展六畜旺，社会人人喜洋洋。”

吴仁宝结合江阴实际，提出三项“大跨步”。在这一系列措施中，其中有一项最能体现吴仁宝作为基层领导干部的实干作风，他要求县机关干部改变以往坐办公室的作风，实行“三三制”，即三分之一人员到基层或农村，三分之一人员深入一线调查研究，三分之一人员留守机关处理日常事务。如此一来，整个江阴县机关和基层单位的干部，精神面貌和工作干劲为之一新，全县各项工作呈现生机勃勃、热火朝天的景象，江阴的各项发展由此进入了前所未有的突飞猛进阶段。从 1975 年至 1980 年吴仁宝任县委书记的五年里，江阴县的工农业生产总值整整翻了一番多。

江阴本先进，
昔尚不逮今，
今日沸腾谋建大寨县，
苟欲描摹语言良难寻。
我闻此讯心跃然，
不胜欣喜望南天，
仁宝同志江阴众，
英雄业绩维仔肩。
更思举国数千县，
孰不能如江阴焉？

这是身居京城、与吴仁宝同乡的中国语言大师叶圣陶先生在报上见到江阴欣欣向荣变化时，“感极喜极”地给吴仁宝作了一首诗。老先生感慨万千道：“我乃苏州人，想苏州人当同此兴奋。即非苏州人，亦必欢呼称颂也。”

一生耿直天真的叶圣陶先生哪知他所万般欣赏的农民兄弟吴仁宝的“英雄业绩”，却在一些人眼里并非如此，个别喜欢在某个政治气候中捞稻草的人先是写黑信说“华西是假典型”——华西假了吴仁宝还能真吗？这种逻辑的推断所造成的恶果极其可怕。而吴仁宝坦荡无私的工作作风，又使一些“讲实际”的干部党员找到了“出出恶气”的机会……

1980 年 5 月中旬的一天，江阴县直机关召开党员大会选举出席即将召开的中共江阴县第五届代表大会的代表时，发生了一件曾在中共江阴县委和江苏省党史上十分罕见和震惊的事：身为江阴县委书记和中共江苏省委委员、业绩卓然的全国老典型吴仁宝，竟然落选了！

县委书记落选县党代会代表，更何况这个县委书记此时还是党的十一大代表呢！

这是吴仁宝一生从未有过的一次大起大落——是在他入党整 40 年时、官职最大、为党的事业干得最火热、功绩最大的时候出现的政治命运，刚毅的吴仁宝此刻真是欲哭无泪……

无奈中的上级组织考虑到这种局面，决定调吴仁宝任地区农工部负责人，但吴仁宝请求道："我来自华西，还是回华西。我是党员，一生唯一的愿望就是想为百姓多干点儿实事，坐机关不太适合我。"面对一位不计名利的老共产党员的诚恳请求，组织上最后答应了他。

吴仁宝从"县官"的宝座上又回到华西村当起了农民。

南京雨花台前宣誓时那两行泪水，是不是这位老共产党人内心涌出的一丝委屈，还是其他什么，吴仁宝从没跟人说过，华西村人在这种不平中也获得了一份欣慰，他们再一次看到老书记又意气风发地回到了他们中间！

53 岁的年龄从县委书记岗位上正常卸任，以后的日子颐养天年也属情理之中。然而非正常"下台"的吴仁宝却选择了一条完全不同的路——他重新回到了生他养他、与村民并肩用汗水改变了旧貌的华西村。

现在吴仁宝的身份依然是农民。他的实职是村支部书记（这一职务在任县委书记时一直保留着）。

不是所有的人都能甘心自觉自愿去接受这样的命运选择，即便是伟大的人物。但吴仁宝做到了，他以一个共产党员期待"为民造福”的宽阔胸怀和崇高追求，完成了他从一个普通农民到时代伟人的人格升华和心路历程的转变。

之后的20年里，吴仁宝这位老先进、老劳模所做的每一件事，所踩踏的每一个脚印，都体现了一位农民共产党人的先进性。而他对中国农民的深厚感情、对中国农村和农业发展方向的真知灼见与成功探索，都几乎可以用完美来形容。

“80年代造厂”，是他这种不断追求完美的一个重要里程碑。

“亿元村”——这是吴仁宝领着100多名华西村人在南京雨花台前发出的誓言。选择雨花台，就意味着吴仁宝下了“誓死不休”的决心。

今天的华西村每年产值以100个亿的速度在递增。可在20世纪80年代时，“亿元村”对中国农民们来说，如梦里的天堂一般。尤其对一个仅有千把人的华西村而言，近似一座高不可攀的泰山。

吴仁宝不愧是一头永不知倦的拓荒牛，他的每一次发力都让人惊骇：三年实现“亿元村”，而且是“三化三园”的“亿元村”，即绿化、美化、净化和远看华西像林园、近看华西像公园、细看华西农民生活在幸福乐园——这是吴仁宝当时给华西村描绘的蓝图，它浸润着这位一辈子与农民滚打在一起的老共产党人始终如一的作风：不仅追求物质文明，更追求精神文明；既要好看，又要实惠。而这也正是农民们拥护又欢迎的理想家园。

“搞建设，就得拿出革命先烈那种舍生取义、视死如归的精神。从今起，我们每个党员干部都要以身家性命来押保华西三年内实现‘三化三园亿元村’的目标。拿笔来——”南京雨花台宣誓回村后，吴仁宝第一个在干部责任保证书上重重写下自己的名字。这不是一次普通的签名，村里的党员干部们知道：责任保证书上写得清清楚楚，在“亿元村”的奋斗中如果目标没有实现，他们的家产将全部归公!

如此悲壮的农民革命啊!

“从那年起，每年我们华西村党员干部都得在村民面前‘签字画押’一次。正是这种豁出去的拼命精神，使党员干部的责任心、事业心获得了极大发挥与激励，华西因此也有了一年更比一年好的直线上升的局面。”吴仁宝说这话时，一腔慷慨和激情。

华西村的农村工业化道路便在这般悲壮的号角中吹响了战斗的进军曲。

田野上的工厂该是个什么样?显然吴仁宝想的绝不是那些“乒乓乱响”的作坊式小厂，这回他要实现真正意义上的工厂梦!

从田园到工厂，中国农民梦求了5000余年的路程，现在吴仁宝欲一步跨越。

“攀远亲”“搞联营”“借他力”“寻远航”……那岁月，吴仁宝既像乐队的总指挥，又如亲自上阵演奏的大提琴手，忽而掀动百舸争流的奔腾旋律，忽而谱奏绿色田野的春天童话，令人目不暇接，陶醉又沉迷——跳出“村门”进“城门”，闯出“国门”富“村门”，借脑袋生财，租梯子上楼，绑大船远航……这一招一术，无不显示着吴仁宝解放思想、开拓进取的胆识与气度。这期间，由华西村创出的诸如“星期天工程师”“教授下乡走亲戚”等媒体新名词也不断在人们的耳边响起。而所有这一切，都是吴仁宝这位农民改革家一手谱写的“造厂”乐章中那些闪耀着光芒的精彩音符……

曾任华西村党委副书记的“教授村民”程先敏走过的人生经历，无疑是这些精彩乐章中一个闪耀得格外夺目的“音符”。

那年程先敏39岁。这位因不甘“囊中羞涩”而独自辞别西安交通大学的年轻教授，有一天怀着好奇心走进华西村……

“你是大学教授？”

“是。我家在陕西商洛地区，农民出身。因为家里穷，所以上学后特别用功，从小学到大学读书一直是跳级的。十几年寒窗苦读就是为了跳出‘农门’，可真当了大学教授后又发现自己还是没有能力改变家族的穷困，所以只身来到苏南想寻求生路……”

“你学的什么专业？”

“机械制造专业。”

“听说你在我们华西村附近的另一个地方有过三年的办厂经历？现在为什么又要走了？”

“是，那个厂我去后效益翻了好几倍。但最终因为我是个外地人，他们在许多关键决策时不听我的，眼下工厂每况愈下，我也不得不走了……”

“那——你愿意上我们华西村吗？”

“如果我来了，你们能发挥我的专业特长并按照我的建议办企业，并且不把我当成外人吗？”

“完全可以——只要你是对的，只要你真心把自己当作华西村的人，华西村会真心诚意对待你的。”

“那我愿意留在华西。”

“好！”一双长满老茧的手热情地伸向年轻的教授。程先敏认出了站在他面前一直笑眯眯的老人就是华西村老书记吴仁宝。

“说说，你这位教授留在华西村有什么条件？”吴仁宝喜欢直截了当。

“没什么条件。”程先敏回答得也很直截了当。

“真没？”

“真没。”程先敏肯定地摇摇头。见老书记的眼睛盯住自己不放，于是只好说：“工资可以低一点儿，300 来块就行……”

吴仁宝再一次伸出双手，握住年轻教授的手，十分欣慰地笑道：“你是个跟我合得来的人！好好干吧，华西村有你的用武之地！”

程先敏就这样成了第一个到华西村工作的教授。他以自己的专业知识和令人敬佩的工作干劲，在华西村“造厂”创业中贡献了自己的全部才智和本领。有一年年末，程先敏要回陕西探亲，吴仁宝给他 3000 元钱，并说：“你一个月拿 300 块工资是亏的。”老书记的一句话，让年轻教授十分感动，程先敏其实知道，那时华西村一般的干部和企业管理者也就一个月拿 100 多元工资。

又到第二年回家探亲时，程先敏正在收拾行李时，村上的会计扛着一只鼓鼓囊囊的麻袋进门对他说：“老书记让我把这些给你。”

程先敏打开麻袋一看，惊得嘴巴半天没合拢：妈呀，麻袋里装满一捆捆崭新的 10 元钞票！不多不少，5 万元整！ 80 年代的 5 万元，对多数中国人来说，绝对是个天文数字。程先敏面对老书记吴仁宝和华西人的一片灼热心意，他哭了……从老家再回华西村时，程先敏把放在自己口袋里五年的全家户口簿，交给了吴仁宝：“老书记，如果你同意收留我们，从今起我们就是华西村的村民了……”

吴仁宝听完此话，转身朝正在“造厂”工地上热火朝天干活的村民们大声嚷道：“有教授来华西当村民，相信我们的明天一定更美好！”

“华西的天是共产党的天，华西的地是社会主义的地……”这时，环绕全村四周的高音喇叭齐声响起农民们熟悉而高亢的那首《华西村歌》……

三年，1000 多天，转眼间的事，吴仁宝却像变戏法似的让华西村的田野里矗立起一座座既绿化又环保的大型工厂，并且成为气势雄伟的苏南农村土地上的第一个工业园区。

时至1988年，华西村的经济呈现出以第二产业为主体，一、三产业为两翼的多元化格局，年产值超过预期，达1.01亿元。

“亿元村”的目标实现，华西再度成为全国农业战线最光彩夺目的旗帜！

这年吴仁宝60岁。可他意气风发的精神面貌，谁也无法将“老人”的标签贴在他身上。吴仁宝笑言自己正当年，“因为我的党龄才34岁。34岁的人干什么活？当然是干翻天覆地、惊天动地的事嘛！”一个生命不息、奋斗不止的共产党人的胸襟和情操就是这样崇高！

吴仁宝有句口头禅：“一个党员就是一面旗帜，党员代表着党的形象。一个党员干了好事，老百姓就会念共产党好。”而且他这样认为，“全心全意为人民服务，是共产党员的职责。要为人民服务好，最根本的就是要让人民过上好日子。要让人民过上好日子，就得发展经济。”

吴仁宝正是靠这种理念，并以其不甘平庸、勇立潮头和求新务实、一心扑在发展上的雄心与干劲，带领华西村农民以“十年跨越一个时代”的速度，创造了“天下第一村”的一个又一个神话。

“不土不洋，亦城亦乡，把华西建成富足的社会主义农民乐园。”这是吴仁宝在完成对华西村“造田”“造厂”之后集体经济不断壮大的基础上，开始引领农民们走向全面小康和向“中康水平”迈进的又一次历史性登高。这期间，在吴仁宝“实事求是、艰苦奋斗”的指导思想中，又加进了“科学发展、超前规划”的内容。

吴仁宝构筑的“不土”，并非我们现在所看到的华西村那一幢幢、一排排在大都市里才能找到的五光十色的中式、欧式农民别墅，或是象征华西形象的金塔建筑那种外观形态上的浅层感知。他的“不土”，其实是当代中国农民在建设中国特色社会主义理论指导下，以其励精图治的创业精神和敢为天下先的英雄才智，在完成从拿锄头到拿榔头、从与庄稼土地打交道到与机器与市场拥抱、从种田汉到厂长经理、从农业文明到工业文明的“自我革命”，开始全面进入脱胎换骨的“基因革命”过程。这既是终结传统农业文明、挥手告别现代工业文明的一种辞旧意义，更是开创符合中国国情的社会主义农业城市化的新探索。“土”是农民的本质，吴仁宝在领导建设富足的华西村时，之所以被世人所称道和不失为中国农民的榜样，就是他始终没有脱离农民“土”的本质。90 年代以后，华西在取得农村工业化巨大物质积累后，开始了惊世骇俗的“造城”——即农村城市化的进程。在传统意义上，“造城”总会破坏原有的农村自然格局。可华西村在吴仁宝的精心规划下，没有将城市的概念简单地搬到村子里，他们追求的是那种外建筑和内装置上“一百年不落后”的超前设计与投入。在规划与选址上则坚持现代化的都市建筑与农村古朴的自然风景和谐地融为一体，因而这样的“华西城”让人百看不厌、百住不旧，且独具魅力。

“规划和质量上的一百年不落后，实际上本身就包含了巨大的经济效益。过去农民日子一好过，就是翻盖房屋，再多的财富积累也因一次次的建房而所剩无几。华西村在发展初期时也出现过这种情况。现在我们改变了思路，在规划和盖房时，尽可能地超前，这样做从长远看，既达到了一百年‘不土’的目的，又因优美的硬件建设，为吸引投资和聚集人才起了很好作用。”吴仁宝指着那些让美国、欧洲人都羡慕的造价在几百万元的农民别墅，如此为我解读其中的奥秘。

与那些豪华的欧式别墅相毗邻，我信步参观了代表华西村文化概念的“农民公园”，“不洋”在这里很有代表性。走进公园，绿荫和花丛间是小桥流水、扁舟穿梭与鸟语啼鸣，一派杨柳吹拂和阵阵欢歌……但最引人注目的还是中国人熟识的“桃园结义亭”“三顾茅庐”和“二十四孝”长亭等等景致。许多到华西参观的人，总会在此对吴仁宝这位“百分之百布尔什维克”的老书记为什么要搞这些名堂提出疑问。

“这正是我们老书记从农民的实际情况出发，而一向坚持倡导的一种管用的传统文化教育形式。”村“精神文明办”的小赵介绍说，老书记认为，教育富裕了的农民，既要向他们不断灌输现代文明思想，同时也不能放弃中华民族的传统文化教育。老书记常说，我们共产党人信仰共产主义，坚定走社会主义道路，但也得讲求“仁义忠孝”，尤其是年轻一代的农民要教育他们对老人和父母必须忠孝。为此，老书记还在村里倡导设立了一项特别奖：凡哪家有 90 岁高寿的老人，直系亲属每人每年可获得“忠孝奖”1000 元。凡哪家有老人活到 100 岁高龄的，直系亲属每人每年可获 1 万元“忠孝奖”。陈珍妹老人百岁时，她全家五代同堂 37 人就每人获得 1 万元大奖，共计 37 万元！有人问老书记，是不是奖金太多了？老书记说：“一点儿不多。华西村的老人假如都能活到百岁，那就证明我们华西人民不仅生活富足、精神愉快、身体健康，而且后代孝敬老人做得出色，这样的奖励物有所值。”吴仁宝就是比人高一筹！这样的“不洋”里包含着深刻的中国特色和农民特色。

走出“农民公园”，我被一座绵延起伏的山峦所吸引。此山虽说不上高，但它因矗立于一片平坦的田野上，故而显出特殊的气势，形状极如一条活脱的巨龙，这使我心头顿升一缕联想：华西村好风水，原来此处真有“龙”也！

说话间，我的双脚跨进了一座飞檐斗拱、气势恢宏的牌坊，上面有四个金灿灿的大字——华西公园。嘿！在这峰回路转、依山傍水的公园里，我终于领略到了华西村的“洋”景：美国的“白宫”、英国的“古城堡”、巴黎的“凯旋门”、德国的“天文台”、捷克的“乡村别墅”……这里真的“洋”透了！“农民们出国，过去是做梦也不敢想的事，可在华西，我们的村民可以天天‘出国’，而且免去任何手续，早饭可在‘印度’吃，晚上住宿在‘日本’，一天可以走十几个‘国家’，保证享受的是一流服务……”搞宣传的小赵绘声绘色地介绍，并不时领我身临“出国”之境。真的哎，在华西“万国园”内，可有多种外语服务，可有各种饮食的享用，更有各种文化的观赏。总之，这里是十足的“洋”。

“不土不洋”，又“土”又“洋”，在华西村你无时无刻不在这种传统与现代、历史和现实的中西文化的大交融中感受着，激动着，陶醉着，回味着……

是的，所有这些，都渗透了吴仁宝这位农民思想家的精心创意和独特理念。

读懂它，既要穿透辩证法的哲学境界，又要领悟实事求是的现实根基。我这样理解吴仁宝的“不土不洋”——在这里的“不土”中，“不”，其实是一种追求、一种理想、一种创新、一种与时俱进；而“土”则正是实事求是、中国特色或者说是具有中国农村与农民特色的社会主义本质。“不”与“土”在这里是一对互为依存、互相促进的充满活力的革命的辩证关系。同样，在这里的“不洋”中，“不”，其实是一种摒弃早被毛泽东同志批判的那些盲目崇洋思想和教条主义；而这里所追求的“洋”，却代表着吴仁宝和华西人善于吸收人类一切文明成果、乐于接受新思想新事物的先进意识。

吴仁宝的另一个建设新华西的“亦城亦乡”理念，则是与“不土不洋”同样寓意。它让我们有梳理不完的哲学境界和可借鉴的实质内容。

这，再次让我惊叹吴仁宝为什么不能是个我们可以称道的带着浓重泥土味儿的伟人呢？

面对我内心的这种发问，吴仁宝谦和地说，我只是一个农民，一个讲求实事求是的共产党人。“如果问华西这面旗帜为什么几十年不倒的话，我的体会是：因为我们始终做到了‘三不倒’，即‘难不倒’‘吓不倒’和‘夸不倒’。”老书记这样解释：“难不倒”，通常是我们在改造客观世界过程中的决心和办法；“吓不倒”，通常是中国特有的社会环境和政治形势下，我们在基层干实际工作的同志有没有较强的政治识别力和政治谋略能力。华西人民始终不移地坚定搞社会主义必须发展生产力的信仰，他们以让人民过上好日子和为国家多做贡献为两大已任而使华西村的旗帜永远迎风飘扬。

20世纪80年代，中国农村的“包产到户”已在全国全面铺开，而且当时只有同一声调：“包”字万能、一包就灵。似乎谁不“包”，谁就背离十一届三中全会精神。一时间，这样的帽子从四面八方打向一直坚持“不分不包”的华西村，当然主要打在了领头雁吴仁宝的头上。面对全国风云变幻的形势和重重压力，吴仁宝镇静自若，他对村里的干部群众说，党的十一届三中全会精神，是我们党总结了历史上犯“左”的错误教训后，根据我国农村实际情况所做出的政策调整，它的中心意思是允许一切有利于增加生产、增加收入、提高农民生产积极性的做法和责任制都应予以支持，中央并没有说要搞一刀切、搞一种模式，而搞一刀切、搞单一的模式，正是中央并不提倡的。针对外面有人说“我们那儿分田到户后农民如久旱逢甘霖，你们华西不分田不怕上压下反吗？”吴仁宝坦然处之，说:“三中全会精神讲实事求是，一切从实际出发。我们各自的情况不同，你们分，是实事求是，是三中全会精神；我们不分也是实事求是，虽然我们搞的与你们是不同的责任制，可我们奔的都是三中全会指引的富民路。”吴仁宝还将华西村“产业结构有生命力、集体经济有吸引力”等诸项优势介绍给那些真心爱护华西的领导和友人。尤其当吴仁宝介绍到华西村早在六七十年代就开始把那些便于个人操作的农活包户、包人，以及企业实行厂长责任制的做法时，那些怀疑华西村、劝说吴仁宝的人都十分惊诧地说：搞了半天，你们华西村在落实三中全会精神方面又走在了前头!

谈起华西村和本人曾经亲历的一幕幕跌宕起伏的往事，吴仁宝坦言：共产党人的一大本事，就是在各种考验面前不被人吓倒。而要做到不被人吓倒，你心里就得有本执政为民、造福为民的账。有了这本账，你做事就不会迷失方向，不会被任何力量所动摇，更不用说被什么政治形势吓倒了。

在华西村，无论是当年与吴仁宝一起艰苦创业的老一代，还是改革开放后成长起来的或者是今年从四面八方汇聚到这儿的年轻一代，他们在谈起老书记的政策水平和处变不惊的能力时，总有一种发自内心的敬佩之情，甚至到了某种崇拜的地步:“老书记说对的就肯定没错，因为他对政策的理解能力都比我们高，都比我们准确。”这是实话。

党的十五大后，中央根据当时国家经济发展中出现的一些情况，做出了“抓大放小”的战略调整。一时间，上上下下、各条战线立马“忽悠”起一阵对那些丧失活力、效益乏力的小单位、小企业进行的“转制风”，在苏南地区更是刮起了一阵欲将“半壁江山”的乡镇企业“全盘转制”的狂澜。当时华西也有一些效益并不太好的企业，有人便进言吴仁宝：干脆借机把这些企业“放”了算啦！吴仁宝摇头，说：华西村的每一个企业、每一块砖瓦，都是全村村民的，我们没有这种权力“放”。我们能有的只是责任，是把这些效益差的企业扶植好的责任。在吴仁宝的这一思想指导下，华西村借十五大东风，在村企业集团范围内开展了一次旨在调整产业结构、狠抓企业效益为目标的“抓大扶小”举措，很快使得全村工业效益呈现“大向强走、小向优走”的全面健康发展态势。至2000年，华西人在吴仁宝的领导下，在仅有0.96平方千米的面积上，创造了50亿的工业销售额和5亿元的利税效益。党的十六大后，吴仁宝又对华西提出“科学发展、有效发展、创新发展、统筹发展”的新目标。具体落实在全村工业生产指标上，他和干部们制定的目标是：2002年完成60亿，2003年完成80亿，2004年完成100亿。结果由于大抓了“科学、有效、创新和统筹”发展的四大措施，生产效益不仅全面完成，而且出现了连续两年100亿元的年递增速度！

在一片欣欣向荣的形势下，吴仁宝却出人意料地提前两年将华西村的领航大权交给了年轻一代——过去他多次表示要干到80岁。交权的那天，他深情地对村民们说：“没有吴仁宝，华西的明天定会更美好。”事实也是如此，新华西村党委班子以老书记为榜样，紧紧抓住执政为民和科学发展两大主题，他们提出了从现在起，要“努力一千天，创造一千亿”的新目标，即在今后三年内，每天全村要创造一个亿的产值，三年一千个亿！

这是多么了不起的数据。而他们仅是一群中国农民！一群由老共产党人吴仁宝一手培育起来的中国农民！

华西村从20世纪的50年代一直到21世纪的今天，在长达半个世纪里之所以始终走在中国农村发展的前列，这里的老百姓能够过上今天最幸福富裕的生活，归根到底，就是领头人吴仁宝始终如一地把共产党人的这份责任扛在了肩上，并将自己的全部智慧和情感倾注在这份责任之中。

像毛泽东当年在西柏坡时就告诫中国共产党人进城后不要忘了艰苦奋斗、联系群众的教导一样，吴仁宝在华西村刚刚成为全国农村“首富”时就以自己的行动，为全村党员、干部立下一条又一条“规矩”，这些“规矩”其实是把共产党人的先进性用老百姓能听得懂、理解得了的通俗话语，在村民和世人面前做出的庄严承诺。

比如他早期所说的“三不”：不拿全村的最高工资、不住全村的最好房子、不拿全村的最高奖金。这“三不”是当年吴仁宝给自己立的“规矩”，几十年来他全做到了。而正是他的这份无形的榜样力量，如今在村里担任重要职务的吴仁宝的几位子女也都做到了。2004年，他的二儿子按照承包责任书所规定的个人效益奖金达近亿元，但吴仁宝的二儿子最后只拿了一个零头，几千万元奖金全部归到了集体。有人做过不完全的统计，仅吴仁宝一家，在这近五年中，光他们应得的个人效益奖金归给了集体的数额至少有两三亿元之多！华西村民知道，凭吴仁宝的能力和知名度，他完全可以将自己祖孙三代的整个家族迁移到“深圳上海”，或“漂洋过海”，但吴家26口人至今全部留在村里，就连吴仁宝的孙女婿也从日本留学回到了华西。

比如吴仁宝为了告诫党员干部们（包括富裕了的村民）要树立正确的人生观，他把自己一句常说的话，刻在村头最醒目的地方。这句话如今不仅成为村里党员干部们的座右铭，就连普通村民也能熟记熟背："家有黄金数吨，一天也只能吃三顿；豪华房子独占鳌头，一人也只能占一个床位。"

比如他要求党员得有"党心""公心"和"良心"。这"党心"就是党的先进性和原则性，就是为人民服务的全心全意。在"为官之道"上，吴仁宝以"办事认真、处事公正、经营廉政、百姓信任"为原则，他给自己的日常生活约法"三章"：一不沾酒、二不陪客、三不上群众家饭桌。

在华西村采访时，有一位地方领导曾经对我说了这样一句颇为耐人寻味的话：吴仁宝能把华西带成今天这个样，有其两大原因，一是他从未离开过华西村，二是他的心全部留给了这里的百姓。

在这句朴实的话背后有着丰富的内容：作为一个全国著名的村支部书记，用吴仁宝自己的话说，他是"大代表、中代表、小代表"都当过，"小劳模、中劳模、全国大劳模"也都当过，可就是一样他始终如一，那便是无论在怎样的情境下他都没有离开过华西村。即便是在当县委书记的五年里，除了继续兼任村支部书记外，每年他给自己规定的不少于100天的劳动时间里，多半是在华西村。至于村里有事，起早摸黑赶回华西处理更是"家常饭"。这也正是那年他意外落选党代表、从县委书记的职务上能够很自然地重新回到华西村、心甘情愿做一个农民的原因。

采访吴仁宝时他已是年近80岁的老人了，可华西村许多人跟我说：老书记的精神状态和工作干劲却始终像小伙子一样。他每天依旧凌晨四、五点钟起床，然后开始"走村串厂"，一直到晚上九、十点钟才回家。如果遇事开会回家就更晚。老伴怕他年岁大了，起早摸黑会出意外，所以总想跟在他后面"盯"住他，可最后准是连个人影都找不见。村里后来派一位年轻人"盯"他，结果被甩掉的还是那个年轻人。

“老书记的脚步，谁也赶不上。后来我们只好随他去……”村办公室的秘书告诉我一件非常有趣的事：吴仁宝管理的华西村如今早已是个庞大的工农文政一体的联合体，用日理万机来形容当家人的工作一点儿不夸张，可这位秘书告诉我，吴仁宝从来没有过自己的办公室。“工厂的车间、农村的田埂、托儿所的小板凳和农民的家里，就是他的办公室。老书记处理事情都是在现场，几十年如一日，因此养成了他从不要固定办公室的习惯。”

我仍不死心，希望找到些“真实”的吴仁宝。机会有了，主人邀请我和几位陪同的当地领导同志吃饭，老书记说好是要来的。宴席比较丰富，老书记吴仁宝真的到场了，可他笑眯眯地拿着装白水的杯子过来跟我们一个个碰杯，然后抱歉地说：我不能破规矩，你们自己丰衣足食吧！见老人淡出宴席，感动之余我仍悄声问一旁的服务小姐：老书记在隔壁吃什么？

“一碗清汤面。他最喜欢吃的……”服务小姐脱口而出，然后示意我上那边的门缝里往里瞧一下。我凑过去迅速扫了一眼，可不，老人正津津有味地吃着他的“清汤面”，桌上再没有其他任何碗盆……

吴仁宝的心全扑在了村子和村民身上！他风风火火的脚步，是华西村追赶时代的战鼓；他起伏不息的呼吸，是华西村民晨醒夜眠的乐章；他笑眯眯的神情，是华西村新的一天的幸福前奏……

华西村民在自编的一个文艺节目里唱出了他们对共产党和这位共产党的老书记的心声：“老书记，是你让我们感受到了共产党的天大恩情，是你让我们坚定了走社会主义道路的信仰……”

“仁宝仁宝，国之瑰宝。风风雨雨，红旗不倒。”“年近八十，日夜操劳。健康长寿，人民需要。”一位领导在参观华西村、听到村民们讲述“老书记”吴仁宝几十年来一心爱民为民的故事后，感慨万分地欣然挥毫写下这样的话。

吴仁宝是这样一个人：近50年的“村官”生涯里，他把自己的人生追求锁定在“让百姓幸福，是我最大的满足”的目标上。而为了实现这一“满足”，他认为必须把“有难官当”的责任揽到自己身上。这里的“难”，我的理解，它可能是创业的艰辛，也可能是创业的风险，还可能是创业成功后所要面临和处理各种非积极因素的能力。在所有的中国农民“精英”中，吴仁宝或许可以成为这种“难”的最多承受者——因为他主政的时间最长；他也是化解这种“难”的最智慧者和最聪明者——几乎没有一个“典型”和“精英”能像他50年不倒，红旗一直迎风飘扬；当然他也是在这种“难”面前取得最大成功的收获者——他创造了无可争议的“天下第一村”。

今天的华西村，无论是党和国家的领导人，还是前去参观的普通百姓，或者外国元首与贵宾，人们异口同声地赞美她。这赞美的归结点自然而然会聚焦在创造奇迹的掌舵人吴仁宝身上。然而人们并不十分了解吴仁宝为之所付出的巨大心血和久经历练的一桩桩“难”事：

——创业初期，他的“做煞大队”名声差点儿让华西的一代年轻人断了姻缘，正因为他用一双坚定的脚板和一副“誓死改变旧貌”的肩膀，换得了“金凤凰”飞回新华西。

——“亩产吨粮田”的雄心壮志，却被人画成漫画，“吹牛大队”和“吹牛书记”的大字报贴满了村里村外。也因为他和群众用汗水与泪水凝聚了金色的谷山麦堆才把阵阵“妖风”吹散。

——五年县委书记，他呕心沥血，把江阴带向全国百强县之“老二”时，却因那股“农民政治明星们纷纷落马风”的惯性，使他的政治生涯坠入低谷，重新做起一介农夫。对此他淡然一笑：正好他离不开华西，华西也离不开他。

吴仁宝还有一件不平事：1999年，选举全国人大代表，就因为他在外省贫困地区支持建立了多个“华西村”而得罪了本省某些地区本位主义的干部们，他又一次落选了本该属于他的荣誉——这一回吴仁宝更是淡然一笑：我已70多岁，将有生之年全部奉献给华西百姓才是我吴仁宝的最大光荣。

古今中外，能成为一代伟人的人莫不是他们都具有超然的境界和坚定的信仰。作为农民政治家、思想家和实践家的吴仁宝，他的超然境界，来自他为人民创造幸福和富裕后所获得的巨大的精神力量；他的坚定信仰，来自他对中国农村情况的深刻了解和对中国农民所期望的美好前景的理解中的认定：一切当政者的基石，是建立在人民的支持与拥护上，而这才是最可贵与最可靠的。

吴仁宝无愧为国宝。他以自己的人生沧桑经历总结出的执政理念——“有福民享，有难官当”，折射的正是一个共产党人无私无畏的胸怀。

华西今日富甲天下，但华西的成功绝非上帝的恩赐，更非一帆风顺。如果说华西之所以没有像大寨、大邱庄那样的农业典型出现大起大落，一个不可动摇和不可否认的事实是：华西村的掌舵人吴仁宝，与上面两个典型的主要领导者相比，除了具有更高的政治智谋外，那就是他的内心世界比别人更深刻地懂得“官”与民的关系如何摆放——在吴仁宝的眼里任何时候都是以民为本、以民为主、以民为上。

他因此立于不败。他因此成为从田埂上走出来的带着泥土味儿的伟人。

你是一座桥

◎ 田天

引　子

门。

一扇窄窄的门。

位于一幢两层简易楼房的底层。

离门不远，就是自行车棚。密密麻麻的、各种牌号的自行车耀人眼目。这里常能听到车铃叮叮当当地响。

也听得见城市大街上传来的20世纪90年代的喧嚣声。

这扇门，在中国。

在中国中部的湖北省。

在湖北省省会武汉市的繁华市区。

门的上方有一块方牌，上书：人民来访接待室。不曾鎏金，也不是什么高档材料制作，不过就是一块普普通通的木牌而已。它被马马虎虎地钉在气窗上，成为门的一部分。

别看门窄，毫不起眼，但你能够通过这扇门，走进党和政府的温暖阳光里。

走进这扇门。

欢迎你走进这扇门。

几张办公桌，真是没法再质朴、再简陋了。没有地毯，没有空调，没有真皮沙发以及世界名画。引人注目的是那条长凳，它比医院候诊室的那种长凳还要长。

请坐。

请喝水。对不起，条件不好，只有白开水。

而且杯子也只剩下一只了，年初新买了12只茶杯，11只已被上访群众给砸了。没说上三句话，砰！茶杯就在你眼前愤怒地开花。

——这就是中共武昌区委、区人民政府的信访办接待室。

接待室离区委、区政府大门不足百米。大门紧邻一座立交桥，名叫“司门口立交桥”。这里是解放路与民主路的交叉路口。

这里离长江很近。就是步行，也只需三五分钟。

离武汉长江大桥也很近。这座“万里长江第一桥”飞架南北，俯瞰着忙忙碌碌、进进出出的行人。

离黄鹤楼更近。千载名楼，白云悠悠。多少人来到武汉，不就是为了一登斯楼?

……你可以从许多条路走进区委和区政府大门，走进信访办接待室。从解放路，从民主路，从长江大桥和黄鹤楼。你可以骑自行车，坐汽车，踩三轮车，或者步行；你可以打电话，写信，或者亲自来；你可以一个人来，一家人来，一群人来；你可以搀着来，背着来，推着来，抱着来，抬着来；你可以心平气和地来，怒气冲冲地来，高高兴兴地来，哭哭啼啼地来；你可以倾诉，可以沉默，可以像哲人一般理性，像诗人一样发一点儿神经……

来吧!

门，朝着人民群众打开。

朝着每一个信赖党和政府的人打开。

朝着市场经济条件下的各种矛盾、各种问题、各种困难、各种痛苦、各种热点、各种焦点、各种抱怨、各种期待，以及各种扯不完的皮、受不尽的气、发不完的火、洗不净的愁——打开。

朝着吃喝拉撒、生老病死、柴米油盐酱醋茶、张家长李家短，打开。

朝着干群关系、邻里关系、同事关系、夫妻关系、婆媳关系，打开。

朝着老弱病残、鳏寡孤独、穷得上不起学、苦得揭不开锅、被漠视、被冷淡、被歧视、被损害、被欺凌、被践踏……的天下老百姓，打开。

把门打开。

是的，把门打开！

来吧！本书主人公吴天祥等待着你的到来。

这位用他的故事感动了千万中国人的武汉市武昌区信访办副主任，等待着你的到来。

他面朝门坐着。

面朝你坐着……

磕　头

一

吴天祥推着一辆自行车，走进区委、区政府大门。

他这辆车又老又破，跟随他已经七八年了。别人劝过，让老吴把这车换掉。他微笑道，正好没人瞧得上，不偷。

随便把它丢在哪儿，即使忘记上锁，也没人偷。让人放心呢。

他刚刚外出办事归来。理过发，显得十分精神。熟人都说，吴主任年轻了几岁呢。

他穿着一件灰色夹克衫，一眼看去就是劣质产品。

他说，他买的都是便宜货。从头到脚，他的穿戴大多来自汉正街——这是一个著名的专卖廉价商品的批发市场，它的主要服务对象是农村消费者。

他锁好车，走进接待室。

只有小陈在值班，没有陌生的面孔——上访的人。

这里每天都有各种上访者登门。少说十几个，多则数十个。一般来说，不到无可奈何、走投无路的地步，没有人喜欢以一个上访者的姿态出现。别处能解决的，就在别处解决；兜过一个大圈子，眼看已经求告无门，才怀着最后一线希望来到信访办。

倒不是因为信访办门庭森严，是所谓“门难进、脸难看”的机关重地，非请莫入；而是，谁都知道，信访办不过是个“桥梁”性质的机构：在群众面前，代表党和政府说话；在党和政府面前，反映群众呼声。

一无权，二无钱，只图一个嘴巴甜——这三句话就是准确概括。

还有一种说法。轮船靠岸时，在船与岸触碰的那一瞬间，将产生一股巨大的冲击力。要是不做防备，那种触碰会产生恶果，不是船毁，就是岸损。这时，在船与岸之间，将有一些充气的轮胎承受两方力量，起到一种缓冲作用。这样，既保护船，又保护岸。信访办，人们就称它是那些“轮胎”。虽说地位不高，从不引人注目，却作用不小，缺它不行。

这天，吴天祥见接待室没有上访者，觉得诧异，便问小陈：“没人上访啊？”

小陈了解老吴的脾气。

老吴这人，如果上访者成群结队，他焦虑，他觉得我们工作没做好，该帮群众办的事没办好，群众不满，才有这么多人上访。如果没人来，他也着急，他觉得信访办不能解决实际困难，群众不信任，不愿来或者不敢来。如果你说是社会清明，太平无事，老百姓安居乐业，没什么问题需要求助信访办的，老吴怎么也不相信。他不对社会实情睁只眼、闭只眼。几年信访工作，让他把武昌区街头巷尾、角角落落的事都摸透了。

小陈递上记录材料："您看看。我觉得这件事有点儿特殊。"

吴天祥一边翻阅记录，一边问道："你说说，怎么特殊？"

"为了一条狗，家破人亡！"

吴天祥皱眉看记录。

他总这样，一年四季、从早到晚，总是一副忧心忡忡的表情。

真是一条狗引起的事端。

市政府颁布"打狗令"：不经批准，不准私自养狗。

这是大得人心的决策。恶狗伤人的悲剧，屡屡发生。许多人不敢上街，怕那从小巷里突然蹿出的凶犬。

狗，在一些人那里成了时髦，成了炫耀。牵狗的贵妇以及伪装的贵妇招摇过市。所谓"宠物热"，热得过头了。

一条狗能卖多少万。狗住上了装有空调的医院。给狗打一针，比给人打一针还贵。

关键是咬了一些无辜市民。有不幸者，得了狂犬病，发作起来也像狗那样狂吠，见人就咬。

于是，政府下令，严禁养狗。

住在武昌中南路的这家，养了一条狗。虽不名贵，却也养出了感情，守家护房，也是一把好手。

是不是响应政府号召，把狗打死？

家人七嘴八舌，各抒己见。最后的结论仍然是两个，一是判处死刑，快快乐乐吃顿狗肉，还能大补元气；二是继续豢养，把它关在家里，神不知鬼不觉。

两种意见争执不下。

两种意见发生在兄弟之间。

兄要打狗，弟坚决不让。

兄弟俩脾气都大，出名的一点就着，唇枪舌剑，不依不饶。起初还是坐着说理，接着站起来高声吼叫——嗓门提高，一些骂人的语言也倾泻而出。

“什么？你敢骂我老娘？”

老二质问，咄咄逼人，已经攥紧拳头。

“老娘”在武汉是对母亲的俗称。

老大不屑一顾：“我骂老娘？你的老娘也是老子的老娘！”

老二扑了过去。

兄弟俩厮打在一起。

他们的母亲试图劝阻，但插不上手，急得连连跺脚，大叫大喊。

“住手！街坊邻居都听见了！30多岁的人还在打架，你们不丑我丑啊！”

老大的媳妇紧紧抱住两个孩子，吓得浑身颤抖。

俗话说，两虎相争，必有一伤。果然，老二一拳打落老大两颗门牙。

老大连牙带血一口吐在地上。也是事有凑巧，一把西瓜刀就插在他眼前的一块西瓜上。没有犹豫，不假思索，老大抓起西瓜刀，不由分说捅了过去。

“呀”的一声惨叫，老二直通通倒下了……

送往医院途中，老二气绝身亡。

老大因“伤害罪”，被法院判刑15年。

缺了两颗门牙的老大，看着高龄老母，看着弱妻幼子，愧悔交加，心碎欲裂。

不过是一条狗，不过是几句话不投机，却铸成不可挽回的大错。

同室操戈，兄弟阋墙，相煎怎会这般激烈？

一个丢了一条命。一个要在监狱服刑15年。这个家怎么办？

这个家怎么办呢？

吴天祥问他的同事小陈：“你是怎么谈的？”

小陈说：“他们点名找您。我只是了解了一点儿基本情况。”

吴天祥问道：“他们对我们有什么要求？”

“老太太80多岁了，两个孙子又那么小——曾桂老人说，明天再来找您。”

“有什么具体要求吗？”

“我不知道。他们要跟您谈。”

吴天祥把材料放进提包：“好，我明天等他们。先熟悉一下材料。”

小陈说：“您是他们最后一线希望。这是曾老太太说的。”

二

当天下午，吴天祥骑着自行车，到曾桂老人所在的居委会调查走访。

正是武汉酷暑盛夏，8月份，太阳正烈。

到处都是蒸笼一般，热气弥漫。不信你去摸摸任何一件东西，一定热得烫手。

除非躲进空调房，或者走进大商场——那里的中央空调制造出另一个季节。

一些家境不佳的居民，买不起空调，就搬只小凳子，在商场找个僻静处乘凉。

别看吴天祥堂堂处级干部，他家却至今不曾安装空调。

那幢宿舍楼，仰头望去，没装空调的那一家就是他们家。

不是不怕热，也不是凑不起几千元空调钱。女儿们都嚷嚷几年了，他却执意不装。女儿斥责爸爸落伍。吴天祥说，武昌区多少人没空调？武汉市多少人没空调？湖北省呢？全中国呢？过去没空调能过日子，现在没空调就不能过日子？不少老百姓，饭都吃不饱，咱们能不能先让他们吃饱饭呢？……

吴天祥先到居委会。一问，果然，曾桂老人一家三口，连吃饭也有困难。

居委会干部说："您是区里的干部，说来您也许不信——这家人每天都在菜场捡那些人家丢掉的烂菜叶子吃。"

吴天祥沉默着。

他心里难受。都20世纪90年代了，他们却还在捡烂菜叶子吃！

他又去曾桂老人的左邻右舍那里调查。

一个人说："大人行凶，坑了孩子。两个孩子比孤儿还惨！"

一个人说："谁叫他们动不动就凶相毕露，自家人也操家伙，自作自受，活该！"

一个人说："政府有多少事管不过来，还管这种事？罪犯家属！"

一个人说：“他们动刀子往人身上捅的时候，为什么不想想后果？害人害己！”

对这件事看法不一，对这种家庭成员之间的互相伤害评价各异。

但有一点是共同的，那就是80多岁的曾桂老人和两个十几岁的孩子处境艰难。一家三口的全部经济来源，只有老人每月100多元退休金。

100多元，买米都不够。人均一天才1元生活费。这点儿钱不够某个孩子买零食。

何况，两个孩子没有城市户口。上学需缴“借读费”，眼看就要失学。

吴天祥和一个居委会干部谈这件事，他说要想办法帮助这个特殊家庭。

他说：“悲剧是父亲铸成，与孩子无关。苦酒为什么要给孩子喝？父亲有罪，但孩子有什么罪？”

他说：“人们常说干部是人民公仆，现在这种称呼，听起来就像讽刺。对群众的疾苦，不闻不问、不痛不痒、不理不睬、不声不响，人民要你这个公仆干什么呢？”

他有点儿动情，有点儿激愤：“我们的政策是对每一个社会成员负责，像曾太婆这家的事，我们不负责行吗？你当公仆的人不管，还有谁管？”

他心情沉重：“下一步，我们的街头，就会增加三个乞丐，老的老，小的小。”

居委会干部说：“这种事说说容易，真正去做就不容易了。”“您是区委干部，您想管，因为您有权管；我们想管，但没有能力管。”

吴天祥站起，笑笑：“那我们一起管，好不好呢？”

三

两个儿子出事已经7年。

对这位步履蹒跚的曾桂老人来说，这7年是在煎熬中度过的。

就这两个儿子。一个惨死，一个坐牢。

坐牢的长子是这个家的顶梁柱。长子每月挣回三四百元收入，供养一家人。

家境贫寒，只能从农村娶回媳妇。

媳妇没有户口、没有工作，靠打零工贴补部分家用。

母亲没有城市户口，儿女随母，孙子、孙女也是漂泊在城市的“黑人”。

长子进了监狱。又不是一年两年，而是漫长的15年。

媳妇受此打击，一病不起。本来还能打打零工的，现在却雪上加霜，心脏病时时发作。丈夫一去，她的整个精神崩溃了。贫病相逼，转眼间已是形容枯槁，奄奄一息。

才几个月工夫，媳妇便在绝望中死去。

留给曾桂老人的，是嗷嗷待哺的孙子和孙女。

她自己呢，已经年过古稀！不但体力不济，而且一身病痛。

曾桂老人咬紧牙关，发誓要仗着一把朽骨，把孩子们养育成人。

7年里，老人费尽心力，受苦受难，就那么100来元钱，祖孙三人靠它度日。老人心疼孩子，好吃的给孩子吃，能穿的给孩子穿。她不在孩子面前流露她的痛苦，她想让孩子们健康快乐地成长。

但是，随着物价涨高、孩子长大，老人越来越束手无策了。

兄妹都到了上学年龄，但学校不收没户口的学生。

曾桂老太太含泪恳求道：“他们没爹没妈，行行好，收下他们吧！”

学校说，收下也行，做“借读生”。

老人高兴地说：“什么生都行，只要能上学念书。”

学校说，借读生要缴“借读费”。

老人不懂，问要多少钱？

学校说，几百元钱吧。

对曾桂老人来说，100元都是一个月的花销，还谈几百！

无疑，这是她拿不出的“天文数字”！

老人颤颤巍巍走出学校，泪如雨下。她知道，如果她交不出“借读费”，两个孩子就不能报名读书。如果不读书，不学知识文化，说不定孩子就毁了。毁了父亲，绝不能毁了孩子。孩子的父亲，就是由于没知没识才犯下罪过。书本是治疗愚蠢的良药，老人当然明白。

为了让孙子、孙女上学，曾桂老人敲开了不少单位的门。

大多表示爱莫能助，帮不上忙。

只要一听说儿子杀人坐牢，人们就不再多问，手头的工作就突然忙起来。

老人实在无路可走了。听人说区里有个信访办，信访办有个吴主任，她才牵着孙子、孙女，去找信访办，去找吴主任。

曾桂老人并没抱多大希望。

她对那个信访办的年轻干部说，这是她最后的一线希望。其实呢，这句话，老人已经对许多人说过了。

四

信访办接待室。

这位白发苍苍的老人跪在地上。

她的孙子、孙女，一边一个，陪奶奶跪在地上。

吴天祥顿时慌了手脚。

他最怕这种场面。为群众办事，为人民服务，这是干部的基本职责；人家没有理由向你下跪求情，你没有权利接受这种传统礼节——你是公仆，你不是封建官僚。

吴天祥手忙脚乱地搀扶老人起来，老人却非常固执，就是不起来。

曾桂老人号哭着："好人哪！你救救我们老小啊！"

吴天祥坚决地把老人拉起来。

他说："你们的事，我已了解了。我来办。我能办的，一定办到。"

老人抽泣着，两个孩子也泪流满面。

吴天祥说："你们再也不要到处上访了。你们找我！"

老人将信将疑地说出她的请求。一是学校即将开学，"借读费"尚无着落，不交钱，这学就没法上了。二是，能不能帮忙解决孩子户口，让他们迁入武汉市呢？

两件事其实是一件事。如能解决户口，就不存在"借读费"的问题。

但是，户口问题，却是十分棘手的。

户口、住房、工作，困扰着不少城市家庭，它们政策性强，控制得很严。为了办理一个户口，一些人一等十几年！有的人在城市生活一辈子，甚至生活几代人，如果从户籍角度来看，根本就不算城市人。

户口区别为"非农"和"农业"，本是计划经济体制下的产物；

随着社会进步，政策更移，它的作用正日益减少。但是，它毕竟伴随一些政策性的区别，比如所谓“借读费”的收取。在这种情况下，户口对于一个人，对于一个家庭，仍然举足轻重。

吴天祥不敢在这个问题上随便许愿。

他只是温和地说：“您说的两件事，我来一件件办。我尽力，但我不敢打包票。”

祖孙仨千恩万谢而去。

当天下班后，吴天祥没有直接回家，而是直奔曾桂老人家。

推门一瞧，让人心惊。

屋子里一无所有。能卖的东西，都卖光了。

吴天祥问道：“你们为什么不早点儿找信访办？”

老人默然。

“你们早就该请求政府帮助呀！”

老人轻声道：“不敢哪！”

“为什么不敢呢？”

老人垂泪道：“儿子是罪人……”

吴天祥想想，又问两个孩子：“你们为什么要读书呢？”

他们说，读了书才会有工作，有了工作才能帮奶奶挣钱。

他拿出100元钱，让曾桂老人收下；又拿出刚买的书、笔、本子，让孩子们收下。

他语重心长地告诉孩子们：“没有知识的人，是个木头人，什么用也没有。你们的父亲没有知识、不懂法律，一害自己，二害全家。”

孩子们点头。

他嘱咐道：“你们一定要好好读书，好好学知识。我要想办法让你们上学，和同学们一道高高兴兴上学！”

第二天，吴天祥找到了校长家里。

校长听罢介绍，当时就拍板，作为特例免收孩子们的“借读费”。

虽说校长慷慨拍胸，但一套办事程序少不了。吴天祥便回家写专题报告，去找区教委主任批，找分管区长批。领导批复同意后，吴天祥才松了一口气。

9 月 1 日，吴南晶兄妹俩准时上学。

五

如果说“借读费”的事解决得颇为顺利，各个环节都是一路绿灯，那么，户口的事，就可以称得上好事多磨。

两个孩子的户口问题，像一块石头压在吴天祥心上。

这事不办，他睡不安稳。

真是两个聪明可爱的孩子！两双稚气的眼睛，求助地凝望着吴伯伯。孩子们，甚至都闯进了吴天祥的梦境。

吴天祥隔三岔五去曾桂老人家坐坐，嘘寒问暖。

他不知道为什么总是放心不下。孩子们是否按时完成作业？是否帮奶奶干点儿家务活？是否被人欺侮？

有一次，吴天祥看见吴南晶只穿一件单薄的衣裳，而且也不合身，显然是父亲的旧衣。

他问孩子，是不是冷呢？

曾桂老人说，孩子正长身体，他自己的衣服都不能穿了。

吴天祥说，现在已是深秋，这么冷，不能冻了孩子。

老人欲言又止。

吴天祥那天刚好身上揣着几百元钱，打算给小女儿买双运动鞋。小女儿从 10 岁起，就叫唤着让爸爸给她买鞋，那种潇洒的、名牌的运动鞋。

现在，他却不准备买鞋了，给吴南晶买衣服。

他让两个孩子跟着他去商场。

他说："你们每人挑一件衣服！"

孩子们在一排排时装中走来走去，兴高采烈。

自从父亲入狱，他们就没添置过新衣。吴伯伯真好。他让我们看中什么挑什么。

男孩看中一件皮夹克。

女孩也选中她喜爱的衣服。

吴天祥无钱给小女儿买鞋。

回家就被抢白一顿："我是不是你的女儿？一双鞋也舍不得给我买！"

吴天祥说："给你买鞋，是锦上添花，再说也是迟早的事；给别的孩子买衣服，是雪中送炭……"

女儿撒娇："我不听！不听你这套鬼理论！你告诉我，什么时候买鞋？"

吴天祥笑笑："有钱的那一天。"

全家默然。

什么时候有钱呢？他又不是什么"大款"。一点儿机关工资，一点儿工作补助，一点儿写文章的稿酬，他永远不会有很多钱。可是，为了两个别人家的孩子，他却一掷千金，绝不心疼。

小女儿是这样评价她父亲的：对别人，像个大款爷；对家人，是个小气鬼；对自己，一毛不拔。

经过了一段时间的努力，吴天祥念念不忘的户口问题，总算有了眉目。

经区主要领导批示，公安局等部门同意将两个孩子户口迁入武昌区。

这头，“迁入”解决；那头，原户籍所在地，“迁出”却出了毛病。

县里压根就找不到两个“黑户口”孩子的登记。

他们说，没查到这两个人。

那些日子，吴天祥几乎每天都在打长途电话。

他请求对方竭尽全力帮帮两个苦孩子。

好像他是为自己办事呢。

县里同意了。

让人去办迁移证。

谁去呢？奶奶显然不行，她走路都艰难，还能坐长途汽车？只有吴南晶去办。

13 岁的孩子只身一人，坐上了通往母亲故乡的长途汽车。

也是喜极生悲。在回武汉的汽车上，吴南晶的迁移证以及钱包之类，一股脑儿全被小偷扒走。

吴南晶却没有察觉。

回到奶奶面前，还在哼哼流行歌曲。

曾桂老人说：“给我看看。”

看什么呢？没有什么可看。孩子的口袋里空空如也。

吴南晶吓得大哭。

奶奶也哭。

妹妹也哭。

一家老小哭了整整一夜。

曾桂老人悲痛欲绝："别看是几张纸，这是吴伯伯费了多大心血得来的呀……"

她找出一根绳子："我死了算了……"

两个孩子抱住奶奶的腿，死死不松。

第二天，曾桂老人去找吴天祥。

天还没亮，她就等候在区委门口。

一见吴天祥，老人又跪下，吴天祥又把她拽起来。说了半天，吴天祥总算听明白了。

他安慰道："不要怪孩子……证件，可以补办。我来帮您想办法。"

电话打去打来，好话说尽，县里答应补办。

补办可以，但需交 600 元补办费。

吴天祥磨破嘴皮，600 元降为 350 元。

别说 350 元，曾桂老人 35 元也拿不出。老人急得连声骂自己无能。

吴天祥掏出 300 元。

他说："我工作抽不开身，不然我去跑一趟县里。"

总算大功告成，户口办下来了！

吴天祥亲手把户口簿交给曾桂老人。

老人颤抖着枯瘦的手接过户口簿，涕泪纵横："好人啊！我一定要报答您！"

"不要谢我。要感谢党，感谢政府！"吴天祥平静地说道。

这位饱经沧桑的老人，又一次跪倒在接待室里。

六

1996年1月27日，吴天祥收到一封来自监狱的信——

恩公，您与我非亲非故，却以党的干部的身份，这样关心我的孩子。因为您的行为，使我和我的牢友们常常感到党和政府的伟大和温暖……

……千言万语难以表达我对党及人民政府的感激，再道一声对党和政府以及对您的感激，向党和政府磕头！

祖传老房子

一

吴天祥爬上一段摇摇晃晃的木板楼梯。

脚动一下，它就吱吱嘎嘎响。

而且光线也太微弱，四周一片阴暗，像是穿行在常年不通风、不见阳光的地下陋室。

真是太糟糕了！这种岌岌可危的陈年旧房里，竟然居住着城市的主人们。

走在阳光灿烂的大街上的那些西装革履的、珠光宝气的、体体面面的男女，却有不少是从蓬荜穷巷里走出来的。

现代化的家庭摆设、家用电器一应俱全，却没有一间像样的住房。

你看，这个破烂的窗户里，传出了动听的音乐。

他们一边欣赏着电视上的豪华居室，一边给自家房子搭暗楼、打补丁。

武昌区是老城区，居民住房一直紧张。许多人不得不住着祖传的老房子，不得不把已经大大增加的人口塞进祖宗早年的狭小空间。

吴天祥今天来到武昌自由路这片老房区，为的是亲眼察看军属刘春梅太婆家的住房情况。

昨天刘太婆到信访办上访，吴天祥今天就及时赶来。

刘太婆上访，说的是这样一件事：法院在4年前已经判决杨家归还她的祖传私房，但杨家硬是4年不搬。

当时，吴天祥有些生气：这不是拿法律当儿戏吗？

法院让你搬，你就得搬，没有什么道理好讲。

法院的判决书就是道理，想执行要执行，不想执行也要执行。

刘太婆说，她申请法院执行判决，有关费用都按章缴纳了，但就是执行不了。

刘太婆说，她为这件事纠缠4年之久，寝食不安。

吴天祥走进刘太婆的住房。

坐人的地方都没有。家具、床铺满当当挤了一屋子，让人无处插脚。转个身都十分困难。

这么狭小的房子，这么狭窄的空间，竟要住着刘太婆和她女儿两个人。

还不算刘太婆的女婿呢。女婿在广东湛江服役，为国效力。

“女婿探亲时怎么住呢？”吴天祥仔细询问。

刘太婆叹息道：“没别的办法。只能委屈女婿，让他打地铺。”

一个军人，从部队回家团聚，却只能睡在地上，睡在一小块没法伸展四肢的地方。

吴天祥痛苦地想，这种事，这种发生在现代大都市的尴尬情景，说出去真丢脸。

丢谁的脸？政府的脸！武昌区的脸！

在这样的房子里，一对年轻人还得结婚，而且已经结了婚。

还得生育孩子。孩子还得长大成人呢……

简直不愿设想。继续设想已是近乎残忍。

吴天祥沉重地说：“太婆，您不要着急，区委、区政府不会忘记这件事，不会对一户军属的事不闻不问。”

他又询问了这间房的实际面积。

答案是 7 平方米。

两代三人均分，人均 2.3 平方米，真是只能摆一张勉强睡觉的床了。

二

这是个历史遗留问题。

刘太婆家本来有自己的私房。然而，私房在新中国成立前就租给一户姓杨的人家了。

刘太婆眼睁睁看着自家的房子被别人住着，而自己苦守斗室，心里颇不是滋味。

杨家租房，租了几十年，而且没交过房租。如果把几十年的房租累计，也够买一套高级住宅了。

但杨家不退房也有实际原因。他们一家三代六口人，如果退出房子，他们就只能睡露天了。

没有任何人有让人睡露天的权力。

但杨家总该想想办法。法院都判决了，应当设法执行。

你可以另租别人的房子，或者买一套商品房嘛！

吴天祥马不停蹄去拜访杨家。

他要做做工作，让他们尽快退出刘太婆的房子。

他应该告诉杨家：刘太婆的女婿在保家卫国，我们不能分他的心。每个人都有责任让我们的军人放心服役。

军人的家书里，应该是家乡的进步、亲人的安康，而不能老是房子、房子。每一封家书都在说房子。

吴天祥走进杨家，环顾四周，竟久久不能开口。

杨家，也是拥挤不堪！

家境也不佳。守着一个公用电话亭，这便是一家老小的生活来源。

吴天祥犹豫再三，才斟词酌句地说出退房搬家的事。

杨家主人一听，顿时火星四溅："搬？你让我搬？搬到你家里去？搬到区政府去？"

吴天祥一时哑口无言。

"你们管不管老百姓死活？让不让人活下去？"

吴天祥劝慰道："你的困难，我们会想法解决——"

"你解决？说的比唱的还好听！"

吴天祥诚恳地说："就算我老吴代表政府说这句话，只要你同意退房，你的房子我保证解决。"

对方不吭声，半信半疑地望着这个没有一点儿干部架子的干部。

吴天祥说："我什么时候帮你们找到可搬的地方，你们就搬行不行？”

杨家点头。

吴天祥在杨家说话时，身旁有一条面貌凶恶的狗窥视着他。那样子，好像准备随时扑向吴天祥，帮它主人一把。

吴天祥坐在那里，稳如泰山，瞧都不瞧狗一眼。

小时候在家乡，狼在眼前，他也敢挥棍驱赶——还会惧怕狗？

三

吴天祥骑着车，一家家去找房管所。

他想，也许天公作美，哪里凑巧闲置一处房子。当然，不能太小，起码要住下杨家三代六口人。

他跑了十多个房管所。这些房管所均无多余的房子。

总是失望而归。

对吴天祥来说，房子问题的确非常令人头疼。因为这是上访频率最高的热点难题。

房屋地产纠纷，不是从现在开始，而是早已有之。

只是积累多年，现在才轰然爆发。

现在，人们才知道房子有多么重要。

现在才寸土不让，分毫必争。

现在才冒出什么“黄金宝地”“寸土寸金”之类的说法。

原因其实很简单。这是由于房子在商品经济大潮中找到了它的价值，找到了它与生活质量的关系。

如果说中国历史上曾有过“让它三尺也无妨”的佳话，那么，现实中你要让墙让房，只会成为笑话。

谁让？只有争抢，只有强占，只有住了平房想楼房，住了楼房想别墅。

信访办调解处理房屋纠纷，自然就十分困难。

困难怎么办？迎难而上！

桩桩件件都棘手。

棘手也要处理，也要解决。

就算有人把刀子插上吴天祥的办公桌，威胁之声不绝于耳，难道吴天祥就撒手不管、视而不见吗？

不！

逃避矛盾不是他的性格。

他相信，只要全心全意、诚心诚意，就找得到解决矛盾的办法。

为了给杨家找到一处房子，吴天祥已经没办法记清他跑了多少地方。

那些胡乱张贴的换房、租房、售房广告，他也一张张去研读，试图从字里行间找出一点儿线索。

刘太婆隔几天来信访办一次。

“有眉目了吗？”

吴天祥歉意地说道：“暂时还没有眉目。”

他甚至觉得他的工作对不起这位军属太婆。他不忍心看着刘太婆失望而去。他自责道，作为一名党的基层干部，你失职了……

有一天，吴天祥去区房地局请求帮助。

有人出了主意：争取一套“特困房”，说不定刘家和杨家还要争抢呢。

所谓“特困房”，是政府专为那些低收入阶层的住房特困户兴建的微利房，它在城市房产市场上售价最低。

这是政府为民造福的重大举措。就武汉市来说，已有数万户居民住进“特困房”，享受到党和政府的爱民雨露。

一套两室一厅，当时售价不过 2 万元，便宜得没话说了。

吴天祥立即写出申请报告，请求房地局拨一套“特困房”指标。

房地局遗憾地告诉吴天祥：“特困房”已于两年前申请登记，分派一空。

不过，仍有得到“特困房”指标的可能性。

“你说说，什么可能？”吴天祥显得急不可待，那神情仿佛在为他自己谋取房子。

“办法说难，很难；说容易，也容易。”

吴天祥眼巴巴地等待着。

“如果市里的主管领导特批，也能拨出一套房。”

这把吴天祥给难住了。

他算什么呢？市里领导压根就不认识他。一个小小副处级，在老百姓眼里，也许大小算个官；但在武汉市，在上级领导那里，你不过是干部大海中的一滴水。

但吴天祥鼓足勇气坐船渡过长江，到市政府去找领导。豁出去了。

领导挺忙，公务繁重，不能大小事都让领导操心。

吴天祥第一次没见到领导的面。

但他韧劲儿十足，几乎每周都去一次。从武昌，到汉口，一次次坐在轮渡上来来回回。别想几分钟，也不是个把小时，来回江南江北一趟，少说也得半天。

总算见到了市领导。

也是吴天祥运气颇佳。这位领导先是皱着眉听他谈，当领导得知这位刘太婆与吴天祥非亲非故，而且还是军属时，绽开了笑容。

他不但说动了领导，也感动了领导。

领导当即同意，拨一套两室一厅“特困房”指标，解决军属的燃眉之急。

四

接下来的事，先是写报告、盖章子。

从居委会开始写报告，开始盖章子，一直到“解困办”、房地局。一趟趟跑，风尘仆仆，盖了8个单位的章子。

手续办齐，只等购房户缴款住新房。

两室一厅，宽敞明亮，搬进去，你立刻就成小康之家。

老实说，吴天祥自己都羡慕这套房子。比他家的住房宽，也比他的旧房新。独厨独厅，关门一家，真好。

吴天祥兴冲冲去找刘太婆。

“总算解决了！等您女婿探亲，就有了他们小两口独立的新房。”

吴天祥喜形于色。

可是，刘太婆不假思索地拒绝了：“这个特困房，我不要！”

吴天祥真是大吃一惊。

刘太婆坚决地说：“我只住我自己的私房。”

吴天祥把住新房的好处讲给太婆听，告诉老人，住上新房，她才能安享幸福晚年，她的孩子们才有自己小夫妻的天地……

刘太婆不要听。她一遍遍说，她只要她祖传的老房子。

吴天祥怏怏不乐。他跑腿磨嘴费尽心机办成的房子，老人却看也不想看一眼。

看来，只能将这个千金难买的“特困房”指标让给杨家。

吴天祥来到杨家。

本以为杨家一定会高兴不已，不曾想，杨家的拒绝更坚决，更加没有通融的余地。

杨家主人说：“你让我搬走，我小孩读书上学不方便，每天你去接送我孩子吗？”

两头不讨好，吴天祥真是无地自容。好像他好不容易争取来的这套“特困房”埋了炸药似的。

杨家主人说：“我家吃饭就靠门口的电话亭，你那个鬼地方有吗？”

的确没有。那里是新建住宅小区，与眼下杨家所处的地理位置相比，自然偏僻一些。

杨家主人叹息一声，忽然声色俱厉：“吴主任，你是干部，你是不是想害我离婚？”

吴天祥没听明白：“你说什么……住新房就离婚？”

杨家主人说：“如果我答应搬走，我们就会饿肚子，这个家，哪个跟你过下去？不离婚还真是见了鬼啦！你说要2万元买房，我去偷吗？”

吴天祥没想到后果有这么严重。

杨家主人这句话也许并不是威胁。对于这些下层劳动者来说，一个收费电话亭，或许就是维持一个家庭的重要因素。先吃饭，再谈感情，物质决定意识。

他想到许多事。他见过不少艰难度日的家庭，他知道不少婚姻像鸡蛋壳一样脆弱。作为干部，你千万不能高高在上，用你的处境去考虑别人的处境，用你的婚姻去类比别人的婚姻。你掏得出2万元，别人不一定掏得出。

吴天祥见杨家主人气哼哼的，仿佛忧虑重重的样子，便站起，拍拍对方的肩膀："你放心好了。我会把你的实情考虑进去。如果有人愿要这套特困房，我想法在这一带给你弄个房子。"

杨家主人余气未消。

一句送别的话也没有。

吴天祥离开时，他没站起来。

五

一套多少人翘首盼望的"特困房"，现在成了吴天祥的"嫁不出去的姑娘"，烫手的山芋。

只要得知哪个居委会召开会议，吴天祥便驱车赶去，趁机会推销"特困房"。

他对那些居民说："如果有人能让出一间房子，就给他一套特困房！"

白跑了许多次。

终于，康乐里一户居民愿要两室一厅"特困房"，他可以让出20多平方米的一处平房。

吴天祥察看了平房。虽说不特别理想，但杨家可以搬迁到这里，能够住下。

搬家了。

军属刘太婆搬回她的祖传房子；杨家搬往平房，电话亭保住了；平房主人搬到"特困房"。

三家都满意。

折腾大半年，一件上访事件终于圆满解决。

三家人在笑。

吴天祥也露出难得一见的笑容。

但是，就在三家大搬家那天，半途又杀出个“程咬金”——住着平房的人不交钥匙。他不是房主，是房主的侄子。

这个侄子叫道：“这里是黄金地段，烧壶开水都能卖出大价钱；那个晒湖，是个什么地方？鸡不生蛋的鬼地方！”

晒湖是“特困房”所在地。

吴天祥好言相劝：“你说得有道理。但是，晒湖也会开发出来……”

侄子不信：“那是猴年马月的事！鬼才知道开发不开发呢。”

怒气冲天的侄子携走了钥匙。

众人面面相觑。

吴天祥很生气。征求了平房房主的意见，叫来几个人，把门锁砸开了。

他回到家。奔波劳碌，一身酸痛，毕竟已是年逾半百的人了。

现在，可以安心坐下来，和妻子女儿坐在一起，静静地吃顿饭了。

刚刚端碗，刘太婆又闯进家门，看上去又发生了什么急如星火的事。

吴天祥站起，焦急地问：“怎么啦？”

“你快去，吴主任！”

吴天祥拿起衣服。

刘太婆惊惶不已：“姓杨的说，他搬走，但要把房子烧掉！”

吴天祥一听就急了，说：“您在后面来。我先去！”

赶往刘太婆的祖传老宅，只见房内火光闪烁。

冲进去——唉，不过是两支正在燃烧的蜡烛。

烛光不同于电灯光，刘太婆误会了。

这晚，吴天祥大汗淋漓地帮刘太婆连夜搬家。然后，又掏钱去帮杨家办理住房证。

晚饭都没吃。

红　娘

一

不幸，常常光顾那些最不幸的人。

不幸没长眼睛。

陆烈耀夫妇已经够不幸了。他的妻子长年瘫痪在床。只有一个独子，却不幸是个残疾人。儿子脊椎弯曲，罗锅背，俗称“驼子”。

倒不必去细说陆烈耀为这个残疾儿子付出了多少养育的心血。从小到大，可以说为他操碎了心。

熬了多少年，儿子长成大小伙子。

婚姻问题立刻上升为头等难办的问题。

别看大武汉人潮汹涌、美女如云，还真没一个姑娘愿意下嫁这个残疾青年。

街上丽人遍地、红裙飘飘，可是，没人向这蓬门荜户投来一瞥。

三亲六眷帮儿子介绍过几个姑娘，都吹了。

可怜陆家儿子既无万贯家财，又无才高八斗，不过就是个普通工人家的残疾儿子，缺乏吸引姑娘的条件。

没有梧桐树，岂能招凤凰？

只好放弃迎娶武汉姑娘的奢望。

“到乡下去找一个吧——肯定能找一个既勤快又本分、既漂亮又能干的。”

人们这样出谋划策。

这种“城乡婚姻”，在武汉几乎是一种市民家庭的普遍现象——与其在城里找一个别人挑剩下的，不如到广阔农村精挑细选。

不少底层居民家庭，常有这种实惠的选择。他们即使是英俊聪慧的小伙子，却由于社会经济地位较低，住房又狭小，娶个城里小姐吧，她这山望到那山高，一边在你家做媳妇，眼睛却盯着手持“大哥大”的豪门款爷之类。于是，他们便眼睛朝下，到县里乡里去寻觅意中佳人。

其实，不就是一个城市户口的差别吗？

娶回乡下妹子，很快就发现了微妙的“城乡差别”。

乡下妹子结婚进城，是她命运的转折，因此对婚姻尤其珍惜。她不会让丈夫当牛做马，不会远离厨房，不会为了保持体形而拒绝给孩子喂奶。

先过几年。如果机会好，把户口转入城市，咱家的媳妇不也是城里人了？

当然，这种“城乡婚姻”造成过一些悲剧。

户口进城，她就和你说“拜拜”了。

不得不防。

但是，正如任何一种形式的婚姻，都可能造成劳燕分飞的结局一样，“城乡婚姻”也并不更动荡。

陆烈耀思来想去，权衡再三，决定给儿子娶一门乡下亲事。

儿子结婚了。

媳妇来自著名的革命老区红安县。

一家人总是和和美美的。没想到媳妇不但能干、朴实，而且善良、温顺，并且对父母特别孝敬。

陆烈耀逢人就说："儿子憨人憨福，我们也是命好，有一个百里挑一的媳妇。"

儿媳很快怀孕生子。

多好一个孙子！这是冉冉升起的希望。

然而，幸福却像露水，眨眼之间已从眼前消失。

儿子患上癌症，怎么治也不见好，带着遗憾不幸故去。

简直就跟天塌地陷一样。儿媳才 26 岁，孙子才 2 岁多。老年丧子，青年丧夫，幼年丧父，人生大悲痛被这家人一块儿赶上了。

不幸没长眼睛。

不幸降临在最不该降临的地方。

二

吴天祥正在接待陆烈耀老人。

随着哽哽咽咽的叙述，吴天祥的双眼已经濡湿。

在这里工作，你几乎每天都能听到不幸的故事，按说当是见怪不怪。然而，不知为什么，吴天祥的心总是被这些故事紧紧拽住，总是禁不住悲天悯人的眼泪。

吴天祥问道："您老上访，大概是为儿媳的户口而来吧？"

不用多说，吴天祥早已明白这位年迈老人的真实想法。

儿子去世，现在的关键是能不能留住儿媳。

要是才经丧子之痛，儿媳又携孙子远走高飞，剩下老人守候着瘫痪的老伴，将是不可想象的凄惨！

吴天祥是个有名的“急性子”，他从不用什么“研究研究”之类的官话去搪塞。他见风是雨，立即陪陆烈耀一起，到这个也许即将分崩离析的家庭去察看。

见到了红安籍的儿媳。她眼泪都哭干了。这是个善良厚道的年轻女性。她向面前的区政府干部表态：不管怎么样，她不会离开这个家。两位老人待她挺好，视同己出。她说，她对公公婆婆有赡养责任。

“要是我只顾自己，不管老人死活，那我还是人吗？”

朴实的话语，掷地有声。

陆家儿媳紧紧搂抱着怀中幼子：“这是陆家的后代，我的儿子，我要把他养大成人。”

床上的瘫痪病人呻吟着，只见陆家儿媳立即到床头探问。

吴天祥看着陆家儿媳给婆婆一勺一勺喂水、喂药。

看起来，这个女子是这个家庭的灵魂。她怎么能走？她一走，必然又是一对孤老的漫漫长夜。

说到儿媳和孙子户口的事，吴天祥坦诚地说：“这件事你们不能急。按照政策能办的，公安部门一定会立即办理。但真的不能急。办任何事都有一套严格的组织程序，要一步一步来。”

吴天祥反复说“不能急”，是他担心老人和他儿媳缺乏耐心——儿媳才 20 多岁，她不可能永远等待。如果连办户口的希望也是前景渺茫，她是否能够守住这个残破的家？谁也不敢保证。谁也没有权利干涉她另觅幸福。

吴天祥回头就写报告，请求有关部门打开绿灯，拯救这个摇摇欲坠的贫寒之家。

没有经过太多曲折，准许陆家孙子迁入武汉市的证明文件，都批复下来。

吴天祥急忙去报喜。

虽说陆家儿媳的户口尚未办理，不过，陆家已经欢天喜地了。

是这位素昧平生的吴主任，给陆家带来了好消息。

陆烈耀老人抓住吴天祥的手，久久不松。

三

该办的事已经办了，按说吴天祥再没什么事牵肠挂肚了。

但他仍然放心不下。

陆烈耀老人吞吞吐吐的话中，有这么一层意思：怕儿媳突然改嫁。

老人为此忧心如焚，夜不能寐。

老人常常来到信访办，但是，他又从不直接说出他的忧虑。

问他有什么事，他笑笑，站起就要走："没事。就是坐一坐。"

本来，通过办户口的过程，老人已把吴天祥视为知己朋友；但这件有关儿媳的事，他就是不说。

作为公公，他自然不好意思说。

吴天祥只好捅破这层纸了："陆老啊，我看出您心里有事。"

"没有事。没有什么事。孙子的户口也有了，儿媳对我们两个老的也孝敬，还有什么事？"

吴天祥眼见老人一脸尴尬，就顺着话说："我正要和您谈谈孝顺的儿媳呢。"

老人低垂眼帘，一言不发。

吴天祥微笑道："您在为她的前途着想，是不是呢？"

老人凝视吴天祥，一字一句地说道："您不是外人，我不瞒您，我们老两口商量了，想给儿媳坐堂招夫，找一个女婿。”

吴天祥笑问：“找我当大媒呀？”

“您是干部，认识人多，要是遇上合适的，就顺手牵根红线。”

吴天祥爽快地回答：“行！但这根红线不能顺手牵，我要帮您找一个称心如意的好女婿！”

四

吴天祥开始当媒人。

这个活，并不好做。

多少热心于牵线搭桥的，常以委屈和遗憾收场。当得好，门当户对，姻缘美满，早就忘了你这媒人，喜糖都忘了让你尝尝；当得不好，人家夫妻同床异梦，闹得你死我活、鸡飞狗跳，好，这时候记起媒人了，轻则满口埋怨，重则骂你个狗血喷头。

这是个不被人感激、反招人怨恨的差事，不到万不得已，最好别干，以免惹火烧身。

吴天祥自然知道民间这些看法。

他也从没干过这种婆婆妈妈的事情。

现在，他却进入到一个媒人的角色。

见到一个30多岁40岁的男子，他就一边打量着，一边在心里拿陆家儿媳的尺子来比画。

年龄适合的不少。离了婚的，没结过婚的；坐机关的，干企业的；国营的，个体的；个子高的，个子矮的……

却没见到适合的。

吴天祥心中的这位未来陆家女婿，起码需要具备这些条件——

一是有个固定职业。

陆家只有300多元退休工资和儿媳100多元零工收入，经济上不宽裕。

二是不得嫌弃老人。尤其是家中那位瘫痪母亲，你不能冷淡甚至虐待。

三是不在乎女方没有城市户口。

四是要把女方的孩子当自己的亲生孩子。

五是……

这些条件，无疑有些苛刻，吓退了不少男子。

吴天祥先后从候选对象中挑了6个，一次次让陆烈耀老人过目，主持同陆家儿媳的初次会面。

但这些候选者被陆家老的老、病的病、小的小这种局面吓退。

他们不想自找罪受、自投罗网。

如今有些人，自己的老父老母都恨不得一脚踢开，他会孝敬别人的父母？

自己的孩子都视为累赘，他难道发了疯去抚养别人的孩子？

有个男子，40大几岁，在一个厂子里当工人，是个婚姻上的“老大难”。

吴天祥带他去陆家看看。

一看，他看上了陆家儿媳，也同意去陆家做上门女婿。

这事让男子的姐姐得知。这位姐姐不知道还没事，一知道，立刻火冒三丈。她闯进信访办，劈头盖脸地把吴天祥一顿指责：“老吴！你是公认的大好人，但你为什么害我弟弟？——你想把他往火坑里推吗？”

吴天祥没有辩白，默默走开。

人哪，人哪！他心里感慨着：要是陆家儿媳不是生活在目前的凄苦景况下，而是一位富家小姐、官家千金，或者没有家庭拖累，没有小儿牵扯……还不是说客盈门、门庭若市！还不是一家有女百家求……

五

这天上班，接待室来了一位姓敖的男子。

小敖曾经坐过牢。

他是国内某名牌大学的毕业生，颇有才华。

但他却栽在物质的诱惑面前，犯下了“监守自盗”的罪过，锦绣前程葬送在一念之间。

出狱时一无所有。

两手空空来上访。吴天祥和同事们一起，帮他上户口、找工作。

已经工作两年，单位反映颇佳。

“这个人工作卖力，为人也好。”单位领导向吴天祥介绍道，“有文化，挺聪明，我们信得过。”

吴天祥曾经把列宁的一句话赠送给小敖：聪明人不是不犯错误，而是能改。

当时，小敖发誓道：“我可以写血书给您，吴主任。我不会丢您的脸。”

果然说到做到。

见到小敖，吴天祥很高兴，脑子里立即闪出陆家儿媳的影子。

这次，小敖是为住房的事而来。

他到处“打游击”，居无定所。

“我也老大不小了，想有个自己的窝。”小敖说，“迟早还得成个家，不能一个人一辈子混下去。”

吴天祥知道，陆家的住房是私房，多住一个人没有问题。

小敖和陆家儿媳年龄相当，外貌也般配。只是不知道，这一男一女是否“有缘千里来相会”，互相瞧得上？

吴天祥说：“我可以帮你找个房子，顺便也把个人问题解决。不知你有什么想法？”

小敖一时语塞。

吴天祥把陆家情况一五一十说了一遍。

特别强调道：“实际上，你上门的重要任务，是照顾老人、抚育幼儿，把这个家撑起来。”

小敖说：“我懂。”

“你愿意吗？”

小敖真诚地说：“我一百个愿意！”

吴天祥赶到陆家，把小敖的情况一五一十说了一遍。

特别强调道：“小敖渴望家庭的温暖，投之以桃，他会报之以李。如果你们同意，马上就见个面。这是个大学生，有头脑，受过颠沛之苦，更懂珍惜。”

陆家两老十分满意。他们说，如果儿媳看得上小敖，我们一定支持。

于是，吴天祥进行联络，安排小敖和陆家儿媳在江边公园见面。

当他们走进太阳下的公园时，吴天祥心里惴惴不安。

感情自有它特殊的通道，即所谓“有缘千里来相会”。谁知道这对苦命人是不是心有灵犀，一点即通？

他人在办公室，心却在江边徘徊。

预定的时间到了，小敖没来。

干吗没准时撤离爱情现场？想必是相见恨晚，相逢何必曾相识！

但愿如此。

吴天祥祝愿他们一见倾心，一见钟情。同是天涯沦落人，没什么好折腾的了。

小敖终于来到办公室。

满面春色，精神昂奋。进门第一句话就说："吴主任我一定为两老养老送终！"

问问感受，小敖腼腆地说："我想早一点儿把喜事办了。"

"她是否愿意呢？"

"这……我们还没来得及商量。"小敖自信地说，"但我的直觉告诉我，她对我是满意的。"

"你呢？"

"这还用说！我……爱上她了。"

吴天祥心中一块石头瞬间落地。

不久，小敖和他的妻子领取结婚证。他俩非拉着吴天祥陪着去办不可，吴天祥笑眯眯地接受了邀请。

举办婚礼。大红请柬送来，盛情邀请这位大"红娘"亲自主持婚礼。

吴天祥送了100元作贺礼，人却没去。他说："我祝你们幸福。但我很忙，手头一摊子事要办。你们的事办完了，许多事才开始办呢。"

六

有一次，吴天祥办事经过陆家，便弯了几步去看看。

陆家太婆让吴天祥走近她的病床。

一双枯瘦的手颤颤翻开床单，拿出一些钱，激动地说："这是女婿给的。小敖真好，会疼人，心好。他一个月给家里交600多，挣的钱全交了。”

后来，小敖的妻子生了一个孩子。

添丁进口，陆烈耀老人笑得合不拢嘴。

他对吴天祥说：“您是恩人，救了我这个家。保住了儿媳，变成了女儿；女婿招上门，又添一个外孙。三代人，四个姓，个个高兴。女儿好，女婿好，但都是因为您好。”

吴天祥连连摆手。

后来，陆家太婆去世。

小敖抱起他的岳母，把老人的遗体一直抱上灵车。

火化之后，人们看见，陆家的“孝子”捧着骨灰盒走在送葬队伍最前面。

人说，“孝子”是陆家女婿。因为陆家儿子几年前不幸去世了。

你看，陆家女儿哭得最伤心。

龙飞凤舞

一

涂沙平在监狱蹲了13年。

从21岁到34岁。

那是他为一次意气用事付出的沉重代价。

他打瞎别人一只眼睛。当时他已丧失理智，怎么痛快怎么打。

何曾想过给人造成这么大的伤害呢?

他赔偿的是13年的青春岁月。

刑期本是15年。但他悔过自新，将功赎罪，被减刑2年提前释放了。

跨出高墙电网的监狱，他去哪里呢?

拎着一个小包袱，身上依然是那身囚衣。

他走进扑面而来的阳光中。

正是初夏，多么美好的阳光和风，还有那自由、清新的空气，你可以尽情呼吸。

是啊，他成了自由的公民。

但是，他不知道他去哪里。一下子仿佛有一百条路就在脚下，但他不知道怎么迈步。

对于任何一个劳改犯人来说，出狱那天都是一条生活分界线。他们数着日子期待着那一天。他们总是早早就通知家人、遍告亲友，让人知道他的归来。他自己为自己高兴，亲朋好友也为他高兴。

欢迎你。张开温暖的双臂欢迎你。按照通俗的说法，就是欢迎你重新回到社会上来，回到生活中来。欢迎你回家。

甚至有人开着汽车在监狱门口等候着。

多少重逢的激动、新生的喜悦呀。

然而，监狱外没有一个人等候涂沙平，也没有什么人殷殷盼归。

更严重一点儿说，这个世界已经遗忘了他的存在。没有谁记得曾经有过一个涂沙平。

他是个孤儿。爹妈早就死了。

他没有家，甚至没有一间房子，哪怕是结满蛛网的小小房子。

就连家乡武汉，也用13年的日新月异让他认不出来了。

陌生的高楼巨厦，陌生的道路，陌生的一张张面孔。

他觉得他做了一个梦，这个梦跨过了整整一个时代。

瞧瞧大街上光纷色杂的时装吧，13 年前他在电影上都没见过。

他呢，像个乞丐。走在摩肩接踵的人流中，他是闯入天鹅群的丑小鸭。

他是偶尔飘来的一片萎黄的树叶，一粒灰尘。

他好容易找到一个家。

这个家不大，但毕竟能够遮风挡雨。遗憾的是，这个家有 6 只轮子。

这个家是公共汽车。15 路、12 路、19 路等公共汽车。它们收班的时候，一辆辆停在长江边的临时停车场。哪扇车门比较容易打开，哪辆车就成为他睡觉的地方。

睡觉的地方，就是涂沙平心目中的家。

白天，找点儿事情做。

一个沦落成无家可归的乞丐的人，没有多少事情给你做。

顶多，也就在码头上帮人推推车、扛扛包什么的。干得好，付你三五块，赏你一餐饭钱。

并不是天天有饭吃，更不是餐餐有饭吃。饿急了，只好到餐馆吃剩菜、舔盘子。遇上好心人，睁只眼闭只眼让你舔光；脾气大的，倒在地上让你去捡。

在肚子面前，什么尊严、面子呀，全是扯淡。

下一步，就会“饥寒起盗心”——说不定又要重返监狱。

涂沙平虽说已成乞丐，但他记住了一条：只要不饿毙街头，只要还有盘子可舔，他就决不再次犯罪。他发誓再不进监狱。

不过，他也做不到不吃饭。

监狱毕竟有一碗饭吃，这他知道。

二

那天，吴天祥在接待上访者。

虽说是副主任，是信访办的领导，但他很少坐在楼上的主任办公室。

他大半时间泡在接待室。这里，才能直接面对群众，面对需要你帮助的人。

他在一则日记中写出他对待信访工作的态度：

“有个同志知道我是搞信访工作的，他劝我说，搞信访工作又吃亏，又没半点儿油水，每天遇到的都是难以解决的扯皮的事，早点儿要求改个行。

“这位同志说的情况是真的，信访工作是非常辛苦，特别是遇到扯皮闹事的人，就是下了班两三个小时，心里也很难安静下来，双耳发麻。但这是党的工作，又是联系群众的重要工作，我怎么能推辞呢！再说，任何工作都是根据需要确定的，都有一些难点和苦点，不然，党和政府怎么会安排确定这个工作机构呢！

“我永远不会放弃这样一个原则：坚决服从党的需要和安排，我永远要做到只要是为人民服务的岗位，再苦再难也要把岗位工作搞好，要有献身和敬业的精神，在本职工作中干出成绩来……”

吴天祥刚刚送走一拨人，只见有个人在接待室门前东张西望。

小个子，两眼无神，瘦弱不堪。

看上去有三四十岁。

那人抱着一床破棉絮，趿拉两只烂拖鞋。

是的，很肮脏。身上脏，棉絮也像从垃圾堆捡来的。还有一股酸臭味。

这个流浪人，他实在没法干净。

这种形象，要是闯进别的机关场所，想必早被呵斥出来。

吴天祥却站起来，问门外的涂沙平："你是找我们吗？"

涂沙平胆怯地说："他们让我来看，我就来看看。"

"谁让你来看看呢？"

"售票员呀。"

"哪里的售票员？"

"十二路车。"

吴天祥让涂沙平进入接待室，招呼他坐下。

"有什么事情，坐下说吧。"

吴天祥热情地说，像对待一个老朋友。

涂沙平却不坐。他站着，抱着他的散发一股臭味的破棉絮。

眼睛迷迷糊糊的，似乎没睡醒。

涂沙平解释道："我怕坐脏你们的凳子。"

吴天祥心中一动。人家万般无奈才来上访，竟怕坐脏你的凳子！

"不，不要紧。"他歉意地说，"凳子就算脏了，也该我们抹干净……"

坐下了。屁股坐在凳子边缘。涂沙平胆战心惊的，一边四处打量。看一眼和蔼可亲的这位信访干部，他缓缓放松了紧张的神经。

涂沙平说的是事实：真是几个售票员让他来找信访办的。

他晚上睡在公共汽车上。睡得太沉，没人发现他，就一车把他拖到关山——几乎穿过了整个武昌区。始发公汽在黎明前的夜色里穿行。司乘人员也是刚刚离开被窝，谁管车上是不是已经载有一位特殊乘客呢？

等到天明，涂沙平便暴露在晨光里，正呼呼大睡呢。

一来二去，售票员便认识他了。

也不吃惊这个人为什么不回家。城市的流浪者反正也不是涂沙平一个。司乘人员也习惯了涂沙平的存在，打趣说涂沙平是义务守车员。

又觉察出涂沙平并不讨厌，不是那种偷鸡摸狗的主儿。于是，生出同情心，帮这个可怜人出谋划策。

想来想去，觉得只有政府能帮助涂沙平。便告诉他去找信访办，政府的信访办。

吴天祥听了涂沙平结结巴巴的自述，心想，这事还真有些难办呢。

明白地说吧，眼前的涂沙平，首先需要一间房子，有一个放床的地方；其次，得有一份职业，才能自我养活。

都是不好办的事。

比如房子。吴天祥一家四口，也就住两间旧房，他没法分出一间给涂沙平。

在武汉以及大多数城市，住房历来紧张，自然轮不上像涂沙平这种身份的人。虽说城市拥有广厦千万，但少数特困户，还是居无定所。

吴天祥对他的同事们说，像涂沙平这种情况，如果我们置之不理，他就会被生活所迫，甚至重新犯罪。

对他们，政府的政策是帮、教、管，但政策是政策，谁来落实？

他说，我们虽然不是社会安置部门，也没有能力把街头流浪者包下来，但涂沙平无家可归是有原因的，所以，该管的还是得管。

吴天祥对涂沙平说：“我不想看到你到处舔盘子，晚上睡公共汽车。你耐心一点儿，我们想个办法。”

涂沙平愣愣地看着面前表情和蔼的干部。

“至于有什么办法，现在还难说。我们信访办既没房子给你住，也没工作给你做，但我们可以和有关部门联系，让他们知道你的情况。知道了，说不定就找到了解决办法。”

涂沙平忽然腾地站起来，紧张地问道：“报告干部！——您是不是让公安局把我抓起来？”

吴天祥说：“不会。”

他嘱咐道：“但我对你有一个要求——任何时候，都不能干坏事。”

涂沙平点头离去。

三

终于找到一间闲置的空房。

它很小很小。

地面潮湿，墙上长满黑霉。

当然，一般居民是不屑住这间房的。但对于涂沙平来说，它简直就是豪华宫殿。

能够放得下一张床。

有了床，不就有了家吗？

但涂沙平无钱买床。

吴天祥带着涂沙平来到这间房里。

吴天祥掏出 100 元钱：“你去买一张床，从此你就算有个家了。”

涂沙平一动不动，也不伸手接钱。

“怎么？瞧不起这个房子吗——”吴天祥问道。

涂沙平连连说：“不，不，我是有点儿不相信。”

“不相信？”

“不相信您给我弄到一间房。”

吴天祥把钱塞给涂沙平。这个讨饭吃的人，竟然不要这100元，反复推拒。

“为什么？”吴天祥疑惑地问。

涂沙平说：“我还是不相信。”

“你又不相信什么？”

“不相信您给钱让我买床。”涂沙平解释，“像我这种人，连公共汽车都睡过，还敢指望睡到床上？有一小块地方睡觉，就满足了。”

吴天祥说：“你看这地，有些潮，睡地上容易得病。必须有一张床。”

涂沙平仍然拒收。

“你们干部，又不是做生意的，工资不高，我知道的。”他动情地说，“您帮我找了住处，我……都不好意思了，哪敢要您的钱？”

吴天祥说：“不用多说了。下午我有个会，不能帮你买床。就算我托你，帮忙给你自己买一张床，不行吗？”

四

涂沙平有两大爱好。

一是画龙、画凤，然后剪出栩栩如生的美丽图案，龙飞凤舞。

他天天画，天天剪，他积累的作品可以开一个剪纸店。

那龙，昂首扬身，跃跃欲动。有的满面狰狞，有的一派天真。

那凤，仪态万千，展翅若飞。或沉思默想，或翩翩起舞。

吴天祥笑了。他说他欣赏这些东西。

在这间斗室，吴天祥一边翻阅涂沙平的艺术作品，一边闲聊。

画如其人。吴天祥觉得，他从这些剪纸画上看到了涂沙平的内心世界。

虽然饱经磨难，性格上有点儿异人之处，但是，他心中毕竟存留着未被侵蚀的一个角落。

你想，打从21岁起就待在监狱，心灵上一定创痕累累；但他竟还有这一份雅兴，真是令人感动。

涂沙平永远做不了艺术家，这是肯定的，因为他绘制的龙与凤缺乏新意；你只能把它理解成他多年孤寂生活的一种寄托……

对涂沙平的另一个爱好，吴天祥却感到震惊。

也是写写画画。不过，写的却是“涂沙平”三个字。

吴天祥坐在一旁，观察涂沙平专心致志投入写作的样子。

一张纸写满了，又写一张。

在烟盒上写，在旧报纸上写，在能找到的每一张纸上写。

涂沙平心无旁骛，颦蹙眉头地写着。

写得真快，沙沙沙沙。

吴天祥原以为涂沙平爱写作，打算当作家呢，想不到他写的全都是自己的名字！

只是“涂沙平”三个字。

只是一遍遍地重复这三个字。

这就有些奇怪了。这小涂，名字在他心中一定分量不轻。爱名字以及爱自己、恨名字以及恨自己吗？

也许，是他当年在逮捕证上签名的痛苦，至今萦绕不散？是他想起学写名字时的快乐童年？是他要捍卫名字的纯洁、不再玷污？

吴天祥没有干扰涂沙平写作，默默退出这间陋室。

那些天里，吴天祥除了上班接待上访者，业余时间就干一件事：为涂沙平跑工作。

他把方方面面的关系都调动起来，走一家问一家，跑一处问一处。

他对那些熟人说："你可以把涂沙平当成我的孩子、我的亲戚，你给他一个事做，就是帮了我的大忙！"

熟人们一听是街上讨饭的，摇头。

一听是监狱里释放的，摇头。

一听没什么文化，也没出色的体力，摇头。

一听……

反正是摇头。

涂沙平不具备招工条件的哪怕一条。

要学历，要能力，要品行，要身高……是啊，涂沙平一条也不沾边。

有人松了口，答应带来看一眼，进行一次面试。

吴天祥立即去找涂沙平。

看一眼，摇头。还是表示爱莫能助。

经过一些日子的奔波，一家餐馆的老板答应让涂沙平来打杂。

老板说："看在吴主任您的面子上，我给他一碗饭吃！"

"太感谢了！"吴天祥高兴地说。

老板说话直率："别看我这小餐馆，大学生想来打工的都有！中国不是不缺人吗？打工妹打工仔闭眼抓一把。我之所以答应您，原因只有一个，我不想看着您一把年纪风里雨里跑了。大小也是个处级干部呀，到县里去还不是一方诸侯！现在像您这样的干部，难找！”

吴天祥讷讷道：“你不要恭维我……我想和你谈谈小涂的工钱……”

对吴天祥来说，谈钱实在艰难得很。

任何时候，他都不同你谈钱的事。

这次例外，但他也涨红了脸。

老板说：“包吃，每月给300元。”

“行，按你说的办。”吴天祥打算离开，却又踅回来：“让他干什么活？”

老板说：“您放心。我这里有事给他做就行了。除了老板不能让他当，干别的都行。”

吴天祥如释重负。

五

涂沙平惹事了。

餐馆打来电话，吴天祥吃了一惊。他的心顿时提到嗓子眼儿：“伤人没有？”

老板说，没有伤人，但涂沙平这种粗暴、这种野蛮，没有谁受得了。

老板沉重地说：“吴主任，对不起您——您把他领走吧！”

吴天祥火速赶往餐馆。

老板介绍说，涂沙平干不了别的，便让他负责蒸饭。

这是个不动脑筋、也很少和顾客直接打交道的活儿。

不能让涂沙平同顾客碰面。小涂性格孤僻，板着脸，不善与人交往。

也是与正常生活隔绝太久，这个坐过13年监狱的人不懂怎样与客人说话。

顾客是餐馆的上帝。人家掏钱买单，你当然要尽力侍候。就算有时发点儿酒疯，口出狂言，百般挑剔，你也得忍让。因为人家已经买下你的忍让。

这天，并没发生一件多大的事，甚至是小而又小的事。

一个顾客，自个儿连添了两碗饭，一口气吃光了。

涂沙平坐在一旁，冷眼注视着他蒸出的一桶饭。他不能忍受有人胆敢连取两碗。也许，他讨厌那个顾客酒足饭饱的神态。总之是不顺眼。他看着那个人，霎时火冒三丈。

涂沙平并没制止那人一次次挖走他亲手蒸出的白米饭。

他凝视着蒸气袅袅的、白花花的米饭。久久不动。

瞥那人一眼。那个家伙竟敢咀嚼得有滋有味。

涂沙平一声巨吼，把一桶饭掀了个底朝天。

他吼道："谁让你连吃两碗！"

全场惊愕。

老板只得赔着笑脸给顾客道歉。他说，两碗饭值什么呢，您别介意，我压根就免收饭钱。

老板余气未消，对吴天祥也不大客气："您把他介绍来，没想到是个神经病！得罪客人，餐馆怎么赚钱？"

吴天祥说："小涂饿过肚子，把饭看得比什么都重，所以他发恼了。"

后来，涂沙平说，他自己也说不清为什么那么干。他说，他当时热血冲顶、拳头发痒，他最大的欲望是揍那个吃饭的人一顿，让他把饭吐出来，让他留一碗送给没饭吃的人。

他说，他知道不能揍人，而一腔怒火又无处发泄，他才顺手掀了饭桶。

这样，刚刚领了两个月工资，刚刚让生活正常起来，却又砸了。涂沙平只得回到他的小屋，又每天雕龙画凤，又到处写他的名字。

一切又要从头开始。

四年时间里，吴天祥总共帮涂沙平介绍了十七八个工作。比如，生香餐馆、新合街餐馆、小东门餐馆、天开餐馆、同昌饭店、生日城餐馆、大中华酒楼等等；还有教学设备厂、曹祥泰副食店、积玉桥棕刷厂等等。

他也万没想到，这个涂沙平总是不能稳定下来，总在创造让人辞退的机会。

涂沙平灰溜溜地来找吴天祥，让吴主任出面，力争挽回。但不能挽回，总有坚决辞退涂沙平的充足理由。

辞退一次，就有一段时间生活无着落。

吴天祥就带他上餐馆吃饭。

涂沙平记得，吴主任大约请他上过 100 次馆子。虽然不是大吃大喝，但每次总不低于 10 元钱。

涂沙平还记得，有一年冬天寒冷，吴主任见他衣着单薄，便给他买衣服、买鞋。

被辞退一次，吴天祥就有不少日子不得安宁。他得立即帮涂沙平找一份新工作。

甚至到了这种地步：找到新工作了，吴天祥总是战战兢兢地送涂沙平去上班。他担心，干不了三五天，又要辞退涂沙平。

哪一次不是千叮万嘱呢？他对涂沙平说：“我在武昌区认识的

人，都为你的工作帮了忙，你可一定要珍惜呀！要是再不好好干，我就没办法了。”

涂沙平不大服气：“我是好好干了。谁告诉你，说我不好好干？我要去对质！”

吴天祥一脸苦笑。

他想，涂沙平也许真是好好干了、卖力干了，那是他神志清醒时。

一旦受点儿什么刺激，涂沙平就变了一个人。你简直不明白他为什么那么容易上火，容易惹是生非。一点儿小事，要是你没按照涂沙平的意思做，他立即与你翻脸。没有谁受得了这种奇怪的个性。

说起来，在涂沙平认识的人中，只是这位救苦救难的吴主任没被得罪了。

吴天祥谅解涂沙平。

同情他的不幸遭遇。

容忍他的奇怪个性。

六

这天是星期六。

一大早，吴天祥来到涂沙平的小屋，对他说：“你陪我上医院去。”

涂沙平一惊：“您病了？”伸手就来触摸吴天祥的额头。

吴天祥说：“我今天没病，但预防为主。我俩一起去检查身体。”

涂沙平松了一口气：“我生怕您病了。您病了，我就去死。”

一脸真诚！

吴天祥深受感动：“年轻人不准说‘死’这个字！”

“我不说，不说。”

去了湖北医学院附属医院。

吴天祥说：“你等着。我先检查。”

说罢进了诊断室。他告诉医生，门外的年轻人也许精神上有障碍，希望仔细检查一下。

医生问：“你儿子？”

“就算是吧。”

涂沙平不知道上医院是为了给他检查，只能瞒着他进行。他自尊心比谁都强，不会承认他有病。

检查结果：涂沙平有较轻精神障碍。

交了医疗费。又是吴天祥自掏腰包。

接着，吴天祥又带涂沙平去一家精神病专科医院复查。

结果呢，被吴天祥不幸猜中：涂沙平遭受过重大精神创伤，有一定心理障碍；然而，他却不属于精神病人，有行为能力。

就是说，涂沙平有能力对他的行为承担责任。犯罪，要坐牢；杀人，要偿命。法律对他并不网开一面。

吴天祥把医院检查结果告诉了涂沙平。

涂沙平泪流如注：“吴主任，我不会犯罪、不会杀人，您放心。”

吴天祥说：“你受过很多苦，又没个家，才会心里不通畅。这就种下病秧。不过不要紧，有党，有政府，要放心把心理调顺，把病治好，好好工作，自食其力。”

涂沙平点头：“我记住了。”

接着，就发生了一件大事。所有知道这事的人，都说，这是吴天祥呕心沥血帮教涂沙平结出的果子。

对涂沙平来说，真是了不起的大事。

那天，他突然听见一个老太太高呼："抓抢犯啊——抓抢犯啊——"

有人在前头逃跑，老太太在后面追赶，但老人哪能追得上健步如飞的青年窃贼？

涂沙平不由分说，撒腿便追赶上去。

这是明摆的，有人抢劫！抢了老太太刚从储蓄所取出的一万元现金。老实说，这一万元，是老太太从牙缝里抠出来的一生积蓄。

涂沙平把抢劫者追进了一条死巷。

一个无路可逃，一个毫不退缩。于是，一场巷战激烈发生。

现在，涂沙平一点儿不手软，正好让他练习一下久已生疏的拳脚。

三下五除二，犯罪分子被擒拿归案。

老太太的巨款失而复得，不知怎么感激这位街头义侠，就买了苹果、罐头之类，前来慰问恩人。还特地请人写了感谢信，一张大红纸写得密密麻麻，"涂沙平"三个大字熠熠闪光。

涂沙平因此做了一回"新闻人物"，光荣出镜。

他对着摄像机说："……吴天祥，吴主任，你们应该让他上电视。这是他教育我的结果。"

涂沙平引用了吴天样平常跟他说的话，比如，一个人穷点儿不要紧，要紧的是做一个有正义感的人。

吴天祥深感欣慰。

他说："涂沙平不但不是多余人，而且是一个对社会有用的人。他的见义勇为值得我们学习。"

爱情程序

一

汤盛成上访，已经来过许多次。

信访办的人都熟悉这个30岁出头的小伙子。

他说他想办一个个体牙科门诊部。

谈到这个幻想中的门诊部，他就热血沸腾、神采飞扬：“有个执照，有个门面，我马上就能开张。看到有谁牙不好，我就让他去我那里走一趟。几分钟就还你一副健康整齐的牙齿。牙疼不是病，疼死无人问——我就偏偏要问问你的牙……”

大伙笑起来。

吴天祥静坐一旁，也不吭声。让小汤一遍遍表达他的憧憬吧，不表达憋着难受。

其实，吴天祥清楚，目前的小汤可以说什么也没有。

既无执照，也无门面。

技术嘛，倒是有一点点。小汤过去是一家医院的牙科技工，干的正是拔牙镶牙之类的工作。

吴天祥盘算着：如果促成小汤的牙科门诊，就等于给了他一条自食其力的谋生之路。

吴天祥已经接触小汤几次。他觉得，小汤虽然至今衣食无着，但他没有去找那些偷鸡摸狗的狐朋狗友，而是信赖政府，三番五次地上信访办来，这是首先要肯定的。

其次，小汤虽然落魄穷困，但没有人穷志短，而是有想法、有谋划，打算依靠一技之长开创新生活，这更是值得鼓励。

吴天祥思索片刻，对小汤说：“执照的事、门面的事，我们帮你联系办理。”

小汤眼里顿时绽出喜悦。

小汤说：“吴主任，有您这句话，我不吃饭也饱了。”

吴天祥一听，关切询问：“哎呀，你是不是饿着肚子？”

小汤支吾着：“昨天吃过了，不饿。”

吴天祥惊讶地追问：“那你今天早饭、午饭都没吃？”

“没关系的。这不算什么。”小汤一笑，显得信心十足，“我曾经创造过两天没吃一口饭的纪录。”

饿着肚子，还这么透着乐观。

这就有救。人只要心没死，就一定有改变命运的机会。

吴天祥送小汤出门，到了无人处，掏出身上一些钱币：“我请客。你自己去买点儿东西吃。”

小汤笑笑：“您又不是大户，我不吃。”

“饿着伤身子。”吴天祥把钱强塞给小汤，“拿去吧。”

小汤低头点钱。共 80 元，还夹着几张公汽票。

“您起码留点儿零钱吧……”小汤说，“坐车不买票要罚款的。”

吴天祥一笑：“我骑车。售票员罚不到我的款。”

几天后，门面找到了。

吴天祥带着小汤去察看。

“门诊办起来，慢慢有了收入，”吴天祥关切地建议道，“你就再成个家。”

“成家？”小汤凄然一笑，“我连自己的肚子都养不活，还敢做那个秋梦？”

吴天祥说："你才30出头，日头正当午呢。快别说泄气的话。"

小汤欲言又止："我……不想再伤心呢……"

二

小汤有过一次幸福的婚姻。

不过，幸福十分短暂，像一个匆匆过客。

幸福只和他握握手，就说声再见了。

这不能怪别人。

要怪就怪他自己。

他和别人打了一架，把自己打进了监狱，把公职打没了，老婆打跑了，幸福打碎了。

坐牢。离婚。开除公职。

它们不请自来，浩荡荡要把你彻底摧毁，一点儿客气都不讲。

都说百年好合、患难与共，但从古至今能有几人做到？

都说"夫妻本是同林鸟，大难临头各自飞"，并非无的放矢！

我们习惯于与人同甘，不习惯于与人共苦……

汤盛成坐了两年牢。

出狱后，希望原单位能够恢复工作，人家却说，多少大学生还不能分配工作呢……

想同前妻联系，看看能否重修旧好，但没有这份勇气……

走进监狱前什么都有，走出监狱时却什么都没有了。

他去找信访办。

也是该他时来运转，信访办有个热心快肠、真诚待人的吴主任。

这个吴主任把他的名字记到笔记本上，耐心细致地询问他有什么困难。

"什么困难？我从头到脚都是困难！"第一次见面，小汤出言不逊，"我要饿死了，你们管不管？"

吴天祥"君子不计小人过"，没有生气，温和如初，"好吧，你把你的困难告诉我，我们信访办就是专门对付困难的。"

第二次去，小汤不再一身怨气、满腹牢骚。面对和和气气的吴主任，他没有理由像吃了枪子一般。按照吴主任的要求，他把他的经历写成一份材料。

吴主任看罢材料，告诉他，他想自谋生路的打算很好，政府鼓励这样做。

一来二去，小汤就熟悉了吴主任。

有什么事就去麻烦他。

有什么话就对他讲。

然而，小汤却有一件大事没有告诉吴天祥。不是不愿，而是不敢。

每次见吴主任，总是话到嘴边，想想，又咽了下去。

什么大事呢？

他觉得法院判他两年徒刑太重了。

他有点儿冤，有点儿委屈。

当时，区法院判他一年。他心想，一年就一年吧，也才365天。接着检察院抗诉，他们觉得一年徒刑太轻。市法院二审，采纳检察院意见，一年变成两年。365天一下子变成730天。这就让人没法轻松了。

小汤知道，如果要恢复公职，如果要复婚，如果要把自己的人生调向过去的生活轨道，那么，只有一个办法：翻案。

老实说，小汤缺乏勇气和决心，也缺乏娴熟的法律知识对他的支持。

三

这天下班途中，吴天祥看见小汤行色匆匆，在马路对面奔走。

他干什么呢？

吴天祥隔着马路叫了几声，小汤没听见，很快就在拐弯处消失。

他忙什么呢？

过了马路，吴天祥骑上车追过去。

再叫一声，小汤站住，回头看见吴天祥，立即迎上前来。

吴天祥问："最近干什么呢？"

小汤犹豫着。

"诊所怎么样？"

小汤说："这些天我在跑法院，省的市的都跑。"

吴天祥问："打官司？你有什么官司？"

他很担忧，是不是又惹什么麻烦了。生活不安定的人总是容易有麻烦的。他们心里躁动不宁，容易上火。

小汤说："我想翻案。法院把我判重了。"

吴天祥凝视着小汤，心想，你自己目无法纪、触犯刑律，不找找自身的原因，反而怪罪法院。这种苗头对你不利呢。

吴天祥伸出手："你把判决书给我看看。"

众目睽睽下，在来往汽车激起的蒙蒙尘雾里，两个人就站在马路旁，阅读一份早已执行的判决书。

吴天祥全神贯注。

这个青年，因为这张薄薄的打印文稿，人生命运便骤然转折。

这是法律的一声断喝。

是的，这声断喝让你措手不及。也许昨天你还高扬着骄傲的头颅，一声断喝，你就低头服罪，进入另册。

断喝之后，你也许将功折罪、浪子回头，重新融入社会的怀抱，重新启动人生的航船；你也许一蹶不振、灰心丧气，跌倒尘埃再也爬不起来。

不管对谁来说，一张判决书，至少都是一个重大挫折、一个惨痛教训。就像医生的诊断书，只会给予那些有病的人。

然而，小汤却口口声声说判决书搞错了，是冤案、是错案……

看完判决书，吴天祥没做评论。

不急于评论。

他是干部，出言要谨慎，说话要负责。

他在公安部门、司法部门工作多年，不是看不出这份判决书的法律漏洞。

一眼就看出来了。

但他暂时不能说出来。

“你去找法院，法院怎么说？”吴天祥问道。

“法院办案人员说没有错误。”

“你现在想怎么办？”

小汤叹息一声，苦笑：“我能怎么办呢？反正坐牢也坐了，又是终审判决，就死了这条心算了。”

吴天祥说：“判决书我带回家仔细看看。如果真判错了，肯定可以改正。”

四

至少有两点疑问。

一是双方打架，竟无伤情鉴定，谁先出手也没陈述清楚。

二是把小汤在单位表现不佳也扯了进来。

吴天祥觉得对小汤的判决的确偏重，法律文书的制作也嫌草率。

这事自然与他的工作表现无关。

如果小汤就此判决要找信访办上访，吴天祥也只需转到有关机构，就算尽职尽责了。

吴天祥不这么想。一份判决牵涉到一个青年人的前途命运，马虎过去于心不忍。

他决定查清这件事，它的来龙去脉，它的法律依据。

如果判错，就必须改正。这是党的政策，也是法律的尊严。

吴天祥去找小汤聘请的辩护律师。

律师说："判重了。可以免于起诉，但我无可奈何。"

去找法院干部。

法院干部说："如果是我们判错，我们当然纠正。"

去找武汉大学马克昌教授。

马教授是中国著名法学家。

马教授看过判决书，又听吴天祥介绍了小汤打架的详情，说："这个案子，判刑是重的。打架不对，有错误，可以采用党纪政纪处分，但判刑重了。"

武汉三镇跑了一大圈，吴天祥摸清了方方面面的情况。

特别是马克昌教授一席话，使他心里有了底。

立即帮小汤写申诉书。

帮他送往市人大、市法院。

吴天祥直到默默做完这一切后，才找来小汤，告诉这个"一失足成千古恨"的青年人："你的事有可能解决。"

小汤似信非信。

“你回去等候佳音吧——”吴天祥此时显得成竹在胸，“只要判决改正，你便恢复工作有望。”

小汤感激涕零：“这个事解决了，我的事就都能解决。”

吴天祥又问：“前妻嫁人了吗？”

小汤忧伤地回答：“没嫁，一个人带着孩子。孩子已经长这么高了。”

小汤比画了一下男孩的高度。

吴天祥若有所思。

五

市法院郑重宣布：撤销对汤盛成的原判决，改判无罪。

小汤沉浸在死而复生的激动中。

他在眨眼间变了一个人，觉得自己好像一下子长高了几厘米。

不再唉声叹气，更不怨天尤人。

笑容写在脸上。笑声挂在嘴上。失而复得的做人尊严，重新把他武装起来。

小汤要求原单位恢复他的工作，补发他的工资。

原单位却已被个人承包。承包者对承包以前的事情一概不管。

怎么办呢？去找吴天祥。

吴天祥去找区卫生局的领导。这几个领导没有推诿，而是主动热情地出面联系。经过反反复复做工作，小汤终于回到他过去的工作岗位。

一个月工资四五百块，小汤感觉良好。

一次打架使小汤绕了一个人生大弯子；一个信访干部使小汤重

回生活正轨。

小汤已是双喜临门。

但他的生活仍然缺了一块。离婚的妻子仍在空房独守。

当初痛失爱妻，小汤痛不欲生。

他爱她。这没办法。虽说妻子离他而去，但他并不因此减弱这种刻骨铭心之爱。妻子有妻子的难处。随便哪个女人，也不愿守着一个“劳改犯人”。伤心归伤心，爱情归爱情。难道妻子不伤心吗？

小汤向吴天祥说出他的心思。

“我找了您那么多麻烦，”小汤歉意地说，“又找您的麻烦……”

吴天祥说：“我会帮你的。只是感情上的事，我也没把握能不能办成功。”

小汤前妻的工作单位很远，几乎已在郊区。

吴天祥坐上公共汽车出发了。

他很想在这一对离婚夫妻之间，当一个情报员，沟通双方，做一个调解员，促成他们破镜重圆。

但是，爱情有它独特的程序。想找回失去的爱情比找回大海中一根针还难，除非你并没真正失去。

比如小汤，他因坐牢判刑而失去爱情。现在摘去了头上的犯罪符号，成为一名公民，他能不能找回爱情呢？

这其实是一个简单程序。

办一张复婚证，退去离婚的蓝本子，领回复婚的红本子，就是这么简单。

这是个大热天，天上像在呼哧呼哧下火。

吴天祥东寻西找，终于来到一家幼儿园。

“我找 ×××。”他喘吁吁地说。

片刻后，有人传出话来：“对不起，她不愿见你。”

吴天祥有些尴尬。

他取出“工作证”，对传话人说：“我是武昌区信访办的老吴。我要找她了解有关情况。”

这才见到小汤的前妻。

说了小汤的事。特别说到，法院已宣判小汤无罪。

“无罪？”小汤的前妻很吃惊。

最后，小汤的前妻答应考虑考虑，“我对小汤也不是没感情……孩子也这么大了……我考虑几天，行吗？”

吴天祥给小汤带回情报：“听口气，我觉得有戏。现在，你可以主动进攻了。”

小汤握住吴天祥的手，激动得语无伦次，“要是我们全家团圆，您一定去喝喜酒……”

“我不会喝酒。”吴天祥说。

“您抽烟吗？”

“我不抽烟。”

“那……我给您泡一杯高级绿茶！”

“我从来不喝茶呢。”

小汤和他前妻把当年的恋爱故事扎扎实实复习了一遍，很快就决定复婚。

吴天祥陪他们到了登记站。

看到一对夫妻鸳梦重温，他心里如沐春风。

他们携手并肩，相亲相爱。

是啊，这样多好。人间少一点儿苦难，多一点儿爱的阳光。

小汤和他妻子买了一些烟、酒，要感谢吴天祥这个恩人。

吴天祥说："心意我领了，我不抽烟不喝酒。只要你们过得幸福，比送我一座金山都强。"

小汤的妻子说："我有一副非常高级的挂历，明天给您送来。"

吴天祥说："挂历我也不要。说这些事多俗气。送什么我都不会要。"

没有一丝可以商量的余地。

光明是一盏灯

一

吕友娥 4 岁那年来到武汉。

让她陪伴奶奶。

对于这个乡村孩子来说，武汉首先是一个特别大特别大的大城市；然后，武汉是奶奶居住的地方。

城市有多大？不知道。起码有几个村子那么大吧，她想。

武汉的奶奶真是世界上最幸福的人。幸福到什么程度？不知道。起码天天能吃水果糖吧！吕友娥天真地想象着。

乡下的父亲送吕友娥到城里来。

他们左拐弯右拐弯，走了几个钟头，才在一座旧平房里找到奶奶的家。

孩子看来，这房子还比不上乡下的厨房那么大。屋子里除了有个奶奶，真是什么也没有。

吕友娥当时想，也许城市人都这样生活。因为奶奶是城市人，所以奶奶这样生活。

父亲说:“把你交给奶奶了。”

吕友娥点头。

“跟奶奶生活，听奶奶的话。”

父亲的嘱咐，吕友娥都记住了。

父亲当天就回了家乡。

他们的家在鄂城县，离武汉市并不十分远。

晚上，吕友娥趴在窗口，吃惊地观察着万家灯火的城市。

她看到一幢楼房。每一个窗口，都亮得耀眼。

从明亮的窗户一直望进别人家里，看得见一台彩色电视机。小小的人儿，正在那块小屏幕上蹦蹦跳跳。

身材瘦小的奶奶在吕友娥背后叫道:“看什么呢？有什么好看的！”

吕友娥听出奶奶不大高兴。

她懂事，立即离开窗口。她怎么也不能惹奶奶生气，这是父亲教她的。

夜深了。

奶奶说:“睡觉吧！”

可是吕友娥没有一丝睡意。初次进城的幸福感、新鲜感仍在冲击着她。

“我不困，奶奶。”她低声回答道。

想看看奶奶的脸色，但她看不见。

吕友娥怯怯地问道:“奶奶，你为什么不点灯呢？”

奶奶有些生气:“小孩子多管闲事！你睡觉！”

吕友娥进城第一天就感到了委屈。

她觉得奶奶很奇怪：这么黑的晚上，她竟不点灯！好怕好怕。

吕友娥睡不着。

一是感到迷惑，别人家都是灯火通明，奶奶却喜欢在这锅底般的黑暗中摸来摸去，手电筒也不用。

二是身上盖的被子叫人难受极了。这么破、这么旧、这么脏、这么薄，谁在这个被子里能睡觉，真是天大的本事！

第二天晚上，奶奶点燃一支蜡烛。

烛光悠悠，这屋子里显得鬼影幢幢。

吕友娥鼓足勇气问道："奶奶，你为什么不点电灯呢？"

这回奶奶没生气。

她那憔悴的脸，在烛光里黄惨惨的。

奶奶抚摸着孙女的脑袋，深深地叹息着，一开口，就哽咽难抑，"你晓得吗，乖，乖孩子，我点不起电灯。"

奶奶虽说点不起电灯，但对点电灯的光明未来，却充满信心："乖，乖孩子，等你长大，会挣钱了，我们就点电灯。"

这是 1975 年冬季的事情。

二

信访办接待室里，照例热热闹闹。

不是热闹，是此起彼伏的吵嚷声。

吴天祥任凭你怎么吵嚷，他仍然不愠不怒、一脸春色，仿佛他一句也没听进耳朵。

实际上，他每一句都听得仔仔细细。

不但耐心聆听，而且笔不停挥，笔记本上一行行记录不漏。

来此上访的人，大多对上访的事情打过千百次腹稿，所以常常显得胸有成竹，点点滴滴都说得头头是道。

一遍又一遍地诉说，一遍又一遍地解释，一遍又一遍地重复。

也有颠三倒四的，牛头不对马嘴的，虚构事实胡说八道的。

但不管怎样，他们觉得终于逮住了说的机会，一定要一泻千里、滔滔不绝。

吴天祥分身无术，他只能一次听一个人说话。

这就有了竞争。

这就总是抢着说。

有时，明明前一个没说完，后一个就毫不客气地拦住话头，甚至引起火药味极浓的争先恐后。

每个人都显得比别人重要。

也遇见过话不投机、欲动手脚的时候。

要说吴天祥也会生气的话，那就是在这种时候。他会腾地站起，摇摇头，又“嗵”地坐下。此时无声胜有声，他的这个动作立即镇住双方，让接待室复归平静。

上访者五花八门的人都有。

谁也不能保证没有横扯皮竖拉筋的人，更不能保证就没有“上访油子”——怀着某种私心，以上访为名给政府施压；或者撒泼耍赖，提出天方夜谭似的苛刻要求，不达目的不罢休，不到黄河心不死；或者借机诬告，陷害报复他人，罗织罪状，造谣生事……

他们都抢着说话。

他们要让你相信他的话，要你按他说的去办，满足他提出的任何要求……

这天，吴天祥的耳朵都被震麻了。

为了喘息片刻，暂时逃避这暴风骤雨的吵嚷声，他站起来，他说去打瓶开水。

门口，一个姑娘踟蹰许久，但没有进门。

吴天祥问道："你找信访办吗？"

姑娘战战兢兢："我……"

"你有什么为难的事吗？"吴天祥亲切问道。

姑娘哽咽着说不出话。只是哭。

看她，衣着简朴，神情痛苦，如果没有面临绝境，至少也是遇上了有苦难言的麻烦。

吴天祥说："你不要哭。不哭好不好？等接待室这些人走后，我来专门听你谈。"

吕友娥点头。

三

吕友娥 24 岁。

她奶奶赵小英已经 78 岁了。

赵小英 20 岁出头死了丈夫。她只有一个儿子。儿子嗷嗷待哺。

孤儿寡母的，怎么把儿子拉扯大？

新中国成立前，年轻育龄妇女有一个可以选择的职业：给富贵人家的孩子当奶妈。

赵小英只身一人进了城。

那时候她年轻，身体健康，只要忍心不让自己的孩子吃奶，那么奶水就可以卖钱，就可以用这钱挣一口饭吃。

城市留给你的，只是最卑微最低贱的职业。

赵小英先当奶妈，用甘美的乳汁喂养着别人家的孩子；后来做洗衣妇，一年到头洗那些似乎永远洗不净的衣服。

20 世纪 50 年代初，赵小英落籍武昌区，人民政府给她颁发了长期定居的户口证明。

当然，她没有固定职业。

她一个没文化的妇女，也就只得干些力所能及的体力活，以此糊口。

干体力活也不容易。因为大家都有单位、有集体、有组织，你满街找不到什么多余的体力活。

她几乎没有生活来源。有时邻里施舍，有时乡下儿子接济一点儿。

她住的房子才 6 平方米。

永远是 6 平方米，从没增加过哪怕 1 平方米。

她不得不出门捡垃圾，在垃圾堆里刨食。有时运气好，捡点儿稍稍有用的东西，能从废品站卖点儿钱。

年龄不等人。她越来越老了。

背弯下去，成了“驼子”，再也不曾伸直。

也许是年轻时当奶妈的缘故，她觉得自己的身体已被别人家的孩子掏空，体力不支，走路都吃力。

从乡下接来了 4 岁的孙女做伴。

她俩相依为命，一老一少共度艰辛人生。

好在城市给她们提供了一些挣口饭吃的机会，比如扒垃圾、给人看孩子、扫大街等等，总算活了下来。

接着，乡下的儿子得病，无钱医治，不幸去世。

这偌大世界，仿佛只剩下了这一老一小！

赵小英知道城市的规矩：如果她的孙女吕友娥获得一个城市户

口，那么，孙女长大后就可能谋得一份正式职业；那么，她们的家就能在城市扎根生存，衣食无虞。

吕友娥14岁时，赵小英开始给孙女申报城市户口。

年年申报。

像打仗一样，赵小英早就知道这是一个漫长曲折的战役。

她从不灰心，顽强不屈。

她的孙女如果不把名字写上武汉市民的户口册，她赵小英不会死，不会闭上眼睛。

但是，吕友娥已经24岁了，户口仍然无望解决。

户口是一片绚丽的云彩，年年月月飘荡在她们梦想的上空，却迟迟不肯降落。

不肯降落在这6平方米的阁楼上。

四

吕友娥哭诉着告诉吴天祥，也许直到奶奶老死，吕友娥的户口梦也难以变成现实。

她告诉吴天祥，她现在在一个副食店做临时工，一个月170元收入，她和奶奶吃饭已经没有问题。

吴天祥责怪她和奶奶为什么不早一些向党和政府求助。

他说："你们生活得这么艰难，我们这些干部根本就不知道啊。"

吕友娥说："你们干部有那么多大事需要操心，一点儿小事，我们也不想麻烦。奶奶就说，全市几百万人，我们肯定不是最差的。不到万不得已，我们就'等'户口办下来。"

吴天祥心潮难平：听听吧，人民群众多么宽宏大量！

一个"等"字，多少辛酸！

她们愿意等待。

没有尽头地等待。

无怨无恨地等待。

但是，你能让她们永远等下去吗？已经等待10多年，难道再等10年？或者一生？

吴天祥的心被深深刺痛了。

站起来，愧疚地说："走，我们先去你家看看，好吗？政府不会让你们继续等下去的。我们的工作有疏忽，让你们受苦了……"

吴天祥喉头发酸，说不下去。

跟随着吕友娥，吴天祥赶到解放路200号。

这是冷冽的冬天，寒风如刀。

进门，上楼。

吕友娥是个细心的姑娘。她在前头说："吴主任，您小心走！"

是要小心走，因为这朽坏的楼梯一步一颤，弱不禁风。

吕友娥兴奋地叫她奶奶："区委的吴主任来啦！"

进门，6平方米。

6平方米的狭小空间里，祖孙两人度日如年地生活着。

屋子里一片狼藉。

这是冷飕飕的冬天。吴天祥伸手探探被子，好薄！他看着赵小英老人把被子叠起来，这床棉被跟一只枕头差不多大小。

这是冬天。

吴天祥问道："晚上不冷吗？"

赵小英说："冷习惯了。"

吕友娥解释道："不冷。我们搭着衣服睡。"

细看赵小英老人，唉，你也许永远没见过如此衰弱、如此苍老的老人!

吴天祥注视着老人。

她的背，弯成背负重压的形状。是的，一世沧桑，孤苦无助，她在严峻的生活面前伸不直她的腰背。

她的手发抖，抖得很厉害。

吴天祥不再久留。面对这个家庭的凄苦惨景，他心如刀割。

他直接去了一家商店。

商店里，五彩的货物琳琅满目，值不得他留恋一眼。他直奔卖棉絮的柜台。

他知道她们很冷，很冷。只看一眼，你也觉得身上寒气直冒。

吴天祥花80多元买下棉絮，夹在腋下，匆匆奔回赵小英老人家。

天已傍晚，屋子里一片黑暗。

吴天祥抱着棉絮进门，吕友娥和奶奶惊讶不已。

吴天祥说："你把灯打开！"

一动不动。

"快把灯打开嘛！"吴天祥说，"把这棉絮套进被套里。"

仍然没有动静。

"现在的棉絮质量不好，"他说，"我得看看，是不是'黑心棉'，不行好退！"

一片静默。

吴天祥吃惊地问："你们怎么啦？"

吕友娥小心翼翼地说："我们家……没有灯……"

"灯管坏了？"

赵小英嗫嚅着说："……30多年没点过电灯了……点不起……"

吴天祥一阵惊愕："没有电灯？那你们晚上怎么办？"

吕友娥低声道："买几根蜡烛——用的时候，就点一下。"

吴天祥呆住了，就像突然遭到晴天雷击，就像当头挨了一棒。没有电灯！30多年没有点过电灯！90年代灿烂辉煌的大城市，竟有人点不起电灯！

吴天祥沉默良久。他不知道该说什么。这真是千古奇闻——在这车水马龙、流光溢彩的大城市，在这科技发达、电器遍地的时代，在这一掷千金、夜夜管弦的歌舞娱乐城近旁，在你的眼前，竟有30多年点不上电灯的人家，竟有一户居民在黑暗中度日……

他没说什么话，默默退出。

五

点不上电灯，在黑暗中生活，尚不是吕友娥最痛苦的事。

没灯就早早睡觉吧。她习惯了。

但这个24岁的大姑娘睡不安稳。

黑暗中，她和奶奶合盖着区委吴主任赠送的新棉絮，暖烘烘的。让你从头到脚都暖烘烘的。

睁着眼睛，她和奶奶说着闲话。

说吴主任。

奶奶说，她活了快80年，没见过吴主任这么善良的人。

吕友娥说，吴主任对我们这么好，因为他是党的优秀干部。

说了一会儿，奶奶迷迷糊糊睡着了，轻微的鼾声里透出舒心——奶奶受苦一生，她啥时候盖过崭新的棉被！她一生都在使用别人扔掉的破旧东西。

吕友娥心想，这一夜，一定是奶奶睡得最踏实、最深沉的。

吕友娥想到她自己。她已经24岁，老大不小了，早到了恋爱的年龄。她从4岁起，就在城市生活，城里姑娘怎样穿戴、怎样玩乐、怎样恋爱，她怎么会不知道一点儿呢？但是，城里姑娘拥有的一切，她全没有！

没有哪个小伙子愿意娶一个“黑户口”的姑娘，她懂。

不是没有可爱的小伙子对她有好感。个别的，甚至“追”过她。然而，只要听说你连武汉户口也没有，可爱的小伙子立即掉头而去。

谁想找个大麻烦呢？比如说，你生的孩子，将不是标准城市人——即使你一辈子没去过农村，打从生下来就在城市。只要你的母亲是个“黑户口”。

没有谁想找麻烦。

吕友娥不明白“户口”为什么那么神奇。

它把人分成两类，两个等级，两种命运。

没有城市户口，你在城市就低人一等。永远低人一等。

就说工作吧。有城市户口的，可以获得固定工作，可以分配住房，可以享受公费医疗；没有城市户口呢，你永远是临时工，你是局外人，单位分苹果也没有你的一份。

吕友娥的户口，已经申报十几年。就连居委会的干部，也一次次帮忙跑腿、帮忙说情，但仍被一次次卡住，就是办不下来。

吕友娥和奶奶为这事磨破嘴皮，不知求过多少人。户口成了她们这些年生活的目标，而且是唯一的目标。

朋友建议吕友娥到信访办上访。谁知这一去，竟遇上了大好人！堂堂区委的主任，不但答应帮你联系户口的事，而且亲自上门，还掏钱买棉絮！

你遇见过这等好人吗？

吕友娥自问自答：今天才遇见第一个。他叫吴天祥。

她辗转床榻，眼睁睁地想了一个通宵。

六

次日。

正是星期天。

吴天祥起个大早。去商店购买了电线、灯泡等。他自己不大熟悉电的知识，便去找一个熟识的电工帮忙。

害怕电工有事不愿出门，便买了两盒“白沙”香烟揣在兜里。

请人帮忙，吴天祥知道要给报酬——香烟便是既能办成事又不“伤人”的报酬。

送上香烟。

电工一笑，立即跟吴天祥出门。

到了吕友娥家，里外一查，才发现连一根“接火”的线头也没有。

吴天祥去说服邻居。

邻居很爽快，却问：“电费……谁出呢？”

吴天祥说：“我每月给20元电费吧！”

从邻居家的电线上“搭火”，很快，吕友娥家变得一片光明。

赵小英老人颤颤巍巍地走近拉线开关，一拉，灯灭了；又一拉，灯亮了；继续拉，灯灭；再拉，灯亮。

老人愣了片刻。

吕友娥说：“奶奶，拉来拉去的，别把开关搞坏了。”

吴天祥说：“老人高兴，拉拉没关系。”

突然间，赵小英老人拉住吴天祥的手，紧紧攥着，放声大哭：

“好人哪！吴主任好人哪！您是长命百岁的好人哪……”

一盏灯的光明驱散了30多年的黑暗日子。

其实，所谓人间光明，不就是一盏灯吗？它让你得到明亮的心情和明亮的生活。

过了一些日子，吴天祥给赵小英祖孙俩送去一张床。

接着，经吴天祥督促催办，有关部门正式研究了吕友娥的户口问题。情况特殊，但是可以“特事特办”。

想必户口问题的最终解决，将比一盏灯绽放出更耀眼的光明。

（节选自田天《你是一座桥》，长江文艺出版社1996年出版）